내가아직
아이였을 때

내가 아직
아이였을 때

김연수
소   설

문학동네

차례

하늘의 끝, 땅의 귀퉁이

1. 게이코

눈보라가, 검은보랏빛 어둠 속으로 두서없이 쏟아졌다. 그 눈보라 깊은 속까지 들어간 연통 끝, 위로 솟구치는 하얀 연기 아래로 누런 물방울 몇 맺혀 있겠다. 비스듬하게 물방울이 떨어지는 꼴을 눈여겨보지 않더라도 창으로 밀려와 부딪히고는 다시 허공으로 흩어지는 눈송이들만으로 바람의 세기를 짐작할 수 있었다. 삽시간에 천지사방이 그 바람 타고 올라선 자우룩한 눈안개였다. 눈기운만 아니었어도 진작에 오토바이 뒤에 낚싯대를 싣고 떠나 갓밝이 날파람들이 서로 수런거리는 모양을 바라보고 있었을 것이다. 하지만 두말 못하고 내일 오후까지는 이렇게 눈이 온다 했다. 그 무엇도 할 수 없다는 생각에 마침 와뜰하던 차였다. 고립의 감정도,

무기력의 마음도 아니었고 다만 그 꺼물거리는, 혹은 반득이는 눈보라 앞에서 무너앉은 가슴. 장막을 둘러친 그 시간을 잔드근하게 배겨낼 재간이 없었다.

'아'라고 했던가, '어머'라고 했던가, 뭐라고 아물거리는 주인아줌마와 함께 바깥쪽을 하염없이 훑어보다가 태식은 꼬마전구들이 반짝거리는 큰 창 한쪽 구석, 김이 서린 자리에서 알파벳을 찾아 읽게 됐다. 손끝으로 쓴 글자 위에 다시 김이 서려 우련했지만, 자세히 바라보면 'Merry X-mas & Happy'란 글자였다. 씌어지지 않은 그다음 글자는 분명히 'New Year'였겠지. 영어라면 청맹과니에 불과했지만, 태식도 'Merry X-mas & Happy New Year' 정도는 읽을 줄도, 쓸 줄도 알았다. 세밑이면 그 글자로 먹고사는 것이나 매한가지였으니까. 생뚱맞은 성격대로 캐럴을 듣다가 북받치는 마음에 게이코가 몇 글자 낙서한 모양이었다. 그런데 그 모닥모닥 한데 들어붙은 글자들 옆에 뭔가 이상한 게 있었다. 몸을 숙여 그게 뭔가 하고 들여다보려던 차에 갑자기 문이 열리면서 바람에 올라탄 눈송이들이 들이달았다. 또 '아'라던가 '어머'라던가 주인아줌마가 맞바람에 몸을 옴씰거렸다.

가게 불빛에 잔뜩 기세가 수그러진 하얀빛들이 거풀거풀 날아내렸다. 운동회 날 만국기를 내걸듯 천장에 치렁치렁 매달아놓은 색색의 크리스마스 장식용 줄과 그 줄에 매달린 은종과 은별과 색색의 크리스털 공 사이를 차가운 빛들이 맘껏 들쑤셔놓더니 이내 가뭇없이 잦아들었다. 대신에 은종이며 은별이며 플라스틱 서양호랑가시나무 잎사귀가 할랑할랑 대롱거리며 빛을 뿜었다. 하얀 그 은빛에 환호성을 지르듯 바람 소리가 들렸다. 그러고 보니 이제 한 시간만 지나면 크리스마스였다. 통금이 없는 날이니 사람들은 밤새도록 아장거릴 테고 끝물처럼 예수쟁이들이 노래를 부르며 지나갈 테지. 예수쟁이도, 밤새도록 아장거릴 처지도 아니었던 태식에게 크리스마스는 일만 많은 날일 뿐이었다. 하지만 그나마 이런 풍경도 세목이 지나면 사라질 것이다. 새 대통령은 통금을 없애겠노라고 말했다. 그 말에 다들 도둑 단속이 걱정이었다.

"갔어."

눈사람이 된 주인 김씨가 누릿한 털모자를 쥐고 옷에 쌓인 눈가루를 털어내며 말했다. 올 굵은 털실로 메떨어지게 짠 털모자를 쓰고 있으면 광대뼈 부근이 빨그스름히 솟아오른 게 김씨는 꼭 북극 사람처럼 보였다. 겨울과 추위가 김씨에게는 오히려 잘 어울렸다는 말이다. 매운 겨울바람을 맞고 선 김씨의 표정에는 세상을 살아가는 데 아무런 불편이 없을 만큼의 선의와 악의가 적당히 비껴 있었다.

"그랑께 여기서 점촌 가는 경북선 막차가," 눈을 대충 털어낸 김씨가 장갑을 낀 손 그대로 허둥지둥 계산대 뒷벽에 붙여놓은 열차시각표를 가리키면서 말했다. "보통 아홉시 삼십분 발차. 이거야. 게이코, 이년이 이거 타고 도망친 거라. 점촌에 도착하만 자정이 다 되겠네. 그렇다 캐도 오늘은 통금도 없웅께 순사한테 팔뚝에

도장 맡을 일도 없을 끼고, 지 세상 만난 듯이 까불고 안 다니겠나. 이래 되고 보만 게이코 년이 다 계획적으로 저지른 일이라고 볼 수밖에 없어."

심술궂게 두 발을 탕탕 구른 뒤 김씨는 난로 옆으로 헤적거리며 다가갔다. 김씨가 지나간 자리에 구두 뒤축 모양 그대로 눈이 뭉쳐 남았다. 눈 쌓인 역전 바닥 어딘가에도 그와 똑같은 모양의 자국이 팼을 것이다. 김씨는 외투를 벗어 왼손으로 붙잡고 오른손으로 후려쳤다.

"그걸 우째야 되겠나? 그걸 우째야 되겠어?"

누구에게라고 할 것 없이 김씨가 말했다. 김씨 너머 텔레비전에는 가수들이 나와 캐럴을 부르며 막바지에 이른 크리스마스이브를 채우고 있었다. 김씨는 꼭 캐럴에 맞춰 반주를 넣듯 옷을 두들겼다. 태식은 그 광경이 죄다 어디선가 한번 본 듯한 느낌이었다. 재미있을 법한 일은 하나도 없었다. 어디 골목길에 다 타버린 연탄이 마지막 불꽃을 빨긋하게 내뿜은 채 버려져 있을 것만 같은 밤이었다.

2. 자정미사

"우리는 미사에 다녀올 테니까 오늘은 니가 수고를 좀 해야겄다. 오늘 같은 대목에 장사 망치만 일 년 내내 돈 벌 날 없응께 어짤 수 없어. 니들은 우째 생각하는지 몰라도, 우리 돈 먼저 버는 것 같아도 너나 게이코 월급 먼저 맞춰놓을 걱정이 언제나 태산이라. 한 달이면 앞서 스무 날은 너들 월급 버느라 보내여. 그런데 이걸 우째야 되겠나? 나는 도무지 이해가 불가하다. 게이코 년은 내일 열차 뚫리는 대로 기필코 따라가봐야겠어."

"갔다 오이소."

"그리고 혹시 모룽께 수도꼭지 물은 절대로 잠그지 말어. 동파 되만 수고가 예사롭지 않아. 누가 2층 케이크 찾으만 1호짜리 위에 4호, 혹은 2호짜리 위에 5호…… 하긴 니가 기술잔데 내보담은 더 잘하겠지. 그리고 참, 전표는 확실히 써놔라."

"……"

"이래 되고 보이 그래, 이런 말이 안 나오겠나. 니한테는 미안한 말이지만, 갔다 오고 나서 너도 게이코처럼 돈 갖고 날라버리만 우 짜겠나…… 아이고 마, 니가 그래 쏘아본다고 해결될 게 아니다. 그만 치우자. 여봐여, 가입시다. 아아들은 다 먼저 성당 올라갔지? 그래, 점빵 잘 봐라. 댕기오께."

3. 희끄무레한 손바닥 길

게이코가 유리창에 써놓고 간 'Merry X-mas & Happy'란 글자 옆에는 누군가의 손바닥 모양이 찍혀 있었다. 게이코의 손금이 겠지. 김이 어렸지만 그 희끄무레한 손바닥 길은 그런대로 내비쳤다. 그 길은 비뚤비뚤 선 모양으로, 눈벌처럼 창을 가득 메운 하얀 김 사이에 그어져 있었다. 꼭 어디 길 같은 손금이었다. 그건 아마도 게이코가 가고 싶은 길이라기보다는 갈 수밖에 없는 길의 모양일 테다.

4. 하늘의 끝

"나는 말이라, 인간이 어디까지나 악해질 수 있는지 의심이 들 때가 많다. 원래 우리가 죄인으로 태어났지만서두 악하자고 들만 무한정 악해질 수 있는 게 인간이란 말이다. 윤상군 유괴사건 알지? 우째 그라겠나 말이다. 우째서 교사라 카는 기 그런 짓을 저지른단 말인가. 저승에 가서도 사죄하겠다고 말하지만 그게 사죄가 되겠나? 너는 우째 생각해여?"

"사람이 다 조금은 악하고 조금은 선하고 그런 거 아입니까."

갈탄이 타오르는 역구내 난로를 바라보면서 태식이 뇌까렸다. 김씨는 그런 태식을 뜨악한 표정으로 바라보다가 갑자기 길게 하품을 했다. 자정미사에 다녀오고 태식과 밤을 꼬박 새운 뒤였다. 심심할라치면 케이크를 찾는 손님이 찾아와 그럭저럭 장사는 되고 있었다. 태식이 만든 케이크가 모두 삼백 개가 조금 못 됐으니까 오늘까지 대충 삼분의 이는 판 것 같았다. 원래 케이크는 크리스마스 전날 거의 다 팔렸다. 크리스마스에는 태식이 일하지 않았기 때문에 26일 오전까지 팔 생각으로 많이 만들어놓았다.

"게이코 말이라. 그래, 경자라 카자. 경자를 내가 세 살 때부터 지켜봤다. 점촌에 당숙네가 살고 있응께 가끔 볼일이 있었다. 경자 가아가 어려서부터 비실비실했다. 저 어마이가 안녕 카고 갔다 카더라. 우쨌는가 하만 안녕해라 이 가시나야, 안녕하라 안 카나, 이랬는 기라. 들어봐라. 가시나야, 안녕 안 카나. 엄마는 지금 간다, 안녕 안 카나. 끔찍스런 얘기 아이가?"

"게이코 엄마 어려서 죽었다 카던데요?"

"자슥아, 내가 지금 그 말 하고 있는 거 아이가. 가아 오마이가 죽으러 가민서 그랬다 카는 거 아이가. 하도 그래 윽박질러싸니까 아아가 넋이 빠져가지고 안녕은 못하고 빙신같이 아, 아, 아, 아, 이 말만 했다 카는 거 아이가. 그래, 귀신 씌었다 캐가지고 고향에서도 괄시받는 걸 여 다과홀에다 데려다 앉혀놓은 게 게이코, 그러니까 경자 나이 열다섯 되던 해다. 그때부터 내 자식처럼, 내 피붙이처럼 키워서 지금까지 온 거라. 중학교도 못 나온 것을 검정고시를 치라고까지 말해주민서 달마다 꼬박꼬박 통장에다 돈도 넣어주고 그랬다. 촌수로 따지만 남이라, 경자는. 그 아아가 천애고아만 아니었다 캐도 내 무슨 영화를 보겠다고 가아를 데려다 키우겠나?

안 그러나?"

이물질이 들어갔는지 난로 안에서 왈각 소리가 났다. 태식도 고개 숙여 하품을 했다. 게이코가 도망가지만 않았어도 지금쯤 따뜻한 아랫목에 드러누워 잠자고 있었을 것이다. 낚시를 가지 않는다면 그저 그렇게 겉잠 드는 게 일이었다. 태식의 마음도 눈벌과 마찬가지로 무미건조했다.

"내가 이때까지 경자한테 몇 말 들었겠나. 들은 말도 얼마 안 되니까 가아가 한 말은 다 기억한다. 한번은 경자가 그카더라. 아재요, 저는 큰 거 바라는 것 없습니다. 아재 없었으만 저는 우째 됐을지 모릅니다. 그저 몸 닿는 데까지, 힘닿는 데까지 아재 가게 일 돕고 싶습니다. 그래, 내가 그랬다. 경자야, 너도 일해서 살아가는 세상이고 나도 일해서 살아가는 세상이다. 세상에서 너는 니 한몸만 생각하만 된다. 그런 소리는 두고 나중에 니 서방 생기만 해라."

그러더니 갑자기 김씨는 잉걸에 얼굴이라도 들이민 듯 키들거렸다. 땡볕에 한참 내다놓은 듯 팍삭한 웃음이었다.

"그라던 아아가, 그라던 게이코가 내 등에 이래 비수를 꽂을 줄은 몰랐다. 아재요, 저도 세례받고 싶어여, 이라던 아아가, 그래 바쁜 저녁에 예비자 교리반에도 보내주고 했는 아아가 성탄 전야에 성당에 카스텔라 납품하고 받은 돈하고 케이크 팔아서 번 돈 들고 그래 도망갈 줄은 몰랐다. 성부와 성자와 성신의 이름으로 성호를 그어도 몇 번은 그었을 아아가 우째 이런 날 그래 앙칼진 마음을 먹는단 말이가."

앵돌아앉은 표정으로 김씨는 도리질치다가 다시 길게 하품을 했다. 태식도 꺼부러질 것 같아 벌떡 자리에서 일어나 대합실 문 쪽으로 걸어갔다.

"너, 어데 가나?"

"담배 좀 피우러요."

"뼈 녹는다 자슥아. 담배 좀 그만 무라."

김씨가 뭐라고 더 퉁명부리기 전에 태식은 문을 열고 밖으로 나왔다. 된바람이 훅 얼굴로 밀어닥쳐 절로 두꺼비상이 됐다. 눈은 그쳐 있었다. 동트려면 아직 시간이 남았지만, 바닥에 깔린 눈 덕분에 주위가 희슥했다. 어디선가 닭잦추는 소리가 들려와 소름이 돋았다. 태식은 주머니에서 거북선을 꺼내 물었다. 나라에서는 은하수도 만들고 솔도 만들었지만, 어쨌거나 태식은 거북선이었다. 거북선으로 담배를 처음 배웠으니까. 그러고 보니까 태식이 매캐한 담배연기를 처음 들이켰던 것도 열다섯 살 무렵이었던 것 같다. 하고 싶은 일도 많았고 가고 싶은 곳도 많았던 시절이었다. 그래서 고작 제빵 기술자가 되었을 뿐이지만.

왼손은 바지 주머니에 집어넣고 오른손으로는 연신 입김을 불어가면서 태식은 담배를 피웠다. 입김인지 담배연기인지 모를 하얀 기체가 검은 밤하늘로 솟구쳤다. 게이코 엄마가 자살했다는 사실을 태식은 모르고 있었다. 김씨가 하도 천애고아라기에 그저 고아인 줄로만 알았다.

담배를 다 피우고 들어갔더니 김씨는 왼쪽으로 돌린 고개를 주억이고 있었다. 까닥거리는 문소리에 김씨가 잡고 있던 털모자가 툭 바닥으로 떨어졌다.

5. 희끄무레한 것들이 지나간다

쇠바퀴 사이로 흰 연기를 연신 뿜더니 기차는 서서히 움직이기 시작했다. 휴일 새벽의 객차에는 둘 외에 승객이 거의 없어서 맵짜게 추웠다. 김씨는 제과점 종이가방에서 하야비치 한 병을 꺼냈다.

"추위 가시는 데는 보드카가 최고다."

김씨는 뚜껑을 돌려 따더니 한 모금 들이부었다. 그리고 오른손으로 입술을 훔치면서 병을 태식에게 건넸다. 마다할 일만은 아니라 태식도 한 모금 들이켰다. 생핀잔을 들을 때처럼 목구멍이 화끈거렸다. 차창 밖 어둠으로는 희끄무레한 것들이 지나가고 있었다. 우리는 지금 게이코를 쫓아가고 있다. 모를 심듯이 천천히 태식이 중얼거렸다. 가끔 나무에서 뭔가 픽석 떨어지는 게 보였는데, 그게 다 눈이었다. 눈이 참 많이 내렸다.

김씨는 태식에게서 하야비치를 빼앗아 한 모금 더 들이붓고는 뚜껑을 닫아 외투 주머니에 넣었다. 그리고 몸을 웅크리고 누워 팔짱을 낀 채 눈을 감았다. 개잠이나마 눈을 붙일 작정인 모양이었다. 태식의 눈꺼풀도 점점 무거워졌다. 하루종일 케이크를 만들고 집에 들어가 발만 씻었다가 게이코가 도망갔다는 말에 다시 나와서 밤을 꼬박 새웠으니 그게 마땅한 일이었다. 눈물을 훔착거리듯 눈두덩을 두 손으로 비비는데 번득번득 희부연 뭔가가 지나갔다.

한참 조리치다가 무슨 생각이었는지 태식은 몸을 일으키고 김씨를 흔들었다. 김씨는 깨지 못해 한동안 희번덕거리더니 거기가 점촌행 기차 안이라는 사실을 알아차렸다.

"그래, 게이코가 들고 간 돈이 다 얼마라여?"

김씨가 두 눈을 짜그려 태식을 바라보더니 하품을 길게 했다.

"너 한 번만 더 나 깨우만 쥑이뿌린다."

그리고 다시 김씨는 눈을 감았다.

6. 수잔의 초청장?

"가재는 게 편이고 과부 사정은 홀아비가 안다고 너한테는 뭐 암시라도 했을 꺼 아이가? 너들은 쉬는 날 둘이서 영화도 보러 가는 사이 아이가? 처녀 총각이 캄캄한 영화관 갔다 카만 볼짱 다 본 기지. 우리 때는 그랬다. 게이코, 마음에 드나, 어떻나? 마음에 든다 카만 내 중신도 서줄 수 있다. 물론 지금 가서 잡아오고 난 뒤의 문제지만."

　뜨내기들을 상대하는 점촌역 앞 식당에서 뻘건 기름기가 떠 있는 따로국밥 앞에 앉았을 때 성호를 그으며 김씨가 태식을 떠봤다. 태식은 숟가락으로 밥그릇 뚜껑에다 기름을 걷어내다가 피식 김빠지는 소리를 냈다. 김씨는 그런 태식을 보며 얼른 소주를 비워내더니 다시 잔을 채웠다. 앵돌아진 마음은 알겠지만, 술이 좀 과하다 싶었다. 술 마시기 전에도 성호를 그어야 하는 사람인데.

　"마음은 있는 모양이네, 웃는 거 보이. 그래, 웃다보만 정들고 정들다보면 눈도 맞고 배도 맞는 기라. 그래, 어서 들어라."

　김씨가 밥을 국에 말아서 휘휘 젓다가 갑자기 숟가락에서 손을 뗐다.

　"그래, 너한테는 말도 잘 하고 하는 거 보이까 너는 들은 말이 있을 법도 한데. 말하만 안 되겠나. 가아가 무슨 맘 먹고 이런 비수를 내 등에 꽂는 것인지, 그것이 궁금해서 그래여. 게이코가 원래 그런 아아가 아이라. 절대로 아이라. 어떤 못된 넘을 만났는가는 모르겠지만 근본이 그래 악한 아아가 아이라 카는 거 나는 잘 알아여. 그래도 한 다리 건너 친척인데 내가 와 그걸 모르겠나. 다만 사람이 세상에 나서 같은 사람을 만나지 짐승을 만나는 법은 없다는 거지. 그래 우리는 사람과 사람으로 만났다. 그라만 사람의 길이라는 게 있어여. 그게 인륜이라 카는 거 아이가? 인륜이 왜 인륜인가 아나? 바퀴맨치로 사람의 길을 굴러간다 캐서 인륜이다. 그 인륜만 지키만 아무 문제가 없어. 안 그래여? 그라니까 내가 말하는 뜻은 들은 바가 있으만 솔직하게 털어놓으라는 얘기다."

태식은 밥을 오물거리다가 고개를 들어 김씨를 바라봤다. 여우별을 마중나온 듯 처마끝에서는 눈물이 녹아내렸다.

"진짜 솔직하게 얘기해도 되겠습니까?"

"그래, 얘기해봐라."

"제 생각에는 게이코 점촌에 없습니다."

"그라만 어디 갔는데?"

김씨의 눈에 생기가 돌았다.

"미국 갔을 낍니다."

잘라 말하는 태식만큼이나 김씨는 마뜩잖은 표정이었다. 그러니까 "미국에?"라고 되묻는 김씨의 말꼬리가 국그릇에서 비뚜적대는 김마냥 맥이 없었다.

"오래전에 소원이 뭐냐고 묻길래 빨리 죽고 싶다고 대답한 적이 있어여. 난 원래 그냥 그런 말이 나와여. 그게 중요한 게 아이고 그래서 내가 그카만 너는 소원이 뭐냐고 되물었어요. 그캤디만 미, 미, 미, 미국 가는 게 소, 소원이라 캅디다."

"나는 달나라 가는 게 소원이다."

태식은 소주를 들이켰다.

"그래 장난으로 하는 소리가 아이고요, 가아 펜팔하잖아여. 수잔인가 하는 미국 아아하고요. 언젠가 들어봉께 수잔이 초청한다

캤다 카던데요. 곧 초청장 받을 수 있을 끼라 카면서 지는 미국 꼭 가고야 말겠다고 캅디다. 돈 들고 미국 간 게 틀림없어여."

김씨는 두 손으로 탁자를 잡은 채 고개를 외로 돌리고 한참 창밖을 내다보다가 태식에게 말했다.

"그래, 니 말도 일리는 있다. 수잔인가 뭔가 하는 가시나가 초청장하고 비행기표를 보내주만 그냥 나가만 된다. 그래, 그도 그렇다. 근데 이런 거는 생각 안 해봤나? 너 같으만, 니가 미국 가시나라 카만 한국에서, 그것도 서울도 아이고 부산도 아이고 이름도 모르는 소도시 역전 앞 다과홀에서, 그것도 엽차나 나르는 아아한테 비싼 초청장 보내겠나? 그 빨리 죽고 싶은 머리 이럴 때 써봐라. 거지 중에 그런 상거지가 없고 고아 중에 그런 천애고아가 없는데, 초청해갖고 비행기 내려서자마자 그거 떠안으만 고생길이 훤할 낀데, 뭐한다고 미국 가시나가 금쪽같은 초청장하고 비행기표를 보내겠나? 안 그러나?"

"그거는 이렇습니다."

태식이 말꼭지를 땄다.

7. 유진에게 온 편지

언제였을까? 빙수가 한창 잘나가던 시절이니 여름도 한가운데에 왔을 때였다. 가장 먼저 만드는 도넛류를 사각형 제빵용 철판에 담아 가게에 내려놓고 옥상 공장으로 다시 올라가려니까 게이코가 태식의 소매를 붙잡았다. 화, 화, 화, 화장실이 급하다는 얘기였다.

"갔다 와라. 내가 가게 볼 테니까."

태식 혼자 가게에 앉아 있는데 우체부가 인사하며 들어왔다.

"여가 이륙사에 이십이번지 맞아여? 평, 화, 동이라고 써야 될 낀데 이건 우째 읽어야 되나? 페옹하통이라 캐야 되나. 시기 어렵네. 이래 써갖고 보내만 집배원들만 죽어나는 거라. 미국에서 서유진이한테 편지 보냈네. 여가 미스 서유진양 사는 데 맞습니까?"

"서유진이요? 여기 주인은 김간데. 거 있어봐라, 김가고 나는 최가고…… 게이코가 성이 서가였나? 근데 게이코는 유진이가 아닌데."

"그라만 유진이는 없단 말이라여? 날 더운데 시껍하겠네."

우체부가 오른손으로 모자를 잡고 왼손으로 이마의 땀을 훔쳤다. 모서리로 땀이 들이밀려 고동색이 더 짙어 보였다.

"가아가 서가가 맞기는 한데 이름은 게이콥니다. 그러니까 우리 말로 경잔데."

"거, 존 우리말 두고 머할라꼬 게이코라 카나."

우체부가 눈썹을 시옷자로 만들면서 태식을 쏘아봤다.

"저는 모릅니다. 첨부터 다들 게이코라고 부르데요."

"에이그, 실없기는. 그라만 여가 이륙사에 이십이번지는 맞아여?"

그렇게 승강이를 벌이는데 게이코가 들어왔다. 게이코는 자기 편지라며 얼른 우체부에게서 편지를 뺏었다. 생뚱맞다는 듯 그 모습을 바라보던 우체부가 공연히 게이코 흉내를 내며 떠떠거렸다.

"이, 이, 이, 아가씨 편지가 맞는 모양이네. 이 아가씨가 유진이라?"

"어대요. 게이코, 니 이름이 유진이가?"

게이코는 편지를 등뒤로 감추고 고개만 끄덕였다. 눈망울이 흔들렸는데, 겁에 질렸다기보다는 부끄러워하는 것 같았다. 그러더니 게이코는 가게 안쪽 수족관 뒤로 쪼르르 달려갔다.

"저, 저, 저……"

"저 아가씨가 게이코 상인지 미스 서유진인지는 둘이서 잘 알아서 하시고, 본관은 이만 물러가오."

우체부는 장교라도 되는 양 땀이 차오른 모자 끝에 오른손 끝을 재빠르게 붙였다가 떼고는 돌아서서 나갔다.

"니 도대체 누구냐?" 우체부가 떠난 뒤, 태식이 말했다. "게이코냐, 경자냐, 유진이냐?"

당연한 얘기지만 수족관 뒤편에서는 아무런 말도 흘러나오지 않았다. 키싱과 엔젤과 디스커스만이 뜬세상을 오가듯 한가롭게 수초 사이를 헤엄치고 있었다.

8. 거기는 어떻습니까? 여기만큼 가을이 아름다운 곳입니까?

그 궁금증은 나중에 『펜팔 가이드』 책갈피 사이에 끼여 있는 게이코의 편지를 보고서야 풀렸다. 퇴근하려고 사복으로 갈아입고 가게로 내려갔더니 주인아줌마만 있었다. 게이코는 어디 심부름을 간 모양이었다. 돈 삼만원만 가불해달라고 말할까 말까 망설이던 참에 태식의 눈에 게이코가 읽다가 놓고 간 책이 보였다. 책이 상할까봐 빳빳한 달력 종이로 포장해 제목이 보이지 않았다. 주인아줌마의 얘기에 건성으로 대답하면서 태식이 책을 펼치는데 뭔가가 떨어졌다. 바로 펜팔 친구 수잔에게 보내는 편지였다.

친애하는 수잔에게
하이!
시원한 가을바람이 불기 시작합니다. 며칠 전에 당신의 편지를 받았습니다. 제가 기대했던 것보다 답장이 훨씬 일찍 와서 무척이나 기쁩니다. 몇 번이고 읽었습니다. 당신의 편지는 기념물로 오래오래 간직하겠습니다. 답장이 늦어 미안합니다. 시험 때문에 무척 바빴습니다. 앞으로는 좀더 일찍 답장을 드리도록 최선을 다하겠습니다.
우리 학교에 대해 말하겠습니다. 우리 학급에는 서른 명의 학생들이 있습니다. 우리 선생님은 매우 친절하시며 좋은 조언도 해주십니다. 저는 학교가 멀어서 버스를 타고 다닙니다. 당신은 어떻게 학교를 다니나요? 가을에는 문화축제와 운동회가 있습니다. 한국에서는 봄이나 가을에 학교 소풍을 갑니다. 당일치기 소풍에는 점심을 가져갑니다.

저는 친구들과 삼 일간 산에 캠핑을 갔다 왔습니다. 산은 시원했으며, 식물과 곤충을 채집하기도 하고 그림을 그리기도 하며 매우 즐거운 시간을 보냈습니다. 한국의 가을은 매우 근사합니다. 일 년 중 이때가 되면 공기는 건조하고 상쾌하며 바람은 시원하고 신선하게 붑니다. 10월 하순에는 화려한 빛깔의 단풍나무를 볼 수 있습니다. 곧 가을도 끝날 것입니다. 여기저기서 단풍잎이 붉게 물들어 아름답다는 것이 보도되고 있습니다. 한국의 대표적인 과일인 귤과 감이 나돌고 있습니다.

거기는 어떻습니까? 여기만큼 가을이 아름다운 곳입니까? 다음 편지에는 꼭 대답해주십시오.

당신의 친구 유진으로부터

물론 태식은 영어라고는 'Merry X-mas & Happy New Year'나 'Happy Birthday' 혹은 'Season's Greetings'같이 케이크 위에다 초코시럽으로 갈겨쓰는 말밖에는 모른다. 하지만 게이코가 영어로 쓴 내용이 뭔지 금방 눈치챌 수 있었다. 왜냐하면 게이코가 써놓은 영어 편지는 달력 종이로 포장한 『펜팔 가이드』 책 맨 뒤에 나오는 '실용 펜팔 편지 예문 3'과 똑같았으니까.

"내일은 고만 나오지 말아여."

『펜팔 가이드』 책을 들여다보며 서 있는데 주인아줌마가 말했다. 태식은 책을 내려놓으며 아줌마를 쳐다봤다.

"장사가 안돼서 빵 많이 남았응께 내일은 일 안 해도 돼여."

그렇게 말하면서 아줌마는 태식의 눈을 빤히 올려봤다. 태식도 아줌마의 눈을 바라봤다. 할말이 있었는데, 태식은 말도 꺼내지 못했다. 태식은 편지를 다시 책갈피 사이에 밀어넣었다.

9. 가은선

돌멩이를 던지면 쨍하고 깨질 것만 같은, 시퍼런 겨울하늘이 보이는가 싶더니 다시 검은 눈구름이 몰려들기 시작했다. 점촌역 앞은 반짝햇살에 채 녹지 못한 눈벌이었고 그 위로는 구름발이었다. 소화물 앞에도 빈 지게와 손수레만 보일 뿐, 어디로 죄다 숨었는지 일꾼들이 보이지 않았다. 태식은 화장실에 간 김씨가 오기만을 기다렸다. 점촌까지 올 줄 알았더라면 방한 점퍼라도 입고 오는 것이었는데 그저 스웨터에 가을 점퍼만 걸쳤으니 꽤나 잘못했다는 생각이 머리를 스쳤다.

"내가 똥 누면서 생각해봤는데, 니 말에는 어폐가 있어여. 니는 그랑께 수잔이라 카는 거는 게이코가 한국 부잣집 아아라 알고 있다는 말 아이가? 그라만 그 미국 가시나는 그래 알고 있다 치자. 그런데 니는 또 게이코가 펜팔 책을 그대로 빼낀다고 그랬잖아. 그런데 어데 펜팔 책에 나 좀 미국에 초청해라고. 이래 써놓은 데가 있다 카더나? 그런 게 없다 카만 중학교도 못 나온 게이코가 무슨 수로 그런 말을 만들어갖고 쓰겠나 말이다. 그라고 말이다. 초청장만 있다고 미국에 갈 수 있는 게 아이라. 비자가 있어야 돼여. 말하자만 나라에서 허락을 해야만이 이 땅을 떠날 수 있단 말이라. 헌데 어데 나라에서 게이코보고 그래, 왔나? 미국 간다고? 오냐. 얼릉 댕겨와라, 이래 말하겠나. 다 헛짓거리지."

몸을 부르르 떨며 김씨가 말했다.

"그라만 그 돈 들고 어데 가서 맘 편하게 살겠지요."

"야야, 죄짓고 두 발 뻗고 사는 사람 있는 줄 아나? 싸리빗자루도 죄짓고는 그래 못 뻗어 있다. 이거 왜 캐여?"

"두 발 못 뻗고 그 자리에서 뒈져도 좋응께 돈 한번 실컷 써보만 좋겠네여."

"얼라. 야가 지금 진짜로 카나 부로 카나. 너 한몸 챙기만 되는 니가 뭐가 부족한데."

산이 가까워서 그런가, 눈무지 빛깔이 유난히 하얬다.

"게이코 살던 집은 산밑 아이라여?"

"여서 가은선 타고 종점까지 가야지. 근데 니가 그걸 우째 아나?"

"그런 얘기를 들었응께 그라지요."

"그래, 너는 게이코하고도 이바구가 좀 되는갑다. 게이코네 집은 은성탄좌 있는 데까지 가야 돼여. 게이코 할아버지가 은성탄좌에서 광부로 안 있나."

"그건 뭔 소리라여. 천애고아라 캤잖아여?"

"아바이, 어마이 없는 몸이 천애고아지, 뭐야?"

태식이 한숨을 내쉬었다.

"천애고아라 카고, 게이코 아버지는 우째 죽었어여?"

귓불이 군시러운지 김씨는 연신 긁어댔다.

"거는 돌아가신 게 아이고 안 돌아왔다 카더라. 월남 가서 실종됐다 카던데."

"그라만 죽었겠네요."

"그래, 죽었지 싶은데, 여서는 자꾸 안 돌아왔다 카데. 그나저나 사북사태 나고 은성탄좌도 분위기 살벌했다 카던데 이제는 좀 잠잠해졌는가 모르겠다. 점촌 사람들 그걸로 마이 묵고 살았지."

역구내에서 역무원들이 눈무지를 눈가래로 밀어내느라 소리가 요란했다. 태식은 밭은기침을 서너 번 하고 쓰레기통에 침을 뱉었다. 난로 위에 올려놓은 주전자 뚜껑이 들썩거렸다. 김씨는 또 하품을 해댔다.

가은으로 들어가는 첫차를 놓치면 네 시간을 기다려야만 했다.

10. 진남교반

눈 내린 아침, 가은선 열차 안은 적막했다. 휴일이라 타지에 나갔다가 다시 가은으로 돌아가야만 하는 사람들만 어쩔 수 없다는 듯이 앉아서 창밖을 바라보고 있었다. 백화산, 조령산, 멀리 주흘산 봉우리들이 보였다가 안 보였다가 하더니 이내 눈발이 서고 다시 눈이 쏟아져내리기 시작했다. 이러다가는 아주 길눈이 될 것만 같았다. 기차가 향하는 백화산 쪽이 이내 먹빛으로 희미해지기 시작했다.

"화이트크리스마스구마."

누군가 데면스런 목소리로 말했다.

"오늘까지 케이크를 다 팔아야 할 낀데."

눈을 감은 채 잠꼬대를 하듯이 김씨가 중얼거렸다.

태식은 아무런 대꾸도 없이 창밖만을 바라봤다. 낙화처럼 하얀 눈송이들이 강물 속으로 투신하고 있었다. 꼬리에 꼬리를 물고 눈송이들이 쏟아져내리건만 강물의 남빛만은 지우지 못했다. 진남역이 가까워지면서 기차는 신호를 기다리느라 속력을 늦췄다.

천애지각天涯地角, 그 어느 곳으로 우리는 들어가고 있는 것일까?

차창으로 몰아치는 눈발을 바라보면서 태식은 그런 생각에 잠겼다.

11. 캐리

　같이 보러 간 영화는 〈캐리〉라는 공포영화였다. 재탕 삼탕 가리지 않고 매년 여름 무렵이면 시내 아카데미극장에서 상영하던 영화였다. 기술자만 열 명이 넘던 대구의 유명 제과점에서 '시다'로 일 배울 때, 태식은 그 영화를 처음 봤다. 한 달에 하루 쉬기도 어려운 때, 같이 일 배우던 산청 출신 애와 어렵사리 본 영화였다. 무섭고 또 역겹기도 했지만 한편으로는 통쾌하기도 했다. 한 달에 두 번, 쉬는 날에도 게이코는 아침 일찍 수건 등속을 싸들고 목욕탕에나 다녀올 뿐, 주인집 문간방에서 나오지 않았다. 가끔 멀리 다녀오기도 했는데, 그게 아마 점촌이었나보다. 그날도 그렇게 주인집에 틀어박혀 있는 걸 억지로 데리고 나와 끌고 가다시피 해서 찾아간 극장이었다. 뭐, 흑심 같은 게 있을 리 만무했다. 그저 불쌍하다는 생각뿐이었다. 김씨의 말처럼 게이코는 천애고아였으니까.

　두번째 보는 〈캐리〉건만 여전히 무섭고 역겨웠다. 영화를 보다가 문득문득 옆에 앉은 게이코를 돌아봤다. 게이코는 스크린에서 잠시도 눈을 떼지 않았다. 캐리가 초록색 피를 토해내도 돼지피를 뒤집어써도 게이코는 옴쭉달싹하지 않았다. 게이코의 하얀 얼굴로 빛과 어둠이 교차했다. 태식은 게이코의 얼굴과 영화를 번갈아가면서 쳐다봤다. 어차피 어떻게 돌아가는 이야기인지는 알았으니까 크게 상관은 없었다.

그렇게 번갈아 보다가 어느 순간 태식은 게이코의 얼굴만을 뚫어져라 쳐다보기 시작했다. 캐리가 자기 어머니를 죽이는 마지막 장면이었다. 게이코의 눈망울이 흔들리는가 싶더니 눈물이 볼을 타고 흘러내렸다. 너무나 순식간에 일어난 일이라 태식은 자기가 잘못 본 게 아닌가 하는 생각까지 했다. 눈물이 흘러내린 뒤 볼에 남은 그 줄기는 영화가 끝나고 불이 켜질 때까지 천천히 말라갔다. 게이코는 자기가 눈물을 흘렸다는 사실조차 느끼지 못하는 것 같았다. 왠지 알 수 없는 일이지만 태식은 그 눈물을 안 본 것으로 여기고 싶었다.

그날 저녁 태식은 자리에 앉으면 촛불을 켜주는 레스토랑에 게이코를 데리고 가 양식을 사줬다. 그날 게이코는 극장도 처음 갔고 양식도 처음 먹었다. 돈가스 고기를 잘 자르지도 못해 태식이 칼을 세워 자르라고 몇 번이나 말했다. 물론 태식도 몇 번 먹어보지 못한 음식이었다. 칼을 세워 잘라야 한다는 소리는 대구 있을 때 많이 들었다. 그때 쉬는 날이면 홀에서 일하는 여자애랑 동성로 근처를 쏘다녔다.

게이코는 하루에 열 마디 이상을 하지 않는 애였다. 말한다고 해도 더듬기 일쑤였다. 어떤 때는 말보다 혀가 먼저 나오기도 했다. 하지만 그날 저녁은 좀 달랐다. 고개를 흔들기도 하고 손뼉을 치기도 하면서 앞 글자를 뙤뙤거리는 것은 늘 봐왔던 일이지만, 그래도 꽤나 말을 많이 한 셈이었다.

"게이코는 영화가 하나도 안 무서웠나보지. 우째 그래 얼굴빛 하나 안 변해."

"캐, 캐리가 죽일 때, 그 모친을, 되게 무서웠어요."

"모오친? 엄마라 카만 되지."

"카, 카, 칼라텔레비전 봐도 그래 색깔이 고와여, 극장처럼?"

"그러겠지. 니는 금시당에 전시해놓은 칼라텔레비전도 안 봤나?"

"안 봤어여. 시, 시간이 없어여."

"너도 요령껏 나다니고 해라. 뭔 존 일이 있다고 그래 가게에만 붙어 있나? 내가 제과점 마이 돌아다녔지만, 너 같은 아아도 참 오랜만이다."

"없다고 캐요, 운수, 운수가."

"사람들이 니보고 재수없다 칸다고, 그 말이지? 재수 있는 사람은 또 어디 있겠나? 고기니까 배불러도 다 무라. 맨날 나물만 먹으만 몸만 축날 뿐이다."

눈물만 아니었어도 태식은 레스토랑에 가지 않았을 것이다. 억지로 자기 몫의 고기까지 먹인 뒤 태식은 게이코와 헤어졌다. 게이코는 고맙다며 나부시 절을 했다. 태식은 게이코의 어깨를 잡아 세우고 말했다.

"야, 다 치우고 잘 가라. 안녕."

게이코는 아무런 말이 없었다.

"안녕이라고 해라. 그래야 니가 산다."

태식이 소리쳤다. 게이코는 멀뚱멀뚱 서 있었다. 멍하니 바라보던 태식이 포기하고 돌아서려는데, 게이코가 뙤뙤거렸다.

"아, 아, 아, 안녕히 가여."

"그래. 잘 가라. 안녕이다."

레스토랑 앞 어두운 골목길에서 둘은 그렇게 손을 흔들고 헤어졌다. 게이코가 어둠 속으로 들어갔다.

12. 사택촌

"여 나와보소. 아무도 없습니까?"

김씨가 문을 두드리면서 소리쳤다. 게이코네 주소를 적은 종이를 들고 한참 사택촌을 헤매다가 찾은 곳이었다. 눈이 쏟아져내리는데도 내다 건 빨래를 걷지 않아 동태처럼 시커멓게 얼어든 옷가지들이 절렁거리고 있었다. 김씨와 태식은 싯누렇게 녹슨 놀이기구가 있는 놀이터를 지나 수용소처럼 잇달아 선 사택촌 한쪽 구석까지 가서야 집을 찾을 수 있었다.

김씨의 고함에 문이 열리면서 동굴처럼 어두운 집안이 눈에 들어왔다. 수도꼭지와 선반만이 휑뎅그렁한 부엌과 세 평 정도 되는 방이 보였다. 텔레비전을 틀어놓은 방안에서는 외화를 방영하는지 성우들의 목소리가 들렸다. 문을 열어준 사람은 노인이었다. 김씨가 노인을 붙잡고 뭐라고 자신을 소개했다. 잠시 후, 노인은 넙신거리며 둘을 게저분한 방으로 이끌었다. 둘이 들어가자 노인은 신발을 방을 향해 가지런히 놓고 따라 들어왔다.

방에 들어가자마자 컬러텔레비전이 눈에 들어왔다. 조잡하게 생긴 선반 안에 텔레비전은 들어 있었다. 살펴보니 문짝이 다 떨어져 나간 농이었다. 어두컴컴했지만 노인은 텔레비전만 켜놓고 있었다.

"근데 이 외진 데까지는 어쩐 일이라."

노인이 물었다.

"어른, 여 게이코 안 찾아왔습니까?"

김씨가 게이코의 흔적을 찾으려는 듯 방안을 둘러보면서 말했다. 찬물을 엎질러놓은 듯 바닥이 차가웠을 뿐, 게이코가 들른 흔적은 보이지 않았다.

"게이코는 자네가 서울로 보냈다매."

"제가 뭐한다꼬 가아를 서울에 보낸다 캅니까? 뭔 들은 얘기는 있는 모양이네요?"

"저번에 댕겨갈 적에 게이코가 그래 말 안 했나. 자네가 공부하라고 서울로 보내준다고, 이제 자주 오기 힘들다 카민서 저 칼라텔레비도 사주고 안 그랬나. 그카길래 나는 그런갑다 그래 생각하고 있었지. 근데 그게 아이라?"

"핫하. 그랄 수도 있고 안 그랄 수도 있지요. 가아 이름이 경자라서 서울로 간 모양이네요. 어른, 오늘은 일 안 나갑니까?"

짐짓 태연한 표정을 지으며 김씨가 말했다. 머릿속으로 앞뒤를 맞춰볼 시간을 벌려는 수작이었다. 밭은기침을 서너 차례 하더니 노인은 담배를 피워 물었다.

"성탄 아이라. 그게 아이라 캐도 나, 이제 일 안 나가. 회사에서 나오지 말래. 그캐가지고……"

노인은 담배연기를 뿜어내더니 다시 숨을 몰아쉬었다.

"사택에서도 나가라두만. 줄서서 기다리고 있대. 그랗께 서기 일천구백칠십삼년에 며느리하고 어린 게이코 데리고 은성탄좌에 처음 왔을 때 이 사택 먼저 들어가려고 배치 담당한테 야료를 을매나 멕있는지 모린다. 나맨치로 야료를 멕이는 놈이 또 있겄지. 근데 내가 지금 여기 나가만 길바닥에 나앉게 됐는데 우짜겄나."

노인은 카악 소리를 내더니 타구에 가래를 뱉었다. 노인의 실루엣이 컬러텔레비전에 잡혔다. 〈십계〉인지 〈쿼바디스〉인지 〈삼손과 데릴라〉인지 그런 옛날 영화가 컬러로 나오고 있었다.

"자네, 돈 좀 있는가?"

김씨가 꽤나 난감한 표정을 지었다.

"딴게 아이고 돈 좀 있으만 요 앞 마차상회에 가서 막걸리나 좀 받아주면 좋겠구만."

13. 양미리 소금구이와 막걸리

선팅을 발라놓은 마차상회의 미닫이문을 열고 들어가자 따라 들어온 바람에 알전구가 흔들거렸다. 가게 안은 양미리 굽는 냄새로 자욱했다. 그들도 양미리 소금구이와 막걸리를 시켰다. 김씨는 연신 막걸리를 들이부었다. 잠시 후, 어리둥절한 표정으로 쳐다보는 노인에게 김씨는 게이코가 한 짓을 설명하기 시작했다. 문이 열릴 때마다 일이 없어 집에서 쉬는 광부들이 들어왔다. 광부들이 들어올 때마다 알전구는 흔들렸다. 여전히 눈보라는 그칠 기미를 보이지 않았다. 태식은 화장실에 가는 척하면서 슬그머니 자리에서 일어나 밖으로 나왔다. 태식은 까마귀가 혹시 어디 있는가 둘러봤다. 눈 내릴 줄 알았던지 까마귀는 보이지 않았다. 정말 큰일이 나기 전에 까마귀는 먼저 아는 것일까?

14. 까마귀

"까, 까, 까마귀들은 난리가 날라 카만 먼저 멀찌감치 도망간대요. 그, 그 여름에 사택촌에 물난리가 났어요. 하, 하, 하수구가 막히가지고 거꾸로 물이 올라왔어요."
"더듬지 말고 천천히 말해라. 너 같은 아아들은 첫말을 길게 빼고 말하만 된다 카더라."

"아 알았어요. 시이커먼 물이 하수구에서 솟아났어요. 하아필이면 식당 일 하던 어, 어, 어, 엄마가 자개농을 사다놓았을 때였어요. 사아 택촌 단칸방 집에, 그것도 시아버지하고 며느리하고 같이 잔다고 사람들이 손가락질하던 그런 코딱지만한 집에 자개농이라니. 그 자개농 아랫부분이 물에 젖어 그만 뒤틀리더니 마른 뒤부터는 문이 닫히지 않았어요. 나중에 할아버지가 자개농 문짝을 뜯어내서 선반처럼 그래 사용했어요. 자개도 안 보이는 농이 무슨 자개농이겠어요. 엄마가 봤으만 기절초풍을 했을 끼라. 그래 물난리가 나기 전에, 또 나고 나서 한동안 까마귀들은 보이지 않았어요. 새재 너머 아주 먼 곳까지 날아갔던가봐요. 어, 어, 어, 엄마도 물난리 나고 얼마 뒤 떠났어요. 까마귀가 나타나만 아이들이 돌멩이를 던져요. 까아마귀 소리를 들으만 운수 없다 캐서. 탄 캐러 갈 때 까마귀 소리 들으만 갱에서 못 살아 나온다 캐서. 그으래서 아아들이 돌멩이를 막 던져도 어른들이 아무 말도 안 해요. 까아마귀들도 돌멩이에 맞아도 그냥 날아가요. 피가 흐르고 아파도 그래 날아가요. 그게 되게 신기했어요. 유아 적에는."

"어릴 때 말이지."

"예, 예. 어, 어, 어, 어릴 때. 하안번은 나무에 앉아 있던 까마귀가 돌멩이에 맞아 툭 떨어진 적이 있었어요. 저녁밥 지을 무렵이었어요. 집에는 아무도 없었어요. 꾸우중물을 버리려고 집 뒤로 돌아가다가 그걸 봤어요. 까마귀가 푸득푸득거렸어요. 떨어진 까마귀를 밟으려고 몰려드는 아아들을 잡아당기면서 내가 말했어요. 그카지 마라. 죽이지 마라. 아아들을 잡아당겼어요. 아아들이 이상한 눈초리로 나를 쳐다봤어요. 까마귀는 죽이는 것으로들 알았으니까. 그 까마귀를 가슴에 품고 산에 올라갔어요. 거기서 멀리 도망가라고, 이 근처에는 얼씬도 하지 말라고 소리쳤어요……"

"야야, 울지 말고 이걸로 눈물이나 좀 닦아라. 그래 울어가지고 해결되는 게 있으만 나도 울겠다마는."

"까아마귀가 됐을 거라요. 불쌍한 우리 엄마 까마귀가 됐을 거라요. 손가락질하고 그랬어요. 운수 없다 카면서. 비, 비, 비, 빙신처럼 엄마 가는데 아, 아, 아, 아, 라고 말도 못했어요."

"안녕이라고 말이가? 잘 가라고?"

"예, 예, 아, 아, 아, 안녕이라고 말도 못했어요. 빙신같이."

"거, 눈물 좀 닦아라. 그란데 니 엄마가 어데 가는데 안녕이라고도 못했다 말이가?"

"……"

"어허, 눈물보가 왕창 터졌구만."

15. 웃음소리

"눈 시기 온대이. 이카고 있다가는 집에 돌아가도 못하는 거 아인가 모르겠다."

내리는 눈을 바라보며 마차상회 처마밑에 앉아 있는데 언제 나왔는지 얼굴이 불콰해진 김씨가 말했다.

"어짠 술을 그케 마이 드십니까? 또 기차 타고 한참 가야 되는데."

"나도 그래 어데로 튔으만 좋겠다. 게이코맨치로 돈 싸짊어지고 아무도 모르는 데로 그만 튀가지고 살았으만 좋겠다. 너는 안 그러나?"

"튀봐야 그게 그거지 뭐 달라지겠습니까?"

태식이 몸을 일으켜세우고 담배를 꺼냈다.

"담배 자알 먹네. 니는 맨날 죽고 싶다 안 그랬나? 어데 도망가만 그거보다는 안 낫겠나?"

"그래 도망간 게 대구 태극당 아입니까."

그 말에 김씨가 허리를 굽혀가며 큰 소리로 웃었다. 수그린 김씨의 등으로 눈송이가 하나둘 내려앉기 시작했다. 어깨를 들썩거리며 웃는 듯하더니 김씨의 웃음소리가 점점 잦아들었다. 어디에선가 털모자를 잃어버린 김씨의 머리칼이 제멋대로 달라붙어 있었다.

"그래, 니 시다생활 하민서 을매나 고생했을지 짐작이 간다. 그건 그렇고 이제 우리는 우짜나? 게이코 이년이 돈 다 들고 도망쳐뿌릿으니까 니 월급은 우째 주고 다음달 재료는 또 우째 사나. 게이코 년이야 우째 되든 간에 그 돈만은 기필코 되찾아 가져가야 되는 기다. 여서 빈손으로 돌아갈 수는 없다."

"뭐, 우째 해봐야지요. 그걸 우얍니까? 이 허허벌판 어디로 갔는 줄 알고 게이코를 찾겠습니까?"

"저 양반 말하는 거 보이 서울로 간 게 확실하다."

김씨가 그냥 바닥에 주저앉았다.

"그라만 서울까지 쫓아갈 낍니까?"

김씨는 새재 쪽을 바라보면서 길게 한숨만 내쉬었다. 고개는 드높았다.

"그거 을매나 하겠나?"

"뭐 말이라여?"

"텔레비 말이다. 그 칼라텔레비."

16. 땅의 귀퉁이

내리는 눈발에 하늘과 땅이 서로 맞닿아 있는 것처럼 보였다. 하얀 눈벌 사이로 진남으로 나가는 고개가 우련하게 보였다. 손금 같은 길이었다. 그 길마저도 하늘과 땅 그 사이의 어딘가로 사라지고 있었다. 지벅거리는 발걸음마다 뽀드득뽀드득 눈 밟히는 소리가 났다. 먼저 눈송이가 얼굴에 와 닿고 그다음에는 칼바람이었다. 김씨는 손수건을 머리에 둘러 귀를 가렸다. 하지만 손수건을 마냥 붙잡고 있으면 이번에는 손이 시렸기 때문에 두 손은 점퍼 주머니에 넣고 손수건 양끝을 입에 문 단작스러운 자세로 뒤뚱뒤뚱 걸었다.

"가은역에서 기다릴 걸 그랬나?"

김씨가 텔레비전을 들고 걸어가는 태식을 보면서 말했다. 손수건이 날아갈까봐 이를 악물고 말하는 통에 으드득 소리가 났다.

"이제 와서 그런 소리 하만 뭐합니까? 그냥 가입시다."

"뭔 차가 네 시간마다 다니나. 산골은 산골이다. 저어기 산모통이만 돌아서만 진남일 끼다. 거 가만 차 많다 캤응께 우째 되겠지. 아이고 얼어죽겠다. 춥기는 하다만 여기 풍광은 참 별유천지네. 우리 주 예수 그리스도가 오셨다고 이래 많은 눈을 내리주시는구만. 그라고 봉께 우리는 꼭 베들레헴 찾아가는 동방박사 같네. 칼라텔레비 들고 말이다. 핫핫핫! 우리를 구원하사 우리 주 예수 그리스도가 태어난 날잉께네 내 게이코 년을 오늘만은 용서해줄란다. 이 지독한 눈보라도 용서해줄란다. 빌어먹을 놈의 가은선도 용서해줄란다."

눈보라는 김씨의 그 마음을 아는지 모르는지 더 쏟아져내리기만 했다. 김씨 말처럼 가은에서 다음 열차를 기다리는 게 옳았던 것인지 모른다. 하지만 태식은 이를 악물었다. 진남으로 빨리 가야만 한다. 그 수밖에는 없었다. 가은으로 돌아간다고 해서 달라질 것은 하나도 없었다. 하지만 이 텔레비전을 들고 온 일만은 잘못한 게 아닐까? 김씨를 더 말려야 했던 게 아닐까? 태식의 머릿속으로는 무덤 속인 양 불도 켜지 않은 채 사택촌 세 평짜리 방에 앉아 문짝이 떨어져나간 자개농을 바라보고 있을 그 노인이 자꾸만 떠올랐다. 그 모습을 지우려는 듯 태식은 아무런 말 없이 터벅거릴 뿐이었다. 손수건 양끝을 입에 문 김씨도 마찬가지였다.

시골길이란 언제나 그랬다. 산모퉁이만 돌면 뭐가 있어도 있을 것 같지만, 기대하고 걸음을 재촉하면 아무것도 보이지 않는다. 하물며 눈이 이렇게 많이 내리는 날에는 애당초 기대하지 않는 편이 옳았다. 같이 걸어가는 구름도, 달도 없고 그저 점점이 하늘에 박혀 내려오는 눈송이뿐이었다.

"게이코보고 맨날 천애고아, 천애고아 그카지 않았습니까?"

눈이 들어와 구두 안이 축축해질 무렵, 눈이 거의 반을 차지하는 맞바람을 맞지 않으려고 고개를 숙인 채 태식이 말했다.

"그란데?"

김씨 역시 태식을 돌아보지 않은 채 지뻑거렸다.

"그래갖꼬 천애고아가 뭔 뜻인가 볼라고 사전을 안 찾아봤습니까?"

"것도 몰랐나, 자슥아."

"몰랐웅께 사전 뒤져봤지여. 피붙이가 한 개도 없는 걸 갖고 천애고아라 카대요. 하늘 끝에 뚝 떨어져 산다고. 저래 할부지라도 있는 아아보고는 천애고아라 카만 안 됩니다."

"……"

"그카고 또 그 밑에 봉께 천애지각이란 단어도 있습디다. 뭔 뜻인지 압니까, 천애지각?"

"내가 국어 선생이가? 그걸 우째 알겠나."

"하늘의 끝 땅의 귀퉁이라 카는 뜻입디다. 천애지각이라 카는 거는 꼭 우리 같은 사람한테 쓰는 말입니다. 우리가 꼭 그 천애지각을 걸어가고 있다 아입니까. 게이코도 어데 이런 길을 걸어가고 있는 거 아이겠습니까? 우리맨치로 말입니다."

김씨는 말이 없었다. 바람이 무감각한 귀에 대고 뭐라고 지분거렸다. 양말은 푹 젖어 점점 걷기가 불편했다. 길로는 다니는 사람도, 차도 없어 눈은 쌓인 그대로였다. 진남에만 가면 점촌으로 나가는 차를 잡아탈 수 있을 것이다. 하지만 걸어가면 걸어갈수록 과연 진남으로 나갈 수 있을까 의문이 들었다.

태식은 걸음을 멈추고 서서 뒤를 돌아다봤다. 태식이 걸어온 길이 눈송이에 지워지고 있었다. 눈송이가 온 세상을 하얗게 뒤덮은 모양을 보니 약간은 허무한 마음도, 또 약간은 무기력한 마음도 들었다. 그런데 그 마음이 왜 그렇게 편안한 것인지 태식은 알 수 없었다. 하늘에도 눈, 땅에도 눈이니 눈송이가 그만 하늘과 땅의 경계를 지워버린 셈이었다. 태식은 하염없이 내리는 눈송이를 바라보고만 있었다.

"빨리 안 오고 뭐하나?"

고개를 숙이고 걷느라 태식이 멈춰 선 줄도 몰랐던 김씨가 저만

치 앞에서 태식을 돌아다보면서 말하더니 다시 손수건을 물고 허
쩐허쩐 걸어가기 시작했다. 태식이 등에 짊어졌던 텔레비전을 눈
길 위에 내려놓으며 김씨에게 소리쳤다.

"이거 꼭 가져가야 되겠습니까?"

그 소리가 들리지 않는 건지, 아니면 못 들은 척하는 건지 김씨
는 계속 보이지도 않는 눈길로 걸어가고 있었다. 태식이 다시 한번
소리쳤다.

"이거 꼭 가져가야 되겠습니까?"

대답은 눈 잔뜩 머금은 바람이 대신 했다. 가는 수밖에 없다고.

그 상처가
칼날의 생김새를 닮듯

아버지가 울었다고 언니가 덧붙였다. 디디디 전화의 소음이 우리 사이에 있었다. 아버지와 가게 사정에 대해 말하던 끝에 지나가듯 언니가 덧붙였다. 공중전화 부스 옆 유리창은 깨져 있었다. 불어오는 바람에는 소금기가 가득했다. 군데군데 금이 간 수화기 저편에서 휘어진 젓가락으로 시멘트 회칠한 벽을 긁는 듯한 소리가 계속 들렸다. 언니는 거기가 어디냐고 간신히 물었다. 나는 먼 지방에 있었다. 언니와 나 사이에는 검은 강이 놓여 있었다. 디디디 전화의 잡음과 동전 떨어지는 소리로 이뤄진.

나는 수화기에서 귀를 뗐다. 귓속 깊숙이 파도로 몸 바꾸는 강물 소리가 자리잡았다. 칠흑처럼 어두운 새벽, 강물이 깊은 하상河床을 스쳐가듯 쇠사슬 끌리는 소리가 파도 소리 사이를 비집고 들어왔다. 바닷물에 젖은 몸으로 어부들이 돌아왔나보다. 나는 어딘지 모르겠다고 말했다. 아직은 돌아가고 싶지 않다고 덧붙였다. 잡음이 언니의 긴 한숨을 잘라냈다. 그러고는 내내 잡음뿐이었다. 내게는 더이상 동전이 없었다. 나는 동전이 얼마 남지 않았다고 말했다. 언니는 내 말을 이해하지 못했다. 집에 전화 걸 동전도 없으면서 왜 나갔느냐고 언니가 물었다. 언니의 말은 중간에서 끊어졌다. 수화기에서는 신호음만 들렸다. 아버지가 울었다고 언니가 덧붙였다.

언니와 나는 세 살 차이다. 나와 막내는 띠가 같다. 언니와 막내는 열다섯 살이나 차이가 난다. 엄마가 마흔이 넘은 나이에 막내를 가졌을 때, 언니는 자목련처럼 가슴이 봉긋하게 피어오르던 여학생이었다. 그 시절, 우리는 다른 곳에 살고 있었다. 그 옛집 뒤쪽 툇마루에 앉아 있으면 높이 솟구친 목욕탕 굴뚝을 볼 수 있었다. 빨간색, 하얀색 번갈아가면서 테를 두른 굴뚝. 끄무레한 날이면 그 굴뚝에서 기역자로 휘어가는 하얀 연기를 볼 수 있었다. 슬프지도 않고 즐겁지도 않은, 그저 비스듬한 기역자로 휘어가는 연기였다. 툇마루에 기대앉은 언니가 그 연기를 하염없이 바라보다가 눈물을 흘린 일이 기억난다. 소리가 나지도, 얼굴이 일그러지지도 않았다. 그저 눈물이었다. 뒤뜰로 협죽도 붉은 꽃잎이 무성했던 시절의 일이었다. 그즈음 엄마는 막내를 가졌다고 했다. 나는 협죽도 그늘 아래 돋아난 천궁을 발로 툭툭 차면서 전날 아버지를 따라 찾아갔던 시립도서관 얘기를 하고 있었다.

시립도서관의 외벽에는 희석시킬 대로 희석시켜 거의 물색에 가까운 베이지색 페인트가 칠해져 있었다. 아버지는 하루종일 날짜가 지난 신문만 들여다보고 있었다. 신문지는 색이 바랬고 군데군데 찢겨나갔다. 나는 바람이 넘실대는 창가 자리에 앉아 대출한 클로버문고나 계림문고 따위를 읽었다. 발을 구르노라면 마루에서는 마른 장작 냄새가 코를 질렀다. 여름이 깊어질수록 플라타너스 그림자도 짙어졌다. 매미 소리는 파국을 연상시킬 만큼 커졌다. 나는 읽은 책을 읽고 또 읽었다. 『키다리 아저씨』『작은 아씨들』『15소년 표류기』같은 것들. 내가 좋아하는 장면이 나올 때까지 읽었다. 가끔은 『세계명언집』도 읽었다. 강한 자가 이기는 것이 아니라 이긴 자가 강한 것이다. 무명씨. 공인된 키스는 훔친 키스보다 감미롭지 못하다. 모파상. 웃으라, 그러면 이 세상도 함께 웃을 것이다. 울어라, 그러면 너 혼자 울게 되리라. 윌콕스. 외로워도 슬퍼도 나는 안 울어 참고 참고 또 참지 울긴 왜 울어. 유은재. 그건 열두 살 그 시절의 내 좌우명이었다. 손바닥 가득 낙숫물을 받듯 지루한 시간이 이어졌다. 아버지는 옴지락거리지도 않고 다수굿하게 신문을 들여다봤다. 나는 그렇다 치고 아버지는 왜 같은 신문을 읽고 또 읽었을까? 아버지가 신문을 들여다보는 시간만큼 책을 읽기란 여간 지루하지 않았다. 그 밖에는 다 좋았다. 자전거 짐받이에 올라타 아버지 허리를 붙잡고 도서관까지 가는 일도 좋았고 높디높은 플라타너스 그늘 아래 앉아 아버지와 함께 도시락을 먹는 일도 좋앉고 오후에 밖으로 나와 비스듬히 설치된 윗몸일으키기 기구에 나란히 누워 하늘을 올려다보는 일도 좋았다. 늘 바람은 우리 쪽으로 불어오고 있었다. 아니, 그런 바람만 나는 느낄 수 있었다.

아빠한테 이라고 물었제. 아빠, 아빠. 스티로폼에 뽄드 뿌리믄 스티로폼이 녹잖아. 근디? 저그 뭉게구름에 뽄드 뿌리믄 구름도 녹으까? 글씨. 아녀, 구름도 분명히 녹을 거구만. 구름은 서풍에 올라타고 있었다. 그 구름을 바라볼 때 아버지와 나는 서쪽으로 느릿느릿 흘러가고 있었다. 어디로 가는 거까? 구름 말이여? 아니, 우리 말여요. 천궁이 내 발길을 피하는 동안, 나는 그런 얘기를 하고 있었다. 느낌이 이상했다. 돌아봤더니 언니의 눈이 왕방울만했다. 눈에 맺힌 작은 방울이 불어나고 있었다. 눈물이 떨어지기 직전, 눈망울이 달막거렸다. 나는 그만 입이 딱 다물어졌다. 언니, 왜 근가? 암것도 아녀. 그냥. 나는 언니의 시선을 좇았다. 빨간색, 하얀색 번갈아가면서 테를 두른 목욕탕 굴뚝. 슬프지도 않고 즐겁지도 않은 비스듬한 연기. 내 기억 속에 그 모습은 뿌연 노란빛으로 남아 있다.

그리고 그해의 마지막 태풍이 다가왔다. 협죽도 꽃잎은 무시로 떨어져내렸다. 한낮에도 불을 켜지 않으면 옛집은 토굴만큼이나 어두웠다. 산티가 두드러진 엄마는 라디오 연속극을 틀어놓고 불 지핀 방에 누워 있는 일이 잦았다. 언니는 라디오 소리 때문에 공부가 안 된다며 트집을 잡았다. 그렇게 누워 있지만 말고 뜨개질이나 하면 어떻겠느냐고 비아냥거리기도 했다. 습기가 가득한 이불과 마찬가지로 언니의 말은 힘껏 쥐어짜면 짜증이 한 대야는 채울 것만 같았다. 처음에 엄마는 웃어넘겼다. 얼마 뒤부터 엄마는 딸년이 공연한 시집살이를 시키려 든다며 맞받아쳤다. 언니가 엄마보다 더 크게 소리지르는 일이 잦았다. 나는 이제 더이상 도서관에 가지 않았다. 군청색 우산을 받쳐들고 도서관에서 돌아온 아버지는 빛바랜 신문을 꺼내 가위로 기사를 오려 연습장에 붙였다. 워낙 당신 기사는 스크랩하던 분이었지만, 그때는 모두 다른 사람의 기사였다. 하지만 오리고 붙이는 일만이 중요한 듯, 기사의 내용은 상관이 없었다. 네 컷짜리 만화가 붙여지기도 했고 부고와 심인 광고와 사채 광고로 가득한 광고란이 오려지기도 했다. 종교행사처럼 경건하던 그 일이 끝나고 나면 아버지는 빗물에 져버린 협죽도를 바라보며 술을 마셨다. 술을 마실 때면 아버지는 아무런 소리도 못 듣는 사람 같았다. 시간이 지나자 엄마와 언니는 아버지가 집에 있는데도 언성을 높였다. 아버지는 어디에도 없는 사람처럼 보였다.

불결해. 언젠가 언니가 책상 앞에 앉아 말했다. 언니는 뭔가를 긁적이고 있었다. 언니의 야유를 받으면서도 *꿋꿋하게* 『소설 쥬니어』를 읽던 나는 무심결에 말했다. 뭣이? 설마 그게 아버지일 줄은 몰랐다. 니는 엄마가 왜 저 모냥으로 누워 있는지 아냐? 애기를 가졌응게. 나이 사십 넘어갖고 애기 가진 게 얼마나 불결한 일인지 아냐? 나는 몰랐다. 것도 그 이유가…… 언니는 갑자기 말을 멈췄다. 토라졌는지 입을 굳게 다물었다. 그 입 모양만큼이나 이악하게 공책에다 글씨를 꾹꾹 눌러썼다. 자물쇠까지 달린 언니의 비밀일기였다. 몰래 훔쳐봤다가 눈물을 쏙 뺄 만큼 혼났던 적이 있었다. 나는 『소설 쥬니어』를 덮고 일어나 앉았다. 이유가 뭔디? 언니는 더이상 말이 없었다. 대신에 또 눈물이 흘러내리고 있었다. 그해 여름, 언니는 정말 눈물을 많이 흘렸다.

이유는 며칠 뒤 알 수 있었다. 생명을 다한 태풍은 저기압으로 잦아들었다. 마당에 떨어진 수백 장의 협죽도 꽃잎과 오랫동안 눅눅해지도록 습기를 빨아들인 이불과 예민해질 대로 예민해진 두 여자, 그러니까 엄마와 언니의 신경전만이 우리집의 태풍 피해로 집계됐다. 힘이 없는 태풍이었다. 저녁을 먹는 동안, 빛과 빛 사이가 성기어졌다. 무슨 일인가고 나는 고개를 들었다. 언니는 몇 숟갈 뜨는 둥 마는 둥 자리에서 일어났다. 입이 아조 고급이구마. 엄마 얼굴에는 기미가 부쩍 늘었다. 한 개 두 개 세 개 네 개. 젓갈하고 김치는 빼고 두 개. 국 하나. 아무리 애가 섰다지만 엄마 너무하는 거 아녀. 아부지도 집에 계신다…… 마흔 넘어 애 가진 게 그렇게 자랑스러우셔? 참새 같은 입으로 언니가 쏘았다. 그게 뭔 소리여? 마침내 아버지가 입을 열었다. 나는 깨맛이라고 생각했다. 엄마가 곧바로 부르댔다. 먹기 싫으믄 니 방으로 싸게 가! 자네는 가만있어봐. 니 그게 뭔 소리여? 언니는 입술을 꼭 붙였다. 말하지 않을 거라고 나는 생각했다. 언니는 두 팔로 자기 몸을 감쌌다. 아버지가 소리나게 숟가락을 상 위에 내려놓았다. 언능 잘못했다고 빌어. 엄마의 말이 끝나기도 전에 아버지가 다시 가만히 있으라고 소리쳤다. 아버지의 그런 모습은 아주 오랜만이었다. 그해 봄, 그 사나웠던 봄 이후로 아버지의 얼굴에서 사라졌던 표정이 다시 돌아왔다. 언니가 바라보는 장판지는 장마통에 누렇게 들떠 있었다. 잘못했어요. 언니가 아물거렸다. 엄마가 한숨을 내쉬었다.

니, 목간통집 딸하고 친했냐? 언니 눈이 휘둥그레졌다. 목욕탕집 딸은 여상에 다녔었다. 언니는 그때 중학교 2학년이었다. 둘이 친할 리가 없었다. 모르든 않제요. 언니가 대받았다. 근디 어째 그란디요? 언니에게는 충분히 질문할 권리가 있었다. 그즈음, 동네에서는 누구도 목욕탕집 딸에 대해 말하지 않았다. 너무나 빨리 그 존재는 잊혀졌다. 비에 져버린 협죽도처럼. 친하지도 않았음서 어째 그런 것에 정신을 써! 니가 뭣을 안다고 그런 것에 정신을 써! 언니가 대거리했다. 아빠! 누구 맘대로 일기장을 본 거여! 니가 뭣을 안다고 학살이니 분노니 나불대는 거여! 니가 뭣을 안다고? 대체 니가 뭣을 안다고? 아버지는 밤새도록 니가 뭣을 안다고, 그 세 마디만 되뇔 것처럼 보였다. 엄마가 아버지의 왼팔을 움켜잡았다. 언니는 그런 아버지의 말에 질리지도 않았나보다. 나가 왜 몰라요? 그 언니는 사람들 죽어간다고 해서, 피가 부족항께 헌혈해달라고 해서 기독병원에 헌혈하러 갔었어요. 나가 뭣을 모른다는 거예요? 헌혈하고 나오다가 총 맞아 죽었다는 거 모르는 사람 없어요. 나가 뭣을 모른다고 그러세요? 닥치지 못혀! 아버지의 고함도 언니를 현실로 데려오지는 못했다.

아빠야말로 뭣을 아시는디요? 은재하고 나, 우리 둘로도 부족혀서 사람들이 죽어가고 있던 그 시간에 아들 낳을 궁리만 하신 거 아녀요? 그것이 다 뭔디요? 그 말에 나는 깜짝 놀랐다. 당황스러워 고개를 숙이는데, 상 밑으로 아버지의 손이 보였다. 주먹을 쥔 손은 화들거리고 있었다. 무섭고 난처하기만 했다. 엄마는 안달이 난 표정으로 언니의 뺨을 떠다밀었다. 때렸다고는 볼 수 없었다. 그 이상한 동작에 언니의 섫이 삭아들었다. 언니는 울상이었다. 하지만 엄마가 먼저 울음을 터뜨렸다. 이 못된 자식. 정말 니가 뭣을 안다고 지껄이는 거여. 엄마의 울음을 따라 언니도 소리내어 엉엉 울었다. 나도 울음이 쏟아졌다. 마지막 태풍은 그렇게 지나가고 있었다.

그해 겨울이 지나기 전에 우리는 8톤 트럭에 짐을 싣고 고향을 등졌다. 가을이 시작되면서 아버지는 도서관에 가지 않았다. 언젠가 술 마신 끝에 아르헨티나로 가야 한다며 소리치던 일이 떠올랐다. 넘실대는 저녁바람에 마루 위 백열등 노란 불빛이 흔들렸다. 아버지는 아르헨티나로 가는 방법을 몰랐던 게다. 고작 고향을 떠날 수 있었을 뿐이었다. 하지만 그게 경상도 땅일 줄은 몰랐다. 그 말을 듣자마자 우리는 풀이 죽었다. 1980년의 끄트머리에 우리는 옛집을 떠났다. 고무 냄새 흥건한 이삿짐 트럭에 짐과 아버지를 먼저 태워 보낸 뒤 남은 식구는 대전행 버스에 올라탔다. 트럭 손잡

이를 잡고 조수석에 올라탄 아버지가 가서 보자고 말할 때 어찌나 겨울바람이 매섭던지. 갈데없는 실업자가 된 아버지의 전 직장 동료 아저씨들과 함께 손을 흔들 때, 그렇게 영영 아버지를 떠나보내는 것만 같았다. 어디 아르헨티나 같은 먼 곳으로. 절로 눈물이 찔끔거렸지만 우리는 누구도 울지 않았다.

그리고 그다음 해 2월, 이사 간 경상도 땅에서 날 때부터 눈 사이가 멀었던 막내 윤호가 태어났다. 윤호가 태어나자 언니는 두 번 다시 아들이 그렇게 좋으냐며 비아냥거리지 않았다. 윤호는 제 몸도 못 가눌 정도로 힘이 없었다. 소리내 울지도 못할 정도였다. 갓난아기여서만은 아닌 듯했다.

우리의 새집, 그러니까 신천상회 앞에 섰을 때, 아버지는 여기가 바로 우리의 대척지다, 라고 중얼거렸다. 대척지, 대척지. 정말이지 신기하게 들리는 말이었다. 그 단어는 한동안 나를 사로잡았다. 워낙 나는 아버지의 손때가 잔뜩 묻은 국어사전을 펼쳐 아무 낱말이나 읽는 일을 좋아했다. 그 이후로 나는 대척지라는 단어를 즐겨 찾았다. 대척. 정반대가 되는 곳, 혹은 지구상 한 지점의 정반대가 되는 땅이라고 뜻풀이가 돼 있었다. 그제야 나는 왜 아버지가 아르헨티나 얘기를 했는지 알 수 있었다. 사회시간에 나는 손을 높이 들었다. 선생님은 계속 땅을 파고 들어간다면 아마도 아르헨티나가 나올 것이라고 설명했다. 거기가 대척지였다. 정반대의 땅.

하지만 아버지는 왜 경상도의 이 작은 도시를 대척지라고 말했던 것일까?

이사한 뒤로 우리는 어느 때든 표준어로 얘기했다. 아버지의 명령이었다. 허벌나게 먹어쌓네, 라고도 그케 마이 묵나, 라고도 말하지 않았다. 그저, 많이도 먹네, 라고 또박또박 끊어서 말했다. 가끔 저도 모르게 아까맨치로, 라든가 긍가 안 긍가, 따위의 말을 내뱉을 때도 있었다. 그럴 때면 우리 자매는 저희끼리 입을 툭 쳤다. 손바닥으로 언니 입을 치거나 언니가 내 입을 치고 나면 배시시 웃음이 나오고 그 끝에 아련한 슬픔이 맴돌았다. 왜 그런 생각이 들었는지 모르겠다. 우리는 꼭 뿌리 뽑힌 강아지풀 같았다.

아버지는 새벽부터 밤늦은 시간까지, 원래 'New Heaven'이라는 뜻의, 그러니까 종교의 자유를 찾아 신대륙으로 떠난 미국 청교도마냥 당신이 찾은 새로운 하늘이라는 뜻의 신천상회에서 몸과 마음을 바쳐 꼬박 일했다. 엄마는 윤호를 돌보느라 가게에 나올 여력이 없었으므로 아버지는 늘 가게에 붙박여 있어야 했다. 끼니때마다 우리는 번갈아가며 도시락 심부름을 했다. 우리는 가게에서 장사하지 않았다. 아버지가 허락하지 않았다. 우리가 발길을 돌리지 못하고 있노라면 아버지는 계산대 뒤에서 도시락을 먹었다. 그당시 아버지는 계체량 통과를 기다리는 권투선수처럼 매사에 몸이 달았다. 그렇게 열심이었건만 손님은 그다지 늘지 않았다. 그만큼 병원비와 약값 씀씀이가 많은 우리집 살림살이는 어려워졌다.

아무리 또박또박 표준어를 사용해도 동네 사람들은 우리가 뭐라고 얘기만 꺼내면 단번에 우리가 온 곳을 알아맞혔다. 우리는 등뒤에서는 물론 면전에서도 깽깽이라고 불렸다. 그 동네에서 깽깽이라고 불리는 사람은 가끔씩 나타났다가 사라지곤 하던 미친 여자뿐이었다. 아이들이 깽깽이라고 부를 때면 나는 분을 참을 수 없었다. 두 눈에 눈물이 그렁그렁 맺히기 일쑤였다. 언니는…… 울지 않았다. 절대로 울지 않았다. 대신에 문둥이 자식들이라며 얼음집의 얼음덩어리처럼 각이 지고 싸늘한 표준말로 대꾸했다. 1980년, 막내 윤호가 엄마의 뱃속에 있던 그 여름과 가을 이후로 언니는 절대로 울지 않았다. 나는 조금씩 언니에게서 울지 않는 법을 배워나갔다.

해가 저무는 것을 바라볼 때처럼 순간순간은 더딘 나날이었건만 지금 생각하면 그 시절은 삽시간에 지나가버렸다. 아버지는 이태 만에 억센 경상도 사투리가 떠들썩한 시장통의 상인으로 바뀌어버렸다. 고향에 살 때만 해도 집에 들어오면 베개에 가슴을 대고 누워 한문투성이 책을 읽거나 뭔가 글을 쓰던 지방 신문사 문화부장 출신이. 아버지는 사람 사귀기 좋아하는 기자 기질을 발휘해 시장 친목계 모임에도 숫기 좋게 참여하고, 동네 행사에도 빠지지 않았다. 가끔씩 우리집에서 계모임이 열렸다. 그럴 때면 방안에 자욱하게 풍기는 불고기 냄새만큼이나 경상도 사투리가 요란스레 흘러나왔다.

그때부터 조금씩 신천상회의 사정은 나아지기 시작했다. 평화시장은 워낙 역사가 오래된 재래시장이었다. 장날이면 인근의 산골 사람들이 모두 평화시장으로 나왔기 때문에 발 디딜 틈도 찾아볼 수 없을 정도로 북적거렸다. 아버지는 늦게 팔더라도 도매 장사를 하는 게 훨씬 이익이라는 것을 재빨리 알아차렸다. 두메까지는 생필품 배달차가 들어가지 않았으므로 시골 사람들은 한번 장에 나오면 물건을 많이 샀다. 아래쪽으로 물이 고이듯 자연스레 신천상회로 시골 사람들이 몰려들었다. 사람들은 아버지 같은 호인이 없다고들 치켜세웠다. 아버지도 어딜 가나 시골 사람들만은 아직 순박하다고 말했다.

그리고 상처가 아물어 더이상 아프지 않은 것처럼 언제부터인가 경상도 사투리가 살갑게 들리기 시작했다. 니 와 그카는데? 이 가시나. 어느 날인가, 제발 방 좀 깨끗하게 쓰라며 언니 행세를 하려는, 이제 간호대학 신입생이 된 언니와 그런 말을 주고받다가 놀라서 말을 그치고 서로 얼굴만 마주봤다. 잠시 후, 우리는 먼저 서로의 입을 치려고 낑낑대다 한참을 웃었다. 물론 집에서는 여전히 표준어로 말했지만, 학교에서 우리는 조금씩 사투리로 말하고 있었다. 경상도 사투리로. 여전히 우리의 별명은 깽깽이였지만, 이제 그 욕설이 우리 가슴속을 헤집어놓지는 못했다. 한동안 동네에 나타나던 미친 여자도 어디서 죽었는지, 아니면 고향으로 돌아갔는지 보이지 않았다. 그 상처가 칼날의 생김새를 닮듯 우리는 제법 경상도 가시나로 자라고 있었다.

가을이 깊어졌다. 교정에서 뿜어나오는 빛은 완연히 달라졌다. 가까이 심어놓은 키 작은 단풍나무 덕분에 수돗가 그 그늘 아래에서 노란 주전자에 물을 받노라면 물 색깔이 울긋불긋했다. 아, 가을도 한복판이라, 니 낙엽 구불라댕기는 소리가 들리나. 함께 주번을 맡은 친구아이가 두 팔을 쫙 펼쳤다. 그 아이의 아름이 그렇게 크다는 사실을 혼자 깨달으면서 나는 가을이 한껏 깊어졌음을 느꼈다. 가을빛은 어디에나 번지고 있었다. 뒷동산 신갈나무 그늘로도, 여고 졸업반이 된 친구들의 목덜미로도, 푸드득 소리내 하늘로 치솟는 까치의 날개로도. 가을은 늦도록 번지고 있었다. 함께 물을 받던 친구아이가 문득 어제 일 괜찮으냐고 물었다. 소콜라가 그래 화내는 것도 첨일 꺼라. 그 빙신 겉은 게 어쩌다가 그래됐나 모르겠다. 나는 애써 친구아이의 말을 피했다. 그 아이로서는 미안한 일도 많을 것이었다. 같은 주번인데, 나만 맞고는 그만 끝나버렸다. 하지만 괜찮아졌다. 깊어진 가을이 내 마음을 누그러뜨렸다.

오후 첫 수업은 지리였다. 여긴 주번 없나? 지도를 갖다놔야 할 거 아이야. 출석부로 교탁을 탁탁 치면서 젊은 지리 선생이 장난스레 소리쳤다. 일어서려는 짝아이의 팔을 잡아 말리고 내가 얼른 자리에서 일어나 교실을 빠져나왔다. 학습자료실은 신축 교사와 본관 사이, 수돗가 옆에 있는 구교사에 있었다. 목재 건물인 그 교사는 철거 비용이 없어 학습자료실, 음악실, 미술실, 양호실 등으로 사용될 뿐 더이상 교실로는 쓰이지 않는 건물이었다. 나는 교무실에서 학습자료실 열쇠를 받아 이제는 아예 검게 변해버린 구교사로 달려갔다. 숨을 헐떡거리며 학습자료실 자물쇠를 열었다. 그때 어디선가 내 이름이 들렸다. 바로 옆 음악실이었다. 워낙 나지막한 목소리라 내 이름이 아니었다면 귀를 기울이지 않았을 것이다. 목소리를 들어보니 부임한 첫 수업에서 하도 소크라테스가 니 자신을 알라 그랬느니 어쨌느니 집요하게 떠들어대는 바람에 별명이 그만 소콜라로 굳어버렸다는 국민윤리 선생과 하루종일 음악실에 틀어박혀 잘 나오지도 않는 음악 선생이었다. 둘이서 무슨 음식인가를 먹으면서 얘기하고 있었다.

그캉께, 결국에는 디제이가 나온다는 말 아이가. 칠게 뿌리만큼이나 질기구만. 독하네. 다마네기 같은 너들 서울내기들은 어떻게 생각할랑가 몰라도 전라도 아아들이 그래 독하다. 8반에 유은재라고 있어여. 가 아버지가 라도 아이가. 그래, 가도 전라도 아아지. 어제 기분좋게 해가꼬 8반에 수업 들어가봉께 칠판을 지우다가 말았더라고. 그래, 여는 주번도 없나 했디마는 그 가시나하고 또하나가 비실비실 손들데. 일루 나온다, 하고 불러세우고는 싸대기를 후리갈긴다 카는 게 내가 너무 세게 갈긴 긴지 아아가 어데가 좀 부실하던지 홱 자빠지더니 문에 대가리가 꽉 부딪혔어. 놀랬지. 내기분좋게 들어갔다고 안 캤나. 그래, 나도 사람인데 그게 안 미안

하겠어여. 그래, 어데 다친 데 없나 하고 볼라캉께 야가 발딱 일어서는 기라. 그키 세게 부딪혔는데, 속은 우째 됐는가 몰라도 겉보기는 머얼쩡해. 희한하데. 야, 그것 좀더 줘봐라. 맛좋네. 다른 아아들 같았으만 벌써 펑펑 울고불고 난리가 났을 끼라. 그거 보이 요거 맹랑하네, 이런 생각이 들데. 백인당 딸내미만 같았어도 벌써 그 여편네 다녀갔을 낀데. 그 여편네 얘기는 뭐하러 꺼내요? 그래, 니가 그 여편네 때메 마음고생 마이 한 거 내가 다 안다. 그때 아마 모가지가 달랑거렸지. 웃기는 말씀 마세요. 헤헤헤, 그래 니 모가지 사정이야 니가 잘 알 끼고 우째 됐든 그래 맹랑하게 아무 일 없었다는 듯이 일어서는 거 봉께 은근히 화가 치밀데. 나를 우습게 아는갑다 싶기도 하고, 이게 전라도 아아라서 그런갑다 싶기도 하고. 그래 다시 쌔렸지. 왜 그랬어요? 감정 실어서 때리는 거는 애들도 다 아는데…… 그런데 뭔 돌떡이 이래 딱딱하나? 원체 돌떡인 모양이라. 너도 돌잔치 할 날이 얼마 안 남았는 거 아이가. 야, 그런 눈으로 보지 마라. 나도 뭐 그랄라고 그랬겠나. 나도 잘 모리겠다. 그래 발딱 일어서는 거 보이 그냥 꼴도 보기 싫어지는 게 손이 막 나가데. 빙신 같은 기 그냥 울만 나도 편하고 지도 편하겠구만 울지를 않는 기라. 반 아아들도 보는데, 참 우습게 되는 거 아이가. 그거는 이런 이치다. 너도 왜 살다보면 그런 기분 들 때가 있을 끼다. 때리만 울어야 한다. 왜냐하만 울라고 때리는 거기 때문이다. 거기서 일나만 더 때리게 된다. 선생이라고 예외는 없어여.

그래, 몇 대를 더 패는구만, 끝내 울지 않더라. 독하데. 빼갈보다도 더 독하데. 원래 전라도 애들이 그렇잖아요. 군대 있을 때도 선임병이 경상도 출신이면 그 밑에 들어가는 전라도 애들이 고생이 심했다구요. 저 수송병 할 때, 청도 출신 병장이 하나 있었는데, 이리 애가 신병으로 왔어요. 청도 놈이 그 신병을 얼마나 패던지. 그래도 그놈은 원래 생겨먹은 게 맷집이 좋은 건지, 때리는 놈이 경상도 놈이라서 그런지 군복 바지가 살갗을 파고들어가는 한이 있어도 고개 숙이지 않더라고요. 청도 놈 제대할 때까지 날마다 저녁이면 타작이 시작되는데, 아유, 그때 내가 서울 출신인 걸 얼마나 다행으로 생각했게요. 야, 따블빽 밑에 신병 배치 받으만 우째 되는가 아나? 그러니까 문제라는 거죠. 심하기로 따지자 카만 경상도 놈들도 마찬가지겠지만서두, 전라도 아이들도 상당하다. 박통이 그키 죽일라 캐도 디제이 버젓이 살아남아서 대통령 출마하는 거 봐라. 가아들이 원래 그런 게 재주다. 정여립이 때부터 원체 반란의 땅 아이가. 유은재 가아 아버지가 평화시장에서 슈퍼 크게 안 하나? 그런데요? 그 사람, 벌써 평민당이라 캤나, 거기 기천만원씩 쏟아부었다 카더라. 그걸 어떻게 압니까? 우째 알긴 허삼찬이가 말했으이까 알지. 허삼찬씨가 그걸 어떻게 알아요? 참말로 카나 부로 카나. 박선생, 물 좀 주라. 떡 먹을라캉께 목이 다 메네. 거 왜, 허삼찬이가 평민당인지 인민당인지 그 창당 발기인 아이가. 30일날 발기대휜지 사정대휜지 하러 서울 갔다가 신천상회 봤다 카더라. 두 눈에 눈물을 펑펑 쏟았다 카던데. 허삼찬씨는 민정당 청년회장 아니었어요? 술 탁보가 주종 가리는 거 봤나. 그 사람이 어데 정당 가리더나. 상고에서 잘리고 그냥 역전에서 노니던 깡패였다가, 그 언제고 와이에스가 대구 금호호텔에서 상이군인들 때메 감금됐을 때, 한병국이 따라가서 몸 한번 아낌없이 바친 거 인정받아서 신민당 들어간 사람 아이가. 그라만 것도 모르겠네? 뭘요? 그 소문이 짜하게 퍼져가꼬 이제 아무도 신천상회 안 간다매. 돈 갖다바쳤다고 말이다. 그걸 몰랐으만 모르겠지만 허삼찬이가 온 동네방네에다 신천상회가 기천만원씩 들고 김대중 선상님 품안에 귀순했다고 떠들어쌓는데, 어디 눈먼 돈이라고 두 발 달렸다면 신천상회로 가겠나 말이다. 어, 거기 앙꼬 떨어졌어요. 음악실은 청소해주는 학생도 없어서 제가 청소해야 해요. 흘리지 좀 마세요. 앙꼬라 캤나? 내 다 주워먹으께. 그 집이 시에서 물건값이 제일 싸다면서요. 시내 사람들이나 안 가겠지, 시골 사람들은 다 다니겠지, 갑자기 발걸음 끊겠습니까? 야, 어쨌거나 여는 지역사회 아이가? 지역사회가 뭐가? 옆집에 숟가락이 몇 개 있는가까지 다 안다는 거 아이가. 그런 판국에 누가 신천상회 가겠나 말이다. 참, 돈보다 무서운 게 남의 이목인 모양이지. 그건 그렇고 허삼찬씨도 참 이상한 사람이네요. 명색이 평민당 창당 발기인이라면 그런 비밀쯤은 지켜줘야 하는 것 아닙니까? 야, 바랄 거를 바래라. 그놈아가 그런 놈이었다 카만 발정난 강아지 모냥으로 신민당 붙었다가 민정당 붙었다가 또 평민당 붙었다가 하겠나? 애당초 신의 거튼 거는 없는 인간이다. 이번에 평민당 붙은 것도 공천받을라꼬 그랬다 카더라. 여기서야 노벨상을 받았다 캐도 마빡에 평민당 써붙이놓고는 국회의원 절대로 못한다. 그라니까 그런 인간도 공천받을라꼬 뎀비는 거 아이겠나. 그캐도 아무 소용 없는 짓꺼리다. 국회의원이 썩어나나? 왕후장상에도 씨가 있는데 그래 되겠나. 그냥 뒷거래할라꼬 한번 고개 들이미는 짓이지. 야, 그런 자가 금빼찌 달아가꼬는 정의사회 요원한 일이다. 떡갈나무에서 회초리 난다고 어디 양아치 하던 자가 국회의원 한단 말이가. 원래 정치가 그런 거죠 뭐. 군인도 국회의원 하는데. 너도 서울 출신이라고 입이 삐뚤어졌나분데, 말은 바로 해야 한데이. 그거는 군인이라 캐서 국회의원 된 게 아이고 그때만 해도 우수한 인력들이 다 육사 가서 그런 거다. 그런 걸로 사람 차별하만 안 되는 거라. 하긴 뭐, 그렇기도 하죠. 나는 군인들이 정치하는 거는 안 말리는 사람이라여. 그렇지만서두 깡패가 정치한다 카는 거는 말이 안 되는 소리라 생각해여. 그게 쌓는 거는 윤리에 어긋나는 일이라. 하하하, 윤리 선생님다운 말씀이군요. 윤리라고 말하니까 그게 생각나네요. 요새도 꼬박꼬박 어른께 문안드립니까? 그걸 우째 알아? 시민체전에서 김선생님 효자효부상 받을 때, 시장이 그랬잖아요. 아침저녁으로 문안인사 꼬박꼬박 드리지. 저녁에 들어가만 하루 동안 밖에서 있었던 일 소상히 말씀드리여. 그래 삼십 년 넘게 안 살아왔나. 나는 다른 거는 몰라도 그 양반 살아 계시는 동안에는 잘 모시기로 작심했다캉께. 우리 아이들도 보고 배운 게 있을 텡께 나 늙어도 잘할 끼다. 우리 아바이, 월남해서 원체 고생을 했다 안 캤나. 삼팔따라지라고 설움도 을매나 많았는가 모른다. 대추나무에 연이 걸렸다 캐도 열 손가락으로 셀 수도 없을 끼라. 대단하십니다.

대단하십니다. 그 말에 웬일인지 나는 도저히 학습자료실의 문을 열 수 없었다. 두 손으로 고스란히 차가운 자물통의 냉기를 받고 있었다. 손에 힘이 빠졌다. 두 손을 툭 떨어뜨렸다. 자물통이 나무문에 부딪히는 소리가 들렸다. 선생들의 얘깃소리가 갑자기 뚝 그쳤다. 나는 복도를 걸었다. 구교사 오래된 복도에서는 밟을 때마다 마른 장작 냄새가 코를 질렀다. 등뒤에서 "거기 누구야? 이리 안 와?"라고 외치는 음악 선생의 목소리가 울려퍼졌다. 내 귀에 그 말들이 흘러들어왔다. 그 말이 도무지 무슨 뜻인지 알 수 없었다. 거. 기. 누. 구. 야. 이. 리. 안. 와.

수돗가를 지나는데, 단풍나무 붉은빛이 주위로 번지고 있었다. 그 번지는 빛을 바라보고 있으려니 함께 주번을 맡은 아이가 달려오면서 나를 불렀다. 나는 고개를 돌려 그 아이를 바라봤다. 내 얼굴을 본 아이는 화들짝 놀라며 말했다. 뭔 일 났나? 나는 머뭇머뭇 입을 옴찍거리다가 단풍나무를 가리켰다. 가을이 깊어져서 그런가 나도 모르게 누, 눈물이 다 나오네. 또박또박 끊어서 표준말로 나는 말했다. 지도는 안 가오나? 무, 무, 문이 잘 안 열려. 다른 열쇠를 가져왔나봐. 아무리 돌려도 문이 열리지 않아. 또박또박 나오던 말이 뒤로 갈수록 흐릿해지더니 그만 울음소리로 번져버렸다. 늦가을의 노란 바람이 또 그렇게 수돗가로 흘러가 새빨갛게 적셔진 채 멀어졌다.

오후가 기울어질 때쯤이면 길에 면한, 비바람에 뒤틀린 나무문 사이로 환영처럼 노란빛이 밀려들어왔다. 그 빛이 얼마나 곧고 또 눈부시던지. 가끔 가게에 나왔다가 계산대 옆 쪽문을 열고 들어가 어둠침침한 안쪽 구석에 있는 화장실로 가노라면 햇살을 받은 등쪽이 아려왔다. 시장 좌판이 늘어선 쪽을 등지고 서쪽으로 비스듬하게 서 있던 가게라 그곳은 한낮에도 백열등을 켜놓아야만 다닐 수 있었다. 어릴 적에는 가게에서 놀다가 오줌이 마려울라치면 얼른 이백 미터 정도 떨어진 집까지 뛰어가기 일쑤였다. 안쪽 화장실까지 이르는 그 어두운 통로에는 정확하게 빗물이라고도, 변기에서 새는 물이라고도 말할 수 없이 매일 꿉꿉하게 바닥으로 밀려드는 물에 썩어들어가는 사과 상자가 있었다. 그 위 어둠 속에서 유통기한만 까먹고 있는 라면 박스며 음료수 상자가 오른쪽으로 쌓여 있었다. 그래서 화장실을 향해 걸어갈 때면 어쩔 수 없이, 곰팡이가 잔뜩 피어오른 벽에 왼쪽 어깨가 부딪히지 않을 수 없었다.

"오늘은 야간자습이 없다고? 그럼 잘됐구나. 아빠 교회 좀 다녀올 테니 저녁에 가게 좀 보거라."

화장실로 가는 그 비좁은 통로에서 다 닳아빠진 플라스틱 빗자루로 검은 물을 바깥쪽으로 밀어내며 아버지가 말했다. 빗자루가 사과 상자에 부딪히는 둔탁한 소리가 느릿느릿 성긴 하오의 공기 속으로 울려퍼졌다. 아버지의 조심스런 성격이 그 소리를 더욱 한가롭게 만들었다.

"내일은 여기를 좀더 손봐야겠어. 정신없이 사느라 그냥 놔뒀더니만 아주 엉망이네. 엄마는 윤호하고 대구 병원 가서 아직 오지 않았다. 얼른 집에 가서 저녁 먹고 오너라. 오늘은 아빠도 모처럼 집에 가서 저녁 먹어야겠다."

"엄마가 윤호 가졌을 때, 아버지는 윤호가 정상이 아니라는 사실을 알고 있었어요?"

내 말에 아버지는 비질을 멈췄다. 아버지는 쪼그리고 앉더니 한동안 말이 없었다. 틈새로 들어온 오후의 노란빛이 군데군데 하얀 아버지의 머리칼을 물들이고 있었다. 초라한 모습이었다. 그 언젠가처럼 아버지는 초라해 보였다.

"몰랐다. 그런 줄은 몰랐다. 하지만 알고 있었다고 해도 우리는 윤호를 낳았을 거다. 엄마나 나나 낙태라는 것은 상상하지도 못했으니까. 그때는 그런 일을 생각할 수도 없었어. 하지만 다행이지 뭐냐. 윤호가 저렇게 잘 크고 있으니까 말이다."

"윤호 태어날 즈음에 저 아버지 따라서 도서관에 잘 갔잖아요."

"그래, 그랬던 것 같구나. 그때 니 언니가 아들이 그렇게 좋냐고 비아냥거렸었는데. 잘 모르고 그랬던 거지."

아버지는 빗자루를 한쪽에 세워두고 가게 쪽으로 나왔다. 아버지의 어깨에 검은 곰팡이 자국이 묻어 있었다. 시선으로 빛이 쏟아져 들어오자, 아버지는 잠시 미간을 찡그렸다. 아버지는 계산대 뒤에 앉았다. 계산대 옆 라디오에서는 남녀가 진행하는 오후 프로그램이 한가롭게 흘러나오고 있었다.

"얼른 집에 가서 좀 쉬거라."

"그때 도서관에서 아빠는 뭘 하셨던 거예요? 왜 그렇게 신문만 들여다보신 거예요?"

"그게 다 기억이 나니?"

나는 고개만 끄덕였다. 어떻게 기억나지 않을 수 있을까. 그 여름과 플라타너스와 매미 소리와 발을 구를 때마다 마루에서 피어나던 마른 장작 냄새와 신문철을 넘기던 아버지의 굳은 표정이.

아버지는 아무런 말 없이 검지와 중지를 입술에 갖다대고 비볐다. 동네 사람들은 아버지가 술도 안 마시고 담배도 안 피우는 예수쟁이라고 알고 있지만, 신문사에 다닐 때만 해도 아버지 손가락에선 니코틴 냄새가 떠날 날이 없었다. 지금도 낡은 앨범을 들여다보면 자랑스런 표정으로 담배를 꼬나물고 언니와 나를 양손에 안은 아버지의 모습이 여러 군데 남아 있다. 이사 오면서 아버지는 담배를 끊었지만, 동네 사람들이 따돌리던 처음 얼마간은 그렇게 검지와 중지를 입술에 비비며 담배 찾는 시늉을 했었다.

멍하니 그런 생각을 하고 있는데, 아버지가 뭐라고 말했다.

"예?"

"그러니까 용서하려고 그랬단 말이다. 그 사람들을 용서하려고 그해 5월 신문만 들여다봤어. 매일 같은 신문을…… 어린이세계 문학을 읽는 너와 나란히 앉아서 말이다."

"그래서 용서가 됐어요?"

"지금이야, 다 용서가 됐지."

"신문을 거듭 읽는 일만으로도요?"

"……"

"윤호 때문에 가게에 묶여 꼼짝도 못한다는 사실을 잘 알면서도, 아빠가 서울까지 달려가 김대중씨한테 돈 갖다바쳤다면서 가게에 오던 사람들이 발길을 뚝 끊었는데도요? 우리 사정을 그렇게 잘 아는 사람들이 그러는데도요?"

"틀린 말은 아니지. 내가 후원금 낸 것은 사실 아니냐. 그런데 말이다, 나도 영 이해 가지 않는 일도 있다. 그 사람은 우리를 대신해 사형선고까지 받았던 사람이야. 이제 나도 거진 경상도 사람이 다 되어가고 옛날 일일랑은 다 잊어버렸다. 하지만 어떻게든 그 사람을 도와주고 싶은 마음만은 내 마지막 의지가 아니겠니? 그 정도는 여기 사람들도 이해해줄 줄 알았는데, 그게 잘 안 되는 모양이다. 살아보니 시간이 모든 것을 해결해준다는 말도 거짓말인 것 같다."

나는 고개를 숙였다. 오후의 낮고 노란 햇살이 내 손등을 적시고

있었다. 때로는 그저 비스듬한 기역자로 흩어지는 연기에게마저도
화가 날 때가 있다. 분해서 눈물이 나올 것만 같았다.

"아버지는 그때 왜 여기로 이사 올 생각을 하셨어요?"

내 말에 아버지는 할말을 잊은 표정이었다. 아버지는 잠시 내 눈
을 똑바로 바라봤다. 나는 그 눈길을 피하지 않았다. 아버지는 이
내 눈길을 돌렸다. 내 안에는 여러 말들이 나갈 곳을 찾지 못하고
갇혀 있었다. 내가 입을 열기 전에 아버지가 먼저 말했다.

"부끄러워서 그랬다. 세상이 비어 보이고 얼굴이 화끈거려 그곳
에서는 무엇도 할 수가 없었다."

"아르헨티나로 가시지 그랬어요?"

삐딱하게 기울어진 말이 내 입에서 잘도 쏟아졌다.

"나 혼자뿐이라면 남극에라도 안 갔겠니?"

아버지는 바깥을 내다보며 말했다. 맞은편 술집 앞에 맥주회사
트럭이 서 있었다. 회색 모자를 쓴 남자가 푸른색 상자에 담긴 맥
주병을 꺼내고 있었다.

"아빠도 결국 그랬던 거죠."

"뭐가 그래?"

"다른 사람들이나 마찬가지였단 말이에요."

아버지는 잠시 화가 난 표정이었다. 그러나 이내 그 표정은 사라
졌다.

"누군들 그렇지 않겠냐? 너희들한테는 미안한 말이지만, 그때

윤호 태어나지 않았더라면 아빠는 벌써 죽었을지 모른다. 윤호 보고, 저렇게 병을 몸에 달고 태어난 것 보고 다시 살아야겠다고 생각한 거야. 용기를 내야겠다고. 다시 살아야겠다고."

"언니는 그때 아빠가 무슨 레지스탕스라도 되는 것처럼 생각했어요. 엄마가 윤호 가질 무렵 말예요. 아버지가 매일 낯선 사람들과 밤늦게 들어왔다가 새벽이면 황급히 집밖으로 나갈 무렵 말예요."

아버지는 공연스레 현금계산기 서랍을 소리나게 닫았다.

"내가 그랬었나? 그때 일은 기억나는 게 없어. 니 언니는 그게 무슨 전쟁놀이 줄 알았던 모양이다. 세상에는 너희들이 아직 모르는 일이 참 많아. 사는 게 엿가락 부러뜨리듯 쉬운 게 아니니까."

"그렇겠죠."

그러니까 나는 도저히 윤리 선생을 용서할 수 없는 것이겠죠.

"얼굴이 어둡네. 무슨 걱정거리라도 있니?"

"아녜요. 아빠가 잘못 생각하시는 게 있는 것 같아서 그래요. 언니는 엄마가 윤호 낳는다고 해서 화가 난 게 아니었어요."

"왜 자꾸 그때 얘기는 꺼내는 거냐? 그럼, 도대체 니 언니가 왜 그랬단 말이냐?"

"그러니까, 아빠도 모르는 게 있단 말이죠."

"그래, 나도 모르는 게 있겠지."

"언니는 아빠가……"

"아빠가 뭐?"

언니는 아버지가 결정적인 순간에 비겁하게 행동했다고 생각했기 때문에 실망한 것이었다. 어찌됐건 언니는 폭음과 총성이 시끄럽게 들려오던 그날 밤, 엄마가 윤호를 가진 것이라고 믿었던 것이다. 그날 저녁, 아버지는 무기력했다. 누구에게라도 위로받고 싶어하는 얼굴이었다. 엄마는 눈치가 빨랐다. 나중에 엄마는 언니에게 거듭 니 아버지를 미워해서는 안 된다고 말했다. 아버지는 할 도리를 다 했다고 말했다. 사춘기를 지나온, 이제는 말수가 무척 줄어든 언니에게 그런 말은 하지 않아도 좋았다. 집에서 엄마 다음으로 윤호를 사랑한 사람은 언니였을 거다. 윤호 때문에 간호대학에 들어갈 생각까지 했으니까.

나는 찬바람이 부는 바닷가 벤치에 앉아 검은 밤바다를 바라봤다. 부드러운 음률을 듣듯이 어둠을 하나하나 지켜봤다. 아픔과 슬픔도 지나치면 그렇게 세세한 결로 보인다. 내게 상처 입힌 윤리 선생에게 그와 똑같은 무늬와 결을 되돌려주고 싶었다. 하지만 나는 되돌려줄 수 없었다. 신문을 들여다보는 것만으로 사람을 용서했다는 아버지가 있으니 말이다. 나는 고개를 절레절레 흔들었다. 그리고 파도 소리를 들으며 다락에서 찾아서 들고 온 아버지의 스크랩북을 펼쳤다. 오렌지빛 가로등 불빛에 기대 나는 한 장 한 장 넘겨가며 천천히, 아버지가 붙여놓은 그 기사들을 읽었다. '민주화 일정에 변함없다' '최대통령, 사우디·쿠웨이트 방문' '내주 초 시국 수습 단안 예상' '김종필·김대중 씨 등 26명 연행' '김재규 사형 확정' '전통불교의 현대화—부처님오신날의 뜻을 기린다' '광주 시민·학생 자체 수습 나서' '김재규 교수형' '바리케이드 너머 텅 빈 거리엔 불안감만' '도덕성을 회복하자' '미 한국정치 발전 희망' '국가보위비상대책위 설치'······

다 읽은 뒤에 처음부터 다시 읽었다. 글자와 글자 사이, 문단과 문단 사이, 생각과 생각 사이를 읽었다. 아무리 읽어도 나는 알 수가 없었다. 아버지는 그 여름 내내 도서관 한쪽에 앉아서 도대체 무엇을 읽었던 것일까? 누구를 용서했던 것일까? 파도와 파도 사이, 바람과 바람 사이, 달빛과 달빛 사이 이런저런 생각이 오갔다. 그리고 나는 벤치에서 일어나 가게 쪽으로 걸었다. 지폐를 동전으로 바꿀 생각이었다. 고작 딸이 집을 나갔다고 눈물을 흘리는 아버지에게 묻고 싶은 게 있었기 때문이다. 동전만 있으면 바로 전화해 물을 수 있을 것만 같았기 때문이다. 바보처럼 동전이 없어서 그렇게 묻지 못하는 줄 알았다. 나는 꿈결을 걷듯이 그 칼날의 생김새를 닮은 그 무늬와 결을 하나하나 되짚으며 어둠 속을 걸었다. 어둠은 이내 따뜻한 물기로 뺨에 와 닿았다.

뉴욕제과점

1

나는 이 소설만은 연필로 쓰기로 결심했다. 왜 그런 결심을 하게 됐는지 모르겠다. 그냥 그래야만 할 것 같았다. 그러고 보니 연필로 소설을 쓴 것도 꽤 오래전의 일이다.

오래전의 일로부터 이 소설은 시작한다.

아직도 나는 뉴욕제과점이 언제 문을 열었는지 정확하게 알지 못한다. 내가 태어났을 때, 거기 뉴욕제과점은 있었다. 어렸을 때, 어머니에게 이렇게 물은 적이 있었다.

"엄마는 언제부터 장사를 시작했어요?"

겨울이면 늘 코를 흘리고 다녀 소매끝이 반질반질하던 초등학생 시절이었다.

"니가 태어나기도 한참 전에 시작했지."

뉴욕제과점 난로 옆에 앉아 텔레비전 화면과 뜨개질바늘을 거의 동시에 바라보며 어머니가 말했다. 그즈음 우리 형제는 부쩍 자라고 있었다. 추석도 지나가 손님이 뜸해지는 가을부터 초겨울까지 어머니는 난로 옆자리에 방석을 깔고 앉아서는 잘 입지 않는 스웨터를 풀어 새 스웨터를 짰다. 어머니가 스웨터를 짤 즈음부터 우리는 모두 크리스마스 대목이 찾아오기를 간절히 기다리기 시작했다.

어머니도 그게 언제인지 정확하게 몰랐거나, 어머니는 말했는데 내가 너무 어렸던 탓으로 듣고는 잊어버렸던 모양이다. 좀 시간이 흐른 뒤에는 그런 일들이 더이상 궁금하지 않았다. 내 문제만으로도 정신이 없었다. 뉴욕제과점은 내가 태어나기 전부터 거기에 있었으니까 죽은 뒤에도 거기에 있을 것이라고 쉽게 생각했던 것 같다. 물론 인생은 그런 게 아니다.

이 글을 쓰느라 다시 곰곰이 생각해보니, 언젠가 어머니가 가게를 보느라 제과점 뒤에 딸린 골방에 갓난 누나를 혼자 내버려둔 적이 많았는데 그게 내내 미안했다고 말한 게 떠올랐다. 내가 태어났을 때 그런 방은 없었다.

"어디에 그런 방이 있었어요?"

난로에 언 발을 녹이고 있었거나 제과점 문을 들락거리면서 물었을 테다.

"저기 수족관 있는 데까지가 방이었어. 그때는 집이 없어갖고 한방에서 다 그래 잠도 자고 밥도 먹고 그랬거든. 호호호."

다행히 내가 태어났을 때만 해도 우리에게는 따로 살림집이 있었다. 그러니까 나만 빼놓고 우리 형제는 모두 뉴욕제과점에서 태어난 셈이다. 단팥빵이나 크림빵처럼. 미운 오리 새끼도 아니고 형제간에 그런 식으로 차이가 난다니 별로 기분좋은 일은 아니다. 누나는 1965년생이다. 그렇다면 뉴욕제과점이 문을 연 것은 1965년 이전의 일이 되는 셈이다. 월남 파병이 결정되고 이승만이 하와이에서 죽고 대학생들의 반대 속에 한일협정이 조인될 무렵이었다. 그 모든 일들이 내가 태어나기도 전에 다 일어났다. 그렇게 오래전부터 뉴욕제과점은 거기에 있었다. 나는 뉴욕제과점에서 태어나지도 않았는데, 사람들은 나를 뉴욕제과점 막내아들이라고 불렀다.

서울에서 우연히 고향 사람들을 만날 때면 지금도 간혹 뉴욕제과점 얘기가 나온다. 모두들 나보다 먼저 태어난 사람들이다. 역전에 있었다고 하면 대부분 기억해낸다.

"어머, 여고 시절에 거기서 미팅을 자주 했는데……"

언젠가 인사동 술집 울력에서 만난 한 시인이 내게 이렇게 말했던 것 같다. 그날 나는 술이 많이 취해 있었다. 나는 이렇게 얘기했으리라.

"이젠 더이상 제과점을 하지 않아요."

뉴욕제과점을 기억하는 고향 사람들에게 내가 늘 하던 말이다. 하지만 사람들이 내 말에 놀라거나 충격받는 경우는 거의 없다. 여학생 시절에 미팅까지 했던 곳이라면, 그리고 이제 더이상 그런 곳이 이 세상에 존재하지 않는다면, 그게 어째서 놀라거나 충격받을 만한 일이 아닐까? 나는 가끔 멍청한 표정으로 이런 생각에 잠겨 한참 고향 얘기에 열을 올리는 상대방을 당황하게 만들기도 한다. 고향 사람들과 얘기할 때, 나는 곧잘 문맥을 놓친다.

나는 뉴욕제과점이 있었던 그 거리에서 사라진 상점을 모두 기억하고 있다. 상점과 함께 동네를 떠나버린 사람들도 모두 기억하고 있다. 나란 존재는 그 거리에서 배운 것들과 그 거리 밖에서 배운 것들로 이뤄진 어떤 것이다. 물론 그 거리에서 배운 것이 압도적으로 많다. 내 몸안에는 내가 어려서 본 상인들의 세계가 아직도 생생하게 남아 있다. 저마다 내걸었던 양철 간판이나 형광등 간판이 어제 본 것처럼 또렷하다. 그 거리는 이제 이 세상에 존재하지 않는다. 지금 고향에 있는 거리는 예전에 내가 살았던 곳이 아니다. 어떤 의미에서 나는 실향민이나 마찬가지다. 지물포와 철물상과 목재상과 신발가게와 중국집과 금은방과 전당포와 양복점과 대폿집과 명찰가게와 다방재료상과 전업사와 저울가게와 하숙집과 대서방과 도장가게가 있던 내 고향은 영원히 사라졌다. 개발은 그 모든 작은 상점을 없애버렸다. 대단히 쓸쓸한 일이다. 죽음을 앞두면 자신의 삶을 처음부터 끝까지 다시 되돌아볼 기회가 찾아온다고 말하는 사람도 있던데, 만약 그게 사실이라면 나는 다른 시절에 할애된 시간을 줄여서라도 어렸던 그 시절 그 거리를 오랫동안 공들여 천천히 다시 걷고 싶다. 하지만 다른 사람들은 나와는 생각이 많이 다른 모양이었다. 대놓고 물어보진 않았지만, 뉴욕제과점은 그저 학창 시절에 미팅을 했던 장소 정도라 죽는 마당에 다시 가보고 싶은 마음은 전혀 없는 것 같았다. 그들로서는 당연한 마음이겠지만, 나는 그런 사람들이 좀 야속하다.

뉴욕제과점이 언제 문을 열었는지 나는 모르지만, 언제 문을 닫았는지는 안다. 내가 태어나기 오래전부터 존재했던 고향 거리의 수많은 상점들처럼 뉴욕제과점은 새롭게 바뀐 환경에 적응하지 못하고 1995년 8월 결국 문을 닫았다. 어차피 인생은 그런 것이니까 이걸 비관적으로 생각해서는 안 된다, 고 몇 번이나 다짐했다. 나보다 먼저 세상에 온 것들은 대개 나보다 먼저 이 세상에서 사라진다. 정상적인 세상에서 정상적으로 일어나는 정상적인 일이다. 그러니까 뉴욕제과점이 이 세상에서 영영 사라지는 일도 그와 마찬가지다.

하지만 과연 그런 것일까? 그저 사라져버리면 그만일까?

나는 1994년 5월 26일자 새김천신문을 아직도 보관하고 있다. 거기에 다음과 같이 시작하는 기사가 실렸다.

'김천 출생의 김연수군(24세)이 시와 소설로 각각 등단한 것이 뒤늦게 밝혀졌다.'

나도 기자생활을 해봤으니 이제는 이게 얼마나 멋진 도입부인지 잘 안다. 뭔가 흥미진진한 내력이 숨어 있을 것만 같다. 하지만 기사는 왜 내 등단 사실이 '뒤늦게' 밝혀져야만 했는지 아무런 정보도 주지 않는다. 그저 '뒤늦게' 전해 들은 것뿐이다. 그 사실을 '뒤늦게' 전한 사람은 아버지였다. 아버지는 기사 중 다음 구절에 노란 형광펜으로 줄을 그었다.

'역전파출소 옆 뉴욕제과점이 집이기도 한 작가 김연수군은……'

아버지는 가끔 그렇게 형광펜으로 줄을 그은 신문기사를 편지봉투에 넣어 보내오곤 했다. 언젠가는 편지봉투를 뜯어보니 조선일보 기사가 나왔다. 그때까지 나는 조선일보와 인터뷰를 하거나 조선일보에 글을 실은 적이 없었다. 펼쳐보니 아쿠타가와 상을 수상한 유미리에 관한 기사였다. 아버지는 유미리라는 이름에, 그리고 '방황과 절망이 빚어낸 문학성'이라는 홍사중씨의 칼럼 제목에 각각 붉은 형광펜 칠을 해놓았다. 동봉한 편지에 아버지는, '나는 너를 믿는다. 네 소신껏 희망을 갖고 밀고 나가거라. 어짜피 人生이란 그런것이 아니겠냐'라고 써놓은 뒤, '아니겠냐'의 '겠'과 '냐' 사이에 'V자'를 그려놓고 '느'를 부기했다. 그 편지를 읽을 때마다 나는 '아니겠냐'라고 쓴 뒤에 그게 마음에 들지 않아 중간에 '느'자를 삽입하는 아버지의 모습을 떠올린다. 아이가 생긴 뒤에야 나는 그게 얼마나 숭고한 일인지 알게 됐다.

인터뷰는 뉴욕제과점 수족관 뒤 어두운 자리에서 이뤄졌다. 갓 난아기였던 누나가 혼자 울음을 터뜨렸던 곳이기도 하고 인사동에서 만난 시인이 미팅을 한 자리이기도 했다. 그 자리는 무슨 까닭인지 남들 모르게 은밀히 빵을 먹으려는 사람들을 위한 곳이었다. 지금은 제과점에 이런 공간이 필요 없지만, 그때는 일반적이었다. 그 자리에 앉아 새김천신문에서 나온 사람과 오랫동안 얘기를 나눴다. 그 사람은 내 등단소설의 모더니즘 기법이 대단히 훌륭하다며 나를 추어올렸다. 대단히 훌륭하다니. 아마도 내 소설을 안 읽었던 모양이다. 나보다 스무 살 정도는 더 많아 보이는 그 사람 앞에서 나는 마늘을 다지듯이 '모더니즘이 아니라 포스트모더니즘'이라고 바로잡았다. 그 사람은 내 말을 받아 적었다. 우리 사이에는 어머니가 고른 단팥빵과 크림빵과 곰보빵이 은빛 쟁반에 놓여 있었다. 내가 좋아하는 빵들이었다.

나중에 나는 이 일을 두고두고 후회했다. 인생은 그런 게 아니었다. 점점 자기 그림자 쪽으로 퇴락해가는 뉴욕제과점 구석자리에서 나이가 스무 살 정도는 더 많은 사람을 앞에 두고 앉아 '모더니즘이 아니라 포스트모더니즘'이라고 바로잡는, 그런 게 아니었다. 내가 자라는 만큼 이 세상 어딘가에는 허물어지는 게 있다는 사실을 깨닫는 게 바로 인생의 본뜻이었다. 아이가 자라나 어른이 되는 정도의 시간이면 충분했다. 그사이에 아무리 단단한 것이라도, 제아무리 견고한 것이거나 무거운 것이라도 모두 부서지거나 녹아내리거나 혹은 산산이 흩어진다. 그럴 때마다 내 안에서는 부식된 철판에서 녹이 떨어져나가듯이 검고 붉은 부스러기 같은 것들이 죽어서 떨어져나갔다. 밀려드는 파도에 모래톱이 쓸려나가듯이 자잘한 빛들이 마지막으로 반짝이면서 어둠 속으로 영영 사라졌다. 내가 태어나 어른이 되는 그 짧은 시간 동안에 말이다. 그런 줄도 모르고 '모더니즘이 아니라 포스트모더니즘' 운운하는 바보 같은 말을 서슴없이 내뱉던 때였으니까. 나중에 신문을 받아들고는 무슨 신문기사에 '역전파출소 옆 뉴욕제과점이 집이기도 한 작가' 같은 표현이 다 실릴 수 있을까, 하고 생각한 것은 당연했다. 하지만 그렇지 않다면 나는 또 누구란 말인가? 지금은 경기도에 사니까, 또 뉴욕제과점은 더이상 존재하지 않으니까 누군가를 만나 나를 소개할 때면 "소설을 쓰는 아무개입니다"라고 말하지만, 아직도 고향에서 나는 '역전 뉴욕제과점 막내아들'로 통한다. 이제는 죽어서 떨어져나간, 그 흔적도 존재하지 않는 자잘한 빛, 그 부스러기 같은 것이 아직도 나를 규정한다는 사실은 놀랍기만 하다. 눈에 보이지 않는다고 해서 사라졌다는 말은 아니다.

예나 지금이나 내가 뉴욕제과점 막내아들이었다는 사실을 알게 됐을 때, 사람들의 반응은 늘 똑같다. 다들 "빵 하나는 엄청나게 먹었겠구만"이라고 말한다. 그 부러워하는 표정을 볼 때만은 재벌 2세도 마다할 만하다. 우리 어렸을 때만 해도 빵의 지위는 그처럼 높았다. 덩달아 제과점 막내아들의 지위도 지금의 소설가 못잖았다. 당연하게도 나는 지금까지 살아오면서 다른 어떤 사람보다 더 많은 빵을 먹었다. 거의 매일같이 빵을 먹었다. 그러다보면 한 가지 깨닫는 게 생긴다. 생과자나 햄버거나 롤케이크처럼 비싼 빵은 매일 먹는 게 사실상 불가능하다는 점이다. 매일 먹을 수 있는 빵은 몇 가지 되지 않는다. 단팥빵, 크림빵, 곰보빵, 찹쌀떡, 도넛, 우유식빵 같은 제과점의 기본적인 빵에만 질리지 않을 수 있다. 아마도 짜장면과 짬뽕을 가장 즐겨 먹는 중국집 아이가 있다면 내 말이 무슨 뜻인지 이해할 것이다. 죽기 직전, 어렸을 때의 그 거리를 다시 한번 걸어갈 일이 생긴다면 내 손에는 단팥빵과 크림빵과 곰보빵과 찹쌀떡과 도넛과 우유식빵이 들려 있을 것이다.

하지만 처음부터 빵을 그렇게 마음대로 먹을 수 있었던 것은 아니었다. 나는 뉴욕제과점에서 빵을 훔쳐먹은 경험도 있다. 남들 듣기에는 버스 차장이 무임승차해본 적이 있다고 말하는 것이나 마찬가지니 고해소에 들어가 고백한다고 해도 그다지 설득력이 없는 얘기다. 하지만 사실은 사실이다. 어머니가 보지 않을 때, 빵을 집어서 도망쳤다. 내게 잘해주던 약국 형제가 있었는데, 그 형제에게 빵을 대접하고 싶었던 것이다. 아직 초등학교에도 들어가기 전이었으니 어머니는 막 사십대에 접어들고 있었을 테다. 그때는 마음대로 빵을 먹지 못했다. 뉴욕제과점 막내아들이라는 호칭이 무색할 정도였다.

"다른 사람도 아니고 아들 입으로 들어가는데, 그걸 못 먹게 해요?"

뉴욕제과점이 이 세상에서 영영 사라진 뒤에 내가 어머니에게 물은 적이 있었다.

"그때는 한푼이라도 아쉬웠거든."

어머니가 말씀하셨다. 젊었을 때 어머니는 막내아들이 먹을 빵까지 팔아서 악착같이 돈을 만드셨다.

어쨌든 그 시절에는 일본말로 '기레빠시'라는 것을 먹었다. 우리말로 하자면 자투리, 부스러기 정도가 맞을 것이다. 신문지를 깐 큰 철판에 반죽을 채워 가스오븐에 한참 구우면 철판 가득 카스텔라로 바뀌어 나온다. 때에 전 하얀 가운을 입은 제빵 기술자 형이 일하는 공장은 가스오븐의 열기 때문에 늘 후끈거렸다. 공장 안에는 내 아름만큼이나 큰 대형 선풍기가 있었지만, 여름에는 뜨거운 바람만 토해낼 뿐이었다. 기술자 형은 큰 배터리를 검정테이프로 붙여놓은 빨간색 트랜지스터라디오에서 흘러나오는 아침 방송을 들으며 가스오븐에서 김이 모락모락 피어나는 카스텔라를 꺼내 밖으로 가져갔다. 잘 구워진 카스텔라의 표면은 코팅을 한 듯 저절로 생긴 기하학적 무늬가 그려져 반질반질했다. 오븐에 들어가기 전의 반죽과 오븐에서 구워진 빵은 같은 물질이라고 볼 수 없을 정도였다. 빵이 구워지는 모습을 나는 몇 번 정도나 봤을까? 한 오백 번 정도 봤을까, 천 번 정도 봤을까? 하지만 볼 때마다 그건 기적과도 같았다. 그런 일이 사람에게도 가능하다면 나도 기꺼이 가스오븐 안으로 들어가 뉴욕제과점 막내아들에서 미국 뉴욕의 실업가 아들 정도로 다시 나왔을 텐데. 그런 멍청한 상상이 한참 깊어질 무렵이면 밖에 내놓은 카스텔라도 웬만큼 식기 때문에 기술자 형은 신문지를 잡고 철판 밖으로 카스텔라를 꺼내 날은 없지만 무척이나 긴 제빵용 칼로 포장하기에 알맞은 크기로 잘라냈다. 가장 먼저 위아래 좌우의, 조금 타서 딱딱한 부분부터 잘라냈다. 기레빠시는 이렇게 잘라낸 빵을 뜻했다. 모양 때문에 잘라냈지만, 가게에서 파는 카스텔라나 다름없기 때문에 그냥 버릴 수는 없는 노릇이었다. 그렇다고 다른 사람에게 주기에는 모양이 너무 안 좋았다. 결국 기레빠시는 우리 형제들 차지로 돌아왔다. 계란과 박력분이 범벅이 된 기레빠시의 맛은 아직까지도 혀끝에 생생하게 남아 있다. 나는 단팥빵과 크림빵과 곰보빵과 찹쌀떡과 도넛과 우유식빵에는 질리지 않았지만, 이 기레빠시에는 질려버리고 말았다. 결국 우리 형제가 기레빠시에 손을 대지 않게 되자, 상하기 직전의 기레빠시는 집에서 키우던 강아지의 차지가 됐다. 강아지도 얼마간은 맛있게 먹었지만, 곧 기레빠시를 거들떠보지도 않게 됐다. 개들마저도 끝내는 알게 된다. 어차피 인생이란 그런 것이다. 과하면 질리게 된다.

한번은 친구들이 놀러왔다가 개 밥그릇에 놓인 기레빠시를 보게 됐다.

"어, 저게 뭐라?"

눈이 휘둥그레진 아이들이 물었다.

"기레빠시라."

기레빠시가 빵이라고 생각해본 적이 없었기 때문에 나는 무덤덤하게 대꾸했다.

"저거 카스텔라 아이가?"

"저거는 카스텔라가 아이고 기레빠시라 카는 거다. 카스텔라 부스러기다."

"부스러기는 카스텔라 아이가?"

며칠 뒤부터 학교에는 소문이 돌기 시작했다. 누구 집에서는 개도 카스텔라를 먹더라는 소문이었다. 지금도 그때의 초등학교 동기들을 만나면 이 얘기가 나온다. 지금도 나는 그게 카스텔라가 아니라 기레빠시라고 주장한다. 지금도 친구들은 그걸 카스텔라라고 기억한다. 뉴욕제과점에서는 개한테도 카스텔라를 먹였다, 고 친구들은 회상한다. 어쩐지 풍요로웠던 한 시절이 이로써 끝나버린 느낌이 든다.

2

서른이 넘어가면 누구나 그때까지도 자기 안에 남은 불빛이란 도대체 어떤 것인지 들여다보게 마련이고 어디서 그런 불빛이 자기 안으로 들어오게 됐는지 궁금해질 수밖에 없다. 자신이 어떤 사람인지 알고 싶다면 한때나마 자신을 밝혀줬던 그 불빛이 과연 무엇으로 이뤄졌는지 알아야만 한다. 한때나마. 한때 반짝였다가 기레빠시마냥 누구도 거들떠보지 않게 된 불빛이나마. 이제는 이 세상 어디에서도 찾을 수 없는 불빛이나마.

내 마음을 풍요롭게 만든 것은 어디까지나 불빛들이었다. 추석 즈음 역전 근처 평화시장에 붐비던 노점상의 카바이드 불빛과 상점마다 물건을 쌓아놓은 거리에 내걸렸던 육십 촉 백열등의 그 오렌지 불빛들, 혹은 크리스마스 가까울 무렵이면 상점 진열창마다 서로의 빛 속으로 스며들며 반짝이던 울긋불긋한 불빛들이나 역전에 모여든 빈 택시들의 차폭등과 브레이크등이 내뿜던 붉은 불빛, 또 귀성열차가 도착하기만을 손꼽아 기다리면서 운전사들이 피우던, 그만큼이나 붉었던 담배 불빛들. 그 가물거리는 것들. 내 기억 속에서 그 불빛들이 하나둘 켜지면 절로 행복한 마음에 젖어들게 된다. 어두운 역전 밤거리에 붐비던 그 불빛들은 따스했다. 우리가 지금 대목을 지나가고 있음을 알려줬으니까. 사람들이 줄지어 선 서울역 광장이나 꼬리에 꼬리를 물고 빠져나가는 귀성버스를 향해 손을 흔드는 구로공단 사람들의 모습을 담은, 저녁 거리를 향해 놓인 금성대리점의 컬러텔레비전. 대목 장사를 바라고 제과회사나 양조회사에서 공짜로 나눠주는 조잡한 디자인의 포장지에 일률적으로 포장한 뒤 상점 앞에 산더미처럼 쌓아놓은 종합선물세트, 혹은 경주법주나 백화수복 같은 것들. 서울이나 울산이나 대전이나 대구 같은 대도시 생활의 고단한 표정일랑 빈집에 남겨두고 내려온 귀성객들이 홍조 띤 얼굴로 말끄러미 들여다보던 선물세트 견본품 비닐 위에서 번득이던 백열등. 명절 특별 수송 기간을 맞이해 상점 진열창보다도 더 큰 널빤지에 만든 임시 시각표를 들고 와 대합실 입구 옆에다 세워놓던 역 노무자들의 주름진 얼굴. 그 모든 광경은 여전히 내 마음속에서 반짝인다. 지금도 그때 일을 생각하면 풀풀풀 가슴 한켠에서 불빛이 날리듯 반짝인다.

또 이런 기억도 있다. 다락에는 낡은 옷가지를 넣어두는, 종이로 만든 사각형 의류함이 있었다. 모두 두 개였는데, 그중 하나에 크리스마스 장식물 박스가 들어 있었다. 크리스마스가 다가오면 우리는 그 장식물 박스를 의류함에서 꺼냈다. 아버지가 미군 PX를 통해 구입했다는 비싼 장식물들이 그 안에 가득했다. 색깔공도 진짜 크리스털이었고 금은색 별도 대단히 정교했다. 아버지가 평소에는 살림집 이층에서 키우던 어린 전나무를 가져오면 우리 형제는 그 나무에 둘러서서 먼저 꼬마전구를 두른 뒤에 색동 지팡이나 빨간 구두 같은 장식물과 형형색색으로 반짝이는 줄을 내걸었다. 크리스마스트리를 모두 꾸미고 나면 가게 군데군데 남은 색줄을 늘어뜨리고 크리스털 공을 매달았다. 난로 주위로 늘어진 줄들은 어린 스티븐슨이 증기기관의 원리를 발견할 때의 에피소드를 연상시키며 뜨거운 열기에 저 혼자서 흔들리곤 했다. 약국에서 탈지면을 사와 눈처럼 만들어 창에다 붙이고 가게문에다 'Merry Christmas'라는 글자와 천으로 만든 호랑가시나뭇잎과 종이로 만든 은종이 맵시 좋게 어울린 화환을 내걸면 크리스마스 준비는 모두 끝났다. 온갖 크리스마스 장식물로 꾸며진 뉴욕제과점은 가스 오븐에 들어갔다가 나온 카스텔라 같았다. 문을 열고 들어서면 가게 안의 모든 것들이 불빛을 반짝이느라 정신이 없었다. 어머니도, 우리도, 탁자도, 수족관도, 진열된 빵들도 모두 저마다 빛을 발했다. 크리스마스이브가 되면 거의 십 분에 한 번씩 케이크를 사러 오는 사람들이 있었으니까 빛을 발하는 것은 당연했다. 보통때는 하루에 서너 개, 많아야 대여섯 개 정도만 팔렸으니까 엄청난 일이었다. 어머니는 삼백 개는 족히 넘을 만큼 케이크를 준비했지만, 사람들에게 아직도 팔아야 할 케이크가 많다는 느낌을 주고 싶지는 않았던 모양이다. 가게에 조금만 갖다놓고 팔리는 족족 우리가 옥상에서 케이크를 가져왔다. "5호 다섯 개하고 4호 세 개 가져와라"라고 외치던 어머니의 목소리에는 힘이 넘쳤다. 대목이 지나면 한동안 돈이 궁해질 수밖에 없었으니까 어쩌됐건 힘을 내야만 했다.

내게 보낸 편지에 '어짜피 人生이란 그런것이 아니겠느냐'라고 아버지는 쓰고 싶었던 모양이다. '아니겠냐'와 '아니겠느냐'가 어떻게 다른지 나는 아직도 모르고 있다. 세월이 흘러서 나도 내 아이에게 용기를 북돋아주기 위한 편지를 쓸 때쯤이면 그 차이를 알게 될지도 모르겠다. 그때는 나도 왜 아이는 자라 어른이 되는지, 왜 세상의 모든 불빛은 결국 풀풀풀 반짝이면서 멀어지는지, 왜 모든 것은 기억 속에서만 영원한 것인지 깨닫게 될 것이다. 내 다음 아이들이 자라게 되면, 그 아이들이 어른이 되면. 그 정도의 짧은 시간만 흐르고 나면 나도 '아니겠냐'와 '아니겠느냐'의 차이를 알게 될 것이다. 그러니까 지금부터 하는 얘기는 짧았던 뉴욕제과점의 전성기가 끝난 뒤에 벌어진 일들이다. 내가 아이에서 등단 사실이 뒤늦게 알려진 청년이 되기까지 뉴욕제과점 그 빛이 내 마음속으로 들어오는 과정을 담은 얘기다.

"자, 어떤 걸로 사면 좋겠냐?"

아버지가 제과점용 진열장 카탈로그를 우리에게 보여주면서 말했다. 코팅지로 만든 카탈로그에는 미끈하게 생긴 다양한 제과점용 진열장 사진이 인쇄돼 있었다. 그때까지 어머니는 나무 진열장을 사용하고 있었다. 백열등이라 빵이 탐스럽게 보이지 않는데다가 접촉 부분이 닳은 나무문에서는 밀고 닫을 때마다 끽끽 비명소리가 들렸다. 냉장 장치도 없어 더운 여름날이면 케이크를 냉장고에다 넣어둬야 했고 제대로 닫히지 않는 문은 쥐들도 쉽게 열 수 있을 정도였다. 그런 형편이었으니 카탈로그에 실린 진열장은 어떤 것이라도 좋았다.

"이것도 괜찮고 저것도 좋고……"

아버지는 아마도 미리 가격과 쓰임새를 알아봐 구입할 모델을 점찍어두고 있었을 것이다. 하지만 우리 형제는 하나같이 금빛, 은빛 불빛을 번득이는 최신형 진열장을 꼼꼼히 살폈다. 카탈로그에 실린 진열장은 정말 근사했다. 냉장 기능을 갖춘데다가 잘못하면 불꽃이 튀는 플러그를 매번 꽂았다가 뽑았다 할 필요도 없이 스위치만 누르면 환한 불을 밝힐 수 있었으며 프레임을 철재로 만들어 나무 진열장에 길들여진 쥐들은 체력단련을 새로 하지 않는 한, 침으로 수염을 적시며 하염없이 바라보고만 있을 게 틀림없었다. 아버지는 유선형으로 약간 경사가 진 케이크 진열장과 묵직해 보이는 원목 느낌의 빵 진열대를 구입하기로 결정했다. 그 김에 탁자와 의자도 바꾸기로 했으며 손으로 돌리던 빙수기계도 자동형으로 교체했고 식빵 자르는 기계도 구입했다. 그러니까 제5공화국도 막바지로 치닫느라 그 조그만 도시에서도 국민본부가 결성되는 등 사회가 어수선하던 무렵이었다.

내가 아는 한, 뉴욕제과점은 세 번에 걸쳐서 변화의 기회를 맞이했다. 처음 기회는 박정희가 죽고 난 뒤에 찾아왔다. 빵이라면 고급 생과자만을 생각하던 사람들도 그즈음부터 일상적으로 빵을 사먹기 시작했다. 근검절약과 저축을 미덕으로 내세우던 시대가 지나가고 레포츠니 마이카니 하는 신조어와 함께 소비가 미덕인 시대가 찾아온 것이다. 내 마음속에 지금도 남은 불빛들은 모두 그즈음 뉴욕제과점 전성기 시절의 것들이다. 설날에는 선물용 롤케이크와 케이크를, 2월 밸런타인데이에는 초콜릿을, 3월 화이트데이에는 사탕 꾸러미를, 6월부터는 빙수를, 추석에는 다시 선물용 롤케이크와 케이크를, 입시 무렵에는 찹쌀떡을, 동지 무렵에는 단팥죽을, 크리스마스에는 케이크를 팔았다. 그 시절, 어머니는 그 대목들을 하나도 놓치지 않았다.

두번째 기회는 제5공화국이 끝나갈 때쯤 찾아왔다. 이제 뉴욕제과점에서 대목 장사의 몫은 점점 줄어들기 시작했다. 손님들은 최신식 인테리어를 갖춘 제과점을 선호하기 시작했고 바게트, 피자빵, 야채빵 등 서울에서 전해온 새로운 종류의 빵을 찾기 시작했다. 기술자 형은 『월간 베이커리』에 실린 조리법을 한참 들여다보기도 하고 시내의 다른 기술자나 대구의 기술자들에게 직접 배우기도 하더니 피자빵, 야채빵, 밤빵, 옥수수식빵 따위의 새 메뉴를 만들어냈다. 하지만 바게트만은 끝내 만들지 못했다. 조리법대로 만들긴 했는데, 바게트 특유의 바싹바싹하고 질긴 느낌이 나지 않아서 결국 포기하고 말았다. 그렇긴 해도 뉴욕제과점은 나름대로 성실하게 두번째 기회를 맞이할 준비를 마친 셈이었다.

그러나 뉴욕제과점은 그 두번째 기회를 첫번째 기회만큼 제대로 맞이하지 못했다. 바게트를 만들지 못해서도 아니었고 대목이 사라졌기 때문도 아니었다. 사실상 뉴욕제과점을 이끌었던 어머니가 자궁암 판정을 받고 병원에 입원했기 때문이었다. 나는 가족 중 누구에게서도 수술의 성공 확률에 대해 들어본 적이 없었다. 왜 그런지 그때의 기억은 제대로 남아 있지 않다. 스스로 지워버린 것일까, 아니면 기억에 남겨둘 만큼 심각한 일이 아니라고 생각했던 것일까? 그저 학교와 집만 오간 것은 아닐까 하고 추측할 뿐이다. 가게는 누나가 지켰으며 아버지는 수술을 앞둔 어머니가 있는 대구 병원에 내려가 있었다. 가끔 휴일이면 누나를 대신해 혼자서 뉴욕제과점을 볼 때도 있었다. 나는 빵 가격을 제대로 알지 못했기 때문에 내키는 대로 빵을 팔곤 했다. 끝내 팔기 곤란하다는 생각이 들면 저는 잘 모르니까 나중에 어머니 있을 때 사세요, 라고 말하며 손님을 돌려보냈다. 하지만 어머니가 다시 올지 안 올지 나로서는 알 수 없었다. 어머니는 거의 혼자서 뉴욕제과점을 지켜왔다. 어머니가 없는 뉴욕제과점이라는 게 도대체 무슨 의미가 있는지 알 수 없었다. 새 진열장과 기계를 갖춘 뉴욕제과점은, 그러나 금방이라도 무너져내릴 듯 음산해졌다. 공정하게 한가운데를 달린다고 했을 때, 예감은 좋은 일과 나쁜 일 중 나쁜 일 쪽으로 곧잘 쓰러지곤 했다. 추억이 곧잘 좋은 일 쪽으로만 내달리는 것과는 참 다르다. 많이 다르다.

그러므로 삶이란 추억으로만 얘기하는 게 좋겠다. 어찌된 일인지 기억나는 것은 대구역에 도착해 이모들과 함께 올라탄 택시에서 들리던 라디오방송이다. 남녀가 나와 만담하듯 한없이 이런저런 얘기를 나누면서 오후의 한가한 시간을 매우는, 그런 종류의 프로그램이었다. 동성로니 서문시장이니 하는 대구의 지명도 기억이 난다. 이모들은 집안 얘기를 하고 있었던 것 같다. 모르겠다. 아무런 얘기도 하지 않았던 것인지도. 나는 낯선 대구 시내를 바라보며 자꾸만 지직거리던 라디오방송에 귀를 기울이고 있었다. 요새도 나는 한가한 오후에 만담식 라디오 프로그램을 틀어놓은 택시를 타고 낯선 동네를 지나갈 때면 그때 생각을 한다. 이 현실에서 다른 현실로 빠져들어가는 터널을 지나가는 듯한 느낌이 든다. 병원에 갔더니 어머니는 파리한 얼굴로 누워 있었다. 나는 이모들이 내미는 쌕쌕인가 봉봉인가 하는 음료수를 마셨고 이내 병실에서 나와 복도를 걸었다. 병원의 복도는 베이지색이었지만 그늘진 곳은 밤색에 가까웠다. 복도의 끝에는 중정中庭으로 나가는 나무문이 있었다. 뉴욕제과점보다도 더 오래전에 지어진 병원이었다. 나는 한참 동안이나 뜰에 심어놓은 나무와 풀 같은 것들을 바라보면서 서 있었다. 햇살을 받고 서 있었는지, 바람은 불어왔는지 아무런 기억이 없다. 다만 그 나무와 풀 같은 것들을 예전과 마찬가지로 바라볼 수 있게 됐다는 사실이 고마울 뿐이었다는 기억밖에. 그러니까 어머니는 혼자서 위험한 고비를 넘어온 것이다. 추석이나 크리스마스 대목을 넘어가듯이 말이다.

그렇게 해서 나는 뉴욕제과점 막내아들로 남을 수 있게 됐다.

3

몇 해 전까지만 해도 나는 여름이면 빙수를 직접 만들어 먹었다. 제과점에서 빵은 잘 사먹는 편인데 빙수만은 절대로 사먹지 않는다. 빙수의 생명은 팥소에 있는데, 요즘에는 이 팥소를 직접 만드는 집이 없기 때문이다. 빙수는 곱게 간 얼음에 팥소만 끼얹어서 먹는 게 가장 맛있다. 그래서 빙수 하면 첫번째가 팥소맛이고 두번째가 정말 눈처럼 얼음을 잘게 갈 수 있는 빙수기계의 칼날맛이다. 여름이면 나도 가게에서 빙수를 꽤나 많이 팔았다. 가장 기록적인 날은 1994년 여름방학 때 찾아왔다. 그러니까 내가 시와 소설로 등단했다는 사실이 '뒤늦게' 고향에 알려진 바로 그해다. 그 여름은 꽤나 무더웠던 모양이다. 매일 빙수 파는 양이 늘어나더니 어느 날은 결산해보니 134그릇이나 판 것으로 나왔다. 그 사실을 알고 내가 얼마나 흥분했는지 모른다. 당장이라도 어머니에게 자랑하고 싶었지만, 그해 여름에도 어머니는 연례행사처럼 병원에 입원중이었다. 나는 나중에 어머니가 퇴원하면 자랑하려고 그 숫자를 암기했다. 134그릇. 정말 대단한 숫자였다.

"그래, 많이 팔았네."

며칠 뒤, 대구의 병원으로 내려간 내가 숫자를 말하자 어머니가 누워서 피식 웃었다.

"이제까지 하루 동안 빙수 판 것 중에서 제일 많이 판 거 아니에요?"

"그거보다는 내가 더 많이 팔았지."

"몇 그릇이나 팔았는데요?"

"옛날에는 얼마나 많이 팔았다구. 여름에 빙수 팔아가지고 가을에 너희들 학교도 보내고 옷도 사 입히고 그랬으니까 얼마나 많이 팔아야 됐겠냐?"

나는 보호자용 침대에 앉아 떨어지는 링거 방울을 바라보고 있었다.

"엄마, 이제 가게 그만해요."

"니가 아직 대학교도 졸업하지 못했는데, 가게 그만두면 니 등록금은 어떻게 마련하나?"

"내가 글써서 벌면 되지."

"하이구, 돈 버는 게 그렇게 쉬운 줄 아나? 형하고 누나도 대학교 등록금은 내가 벌어서 댔으니까 너도 학비는 대줄게. 그다음부터는 니가 벌어서 살아라."

어머니가 웃으며 말했다. 수술을 받은 뒤로 어머니는 사소한 일에도 웃음을 터뜨렸다. 내가 어머니에게서 받은 것들 중에서 제일 훌륭한 것은 대학교 등록금이 아니라 그 웃음이라고 말하면 어머니는 서운해할까? 결국 나는 대학교를 졸업할 때까지 어머니에게서 등록금을 받아야만 했다. 그리고 그다음부터 정말 어머니는 돈을 주지 않았다. 대학 졸업 뒤, 한 해 동안 나는 여기저기 굉장히 많은 글을 썼는데, 번 돈이 전성기 때 뉴욕제과점 대목 장사는커녕 며칠 번 돈만큼도 되지 않았다. 갑자기 겁이 덜컥 났다.

내가 아는 한 마지막 기회가 뉴욕제과점에 찾아왔다. 김영삼 대통령이 세계화를 주창할 때만 해도 그게 무슨 소리인지 알 수 없었는데, 파리크라상이나 크라운베이커리 같은 대기업에서 운영하는 빵집이 그 작은 도시에도 생기고 나서야 우리는 그게 무슨 뜻인지 알 수 있었다. 내가 봐도 그런 가게에서 파는 빵과 비교해 뉴욕제과점의 빵은 형편없었다. 뉴욕제과점과 함께 빵 장사를 시작했던 다른 가게들이 하나둘 파리크라상이나 크라운베이커리 같은 가게로 바뀌거나 업종을 전환했다. 그러나 뉴욕제과점은 꿋꿋하게 1980년대풍으로 그 자리를 지켰다. 이젠 더이상 새롭게 바뀔 만한 능력이 없었기 때문이었다. 뉴욕제과점은 우리 삼남매가 아이에서 어른으로 자라는 동안 필요한 돈과 어머니 수술비와 병원비와 약값만을 만들어내고는 그 생명을 마감할 처지에 이르렀다. 어머니는 며칠에 한 번씩, 팔지 못해서 상한 빵들을 검은색 비닐봉투에 넣어 쓰레기와 함께 내다 버리고는 했다. 예전에는 막내아들에게도 빵을 주지 않던 분이었는데, 기레빠시도 버리지 않고 다 먹었던 분이었는데. 그 모습을 바라보는 심정은 매우 처참했다. 어차피 인생은 그런 것이었던가? 어머니의 자존심은 빵을 팔지 못해서 버린다는 사실을 남들이 눈치채지 못하도록 비닐봉투에 꽁꽁 묶어서 버리는 정도로만 남아 있었다. 그나마도 집 잃은 고양이들이 빵냄새를 맡고 쓰레기봉투를 죄다 뒤져놓아 청소차가 다니는 새벽이면 가게 앞 거리에 빵 봉지가 난무했기 때문에 눈치채지 못할 사람이 없었다.

그래도 어머니는 가게를 그만두겠다는 말만은 하지 않았다. 그저 내게 말한 것처럼 어느 해 여름에는 빙수를 얼마나 많이 팔았는지, 어느 해 크리스마스에는 케이크를 얼마나 많이 팔았는지,

어떤 기술자가 얼마나 속을 썩였는지 그런 말씀뿐이었다. 하지만 시간이 흐를수록 어머니도 당신이 문을 연 뉴욕제과점이 이제 그 생명을 다했다는 사실을 납득하는 것 같았다. 그런 사실을 납득한다는 건 과연 어떤 기분일까? 나로서는 상상이 가질 않는다.

대학을 졸업한 그해, 처음으로 돈을 벌기 위해 아등바등 애를 쓰던 어느 날 고향에서 전화가 왔다. 뉴욕제과점을 다른 사람에게 팔았다는 소식이었다. 새로 인수한 사람은 그 자리에 기차 승객들을 상대로 한 24시간 국밥집을 차린다고 했다. 나는 잘됐다고 말했다. 뉴욕제과점이 문을 열 때도 나는 거기에 없었는데, 문을 닫을 때도 그 광경을 보지 못했다. 나는 국밥집이 된 뉴욕제과점 자리를 상상해봤다. 잘 상상이 되지 않았다. 이제 이 세상 어디에도 뉴욕제과점은 없다고 생각하니 조금 쓸쓸한 기분이 들었다. 하지만 그렇게 심각하게 생각하지는 않았다. 역시 그 당시 내가 처한 문제만으로도 걱정할 일은 많았기 때문이다. 그 얼마 뒤, 살던 집마저도 역전에서 시 외곽으로 이사했다. 가끔 고향에 내려가면 도무지 내가 살던 동네가 아닌 것만 같다. 나는 이제 기차에서 내리면 곧장 택시를 잡아타고 예전에 논이 펼쳐졌던 자리에 새로 건설된 아파트촌으로 직행한다. 24시간 국밥집으로 바뀐 뒤로 뉴욕제과점이 있던 곳으로는 한 번도 가지 않았다.

어느 날인가 나는 문득 이제 내가 살아갈 세상에는 괴로운 일만 남았다는 생각을 하게 됐다. 앞으로 살아갈 세상에는 늘 누군가 내가 알던 사람이 죽을 것이고 내가 알던 거리가 바뀔 것이고 내가 소중하게 여겼던 것들이 떠나버릴 것이기 때문이다. 단 한 번도 그런 생각을 해본 적이 없었는데, 문득 그런 두려움에 사로잡혔다. 그러면서 자꾸만 내 안에 간직한 불빛들을 하나둘 꺼내보는 일이 잦다는 사실을 깨닫게 됐다. 사탕을 넣어둔 유리항아리 뚜껑을 자꾸만 열어대는 아이처럼 나는 빤히 보이는 그 불빛들이 그리워 자꾸만 과거 속으로 내달았다. 추억 속에서 조금씩 밝혀지는 그 불빛들의 중심에는 뉴욕제과점이 늘 존재한다. 내가 태어나서 자라고 어른이 되는 동안, 뉴욕제과점이 있었다는 사실이 내게는 얼마나 큰 도움이 됐는지 모른다. 그리고 이제는 뉴욕제과점이 내게 만들어준 추억으로 나는 살아가는 셈이다. 이 세상에 존재하지 않는 뭔가가 나를 살아가게 한다니 놀라운 일이었다. 그다음에 나는 깨달았다. 이제 내가 살아갈 세상에 괴로운 일만 남은 것은 아니라는 사실을. 나도 누군가에게 내가 없어진 뒤에도 오랫동안 위안이 되는 사람으로 남을 수 있게 되리라는 것을 알게 됐다. 삶에서 시간이 아무런 의미가 없다는 사실을, 그저 보이는 것만이 전부는 아니라는 사실을, 이 세상에서 사라졌다고 믿었던 것들이 실은 내 안에 고스란히 존재한다는 사실을 나는 깨닫게 됐다. 그즈음 내게는 아이가 생겼다. 내가 이 세상에서 사라지고 나서도 아주 오랫동안 그 아이가 나 없는 세상을 살아갈 것이라는 사실을 나는 '상식적으로' 받아들일 수 있게 됐다.

어느 해 추석이었던가 설날이었던가, 고향 친구들과 술을 많이 마시고 집으로 돌아가는 길이었다. 꽤나 늦은 시간이었다. 문득 24시간 국밥집이 떠올랐다. 나는 얼마간 망설인 뒤에 그 집에 가보기로 결심했다. 김천역을 빠져나오면 역전 광장 왼쪽에 뉴욕제과점이 있었다. 양옆에 새시로 만든 진열창이, 그 가운데 역시 새시로 만든 출입문이 있었다. 출입문 오른쪽에는 스티로폼으로 만든 모형 케이크를 늘 진열해놓았고 왼쪽에는 주방이 있었다. 오후면 기울어진 햇살이 들어오는 바람에 차양을 드리워야 했다. 가게를 볼 때, 나는 오후 네시경이면 줄을 풀어 초록색 차양을 드리웠다. 출입문을 열고 들어가면 왼쪽으로 80년대 후반에 새로 들여놓은 최신형 케이크 진열대가, 오른쪽으로 개방된 형태의 빵 진열대가 있었다. 한쪽에는 위로 문을 여닫는 아이스크림 냉동고가 있었고 들어가는 길 맞은편에는 식빵, 롤케이크, 밤빵, 피자빵 등 좀 덩치가 큰 빵과 사탕 따위를 놓아두는 진열대가 하나 더 있었다. 거기를 돌아 들어가면 1번부터 9번까지 테이블이 있었다. 8번과 9번은 수족관 뒤에 있었기 때문에 들어가면서는 잘 보이지 않았다. 출입문의 정반대편 벽에는 컬러 방송이 처음 시작된 해에 구입했던 텔레비전이 높이 설치한 받침대에 놓여 있었다. 어머니는 늘 케이크 상자나 포장용 비닐을 쌓아두는 1번 테이블 한쪽에 앉아서 낮에는 출입문 쪽을, 밤에는 텔레비전 쪽을 바라보고 있었다. 내 마음속에 영원히 남은 뉴욕제과점의 모습은 그와 같았다. 24시간 국밥집에 들어간 나는 옛날로 치자면 2번 테이블이 있던 곳쯤 돼 보이는 자리에 앉아 국밥이 나오기만을 기다리고 있었다. 텔레비전도 옛날 그 받침대에 놓여 있었고 바닥의 무늬도 그대로였으며 나무 장식의 천장도 마찬가지였다. 내 눈길이 닿는 모든 곳에서 나는 우리 가족의 모습을 볼 수 있었다. 그곳에서 나는 어린아이였다가 초등학생이었다가 걱정에 잠긴 고등학생이었다가 자신만만한 신출내기 작가였다가 빙수 판매 신기록을 세운 대학생이기도 했다. 그리고 나는 더이상 고개를 들고 실내를 바라볼 수 없었다. 이윽고 국밥이 나왔고 나는 내내 고개를 숙이고 국밥을 먹었다. 국밥은 따뜻했다. 나는 셈을 치른 뒤, 새시문을 열고 밖으로 나왔다. 역전 거리의 불빛들이 둥글게 아롱져 보였다.

세상을 살아가는 데 그렇게 많은 불빛이 필요한 것은 아니다. 그저 조금만 있으면 된다. 어차피 인생이란 그런 게 아니겠는가.

첫사랑

어제 짐을 정리하다가 우연히 옛 노트에 적어놓은 네 주소를 봤어. 갑자기 옛일들이 떠오르더군. 오랫동안 잊고 지내던 이름이었어. 벌써 오 년도 더 지난 과거 속으로 들어간 이름. 너도 어쩌면 신문에서 보게 될지 모르지만, 오늘 저녁이면 나는 무시무시한 죄를 저지른 죄인이 돼 있을 거야. 얼마나 오랫동안 감옥에 있어야 할지 나도 알 수 없어. 최선을 다한 만큼 후회도 아쉬움도 없지. 많은 세월이 흐른 뒤에도 나를 기억하는 사람이 있을까? 감옥에 갇혀 있는 동안, 나는 잊혀지겠지. 두렵지는 않아. 견딜 수 있어. 그러니까 이 글을 쓰는 오늘은 크리스마스야. 오늘 새벽, 오랜만에 성탄 미사에 참여했지. 미사에 참석하지 않은 지가 이 년도 넘었는데 아직도 기도문들이 줄줄 흘러나오더군. 일 년 넘게 철저하게 다른 사람으로 살려고 노력했는데, 내 머릿속 어디에 그런 기억을 챙겨뒀나 몰라. 미사가 끝난 뒤, 고향의 어머니에게 전화했어. 자수할 시간이 임박했음을 알려드렸지. 내 문제로 처음 경찰서에서 연락이 왔을 때만 해도 화병이 나서 며칠 동안 자리보전하셨다는 분이 이번에는 되레 임수경이도 풀려나고 대통령도 바뀌었으니 나도 괜찮을 거라며 위로했어. 그럴 거예요. 이제 좋은 세상이 될 거예요, 라고 내가 말했지. 눈물 흘리는 꼴을 보여드리고 싶진 않았기 때문에 금방 끊었어. 그리고 여느 때와 달리 사람들로 북적대는 새벽 명동 길을 걸어가다가 네게 편지를 쓰리라 결심했어. 누군가에게 이런 얘기를 남겨야만 한다는 초조한 마음이 나를 사로잡았으니까.

막상 편지를 쓰려니까 일곱 살 되던 해 늦여름이 생각나. 판문점에서 도끼만행사건이 일어났다고 해서 역전 광장에 사람들이 모여 크게 시위를 벌인 날이었어. 관에서 주도하는 모임에서 흔히 느낄 수 있듯이 얼른 시간이 지나갔으면 하는 바람이 사람들의 얼굴마다 가득했지. 과녁에 꽂히는 화살처럼 쨍쨍하던 여름볕은 이미 이울 대로 이울어 축 늘어진 현수막 위에 간신히 매달려 있었지. 이런저런 회사를 통해 동원된 사람들 대부분이 벌써 가을옷을 꺼내 입었던 게 생각나. 줄지어 선 어른들이 선창에 따라 구호를 외쳤어. '때려잡자'라든가 '무찌르자' 따위의 군사 용어들이 역전 바닥에 나뒹굴었지. 나도 뛰어다니며 '때려잡자'고, '무찌르자'고 악을 썼어. 팔을 무겁게 몇 번 내지른 어른들은 대부분 먼산바라기였어.

먼산. 북녘 산꼭대기는 벌써 성긴 가을빛이었는데 역전은 온통 나른한 여름 기운이었어.

뉴스를 통해 그 사건에 대해 들었을 때, 얼마나 놀랐는지 몰라. 어렸으니까. 피난 갈 준비를 해야 한다고 아버지가 우스갯소리처럼 말했지. 6월 25일 아침이면 늘 괴뢰군 탱크가 추풍령을 넘어오고 있다고 말해 나를 놀라게 하셨던 분이야. 전쟁이 일어나던 해 6월 25일, 아버지는 서울 을지로의 한 적산가옥에 있었다고 해. 미아리 고개를 넘어온 인민군이 서울을 점령하고 며칠이 지난 뒤, 아버지는 또래의 소년들과 함께 연극이 상연되는 단성사로 들어갈 수밖에 없었지. 서서히 애국심을 고조시키는 연극이 끝난 뒤, 앞자리의 누군가가 외쳤다지. 조국을 위해 싸우자! 몇몇이 동조하는 척 나서자, 인민군측은 바로 의용군 지원 신청을 받았다고 해. 하지만 아버지는 용케 그 자리에서 빠져나왔어. 괴뢰군 탱크가 추풍령을 넘어온다는 것은 아버지에게 그 일을 의미했어. 어린 나는 아버지의 불안한 우스개를 제대로 받아들일 능력이 없었으나, 아버지의 예감은 틀리지 않았어. 몇 달 뒤, 휴가 나온 사촌형의 '대포권 발동'이니 뭐니 하는 말에 아버지가 깜짝 놀라는 모습을 봤지. 동네 형에게 '대포권'이 뭐냐고 물었더니, 한참 머리를 굴리고는 대포를 쏠 수 있는 권리라고 말하더군. 하지만 지금 생각해보면 그건 '대포권'이 아니라 '데프콘'이었어. 디펜스 레디니스 컨디션Defense Readiness Condition, 그러니까 방위준비태세의 약자라고 나중에 검은

선글라스의 교련 선생이 가르쳐줬지.

그게 대포권 상황이든 데프콘 상황이든 어린 나와는 아무런 상관이 없었어. 그럼에도 일곱 살밖에 되지 않은 내가 그 시위에 참가한 건 아버지가 남은 머리띠와 피켓을 내게 줬기 때문이야. 사각형 나무막대를 잘라 합판에 못으로 고정시킨 뒤, 흰 종이를 두르고 대서소 글씨처럼 이렇게 써놓았지. '우리들도 총칼 들고 일어서자 ○○택시.' 피켓을 가진 사람은 줄의 맨 앞에 서서 연사가 힘줘 말할 때나 구호를 외칠 때마다 두 손으로 피켓을 잡고 흔들어야 해. 마지못해 참가한 사람들에게는 성가신 일이었지. 그래서 다들 마다하는 바람에 준비한 피켓이 남은 거야. 그게 내게까지 돌아온 거지. 다른 아이들이 얼마나 부러워하던지 나는 꽤나 우쭐해졌어. 아버지 앞에 서서 기념 촬영을 한 뒤 멸공의 열기로 달아오른 앞쪽의 사정은 아랑곳하지 않고 나지막이 떠들어대는 무리 뒤쪽의 사람들 사이로 소리를 지르며 뛰어다녔지. '아아, 잊으랴. 어찌 우리 이날을'이라고 《6·25 노래》를 부르며. 멀리서 아버지가 피켓을 제자리에 갖다놓으라고 소리쳤지만, 내 귀에는 들리지 않았어. 얼마쯤 시간이 지나면 사람들은 시청까지 시가행진을 벌일 예정이었어. 상업고등학교 밴드부 학생들이 연주하는 군가에 맞춰 새마을 모자를 쓴 재향군인회 늙은이들이며 M1소총을 멘 향토예비군들, 자기 회사 이름을 크게 박은 현수막을 든 직장예비군들이 행진했을 거야. 왜 따라가지 않았느냐고? 지금 그 애기를 하려고 해.

그때 나는 나비를 봤어. 아니야, 그건 나비가 아니라 펄럭거리는 노란빛이라고 해도 좋을 거야. 어쩌면 잠시 나비 모양으로 뭉쳐진 금빛 먼지라고 해도 좋겠지. 마이너스의 무게를 가져 한없이 허공으로 솟구쳐오르는, 순간적인 아름다움이라고 해도 좋아. 내가본 것은 양날개 끝에 초승달처럼 노란 줄이 그어지고 검은색 반점이 군데군데 박힌 아주 작은 나비였어. 불규칙하게 날아오를 때는마치 오후 햇살이 바람에 걸려 그대로 뭉쳐진 것 같았어. 저울로도그 무게를 잴 수 없고 붓으로도 그 자취를 따라 그릴 수 없는 빛이역전파출소 화단 위를 떠다녔지. 나는 그만 그 나비에 끌린 거야.작은 머리로는 도저히 지탱하지도 못할 그 연약한 더듬이가 나를유혹했던 것인지도 모르지. 어린 나를 그 나비에게로 이끈 그 무엇을 일컬어 아름다움이라고 말할 수 있을까? 아니면 단순한 반사작용에 불과한 것일까? 그게 무엇이든 나는 그 나비를 잡고 싶었어.포충망이라도 되는 양 피켓을 두 손으로 움켜쥐고 분홍색 코스모스 위에 앉은 나비를 향해 내리쳤지. 반원형으로 구부려 화단 경계에 박아놓은 철근 울타리에 피켓이 부딪히는 소리가 크게 울렸지.잡았다고 생각하는 순간, 햇살 속으로 빨려들어가듯 노란 나비가치달렸어. 울타리에 부딪히는 통에 피켓에 두른 흰 종이가 조금 찢어졌지만, 나는 아랑곳하지 않고 나비를 따라 뛰었어. 나비는 영영태양 쪽으로 날아갈 듯 보이더니 대단히 복잡한 경로를 거쳐 다시 아래쪽으로 내려왔어. 위장을 할 셈이었는지 이번에는 노란 페인트가 칠해진 파출소 벽에 가 앉았지.

나는 피켓을 들고 조심스레 걸어갔어. 혹시 나비가 눈치챌까봐 두려워하며 조심조심. '와!' 연사의 무슨 말끝에 사람들이 함성을 질렀지. 나는 순간 깜짝 놀라 주춤거렸어. 화형식이 벌어졌던 것인지도 몰라. 횃불을 들고 이름표를 목에 매단 헝겊인형을 태울 때면 사람들은 저도 모르게 소리를 지르곤 했으니까. 불이 타오르면 사람들은 기름이 끼얹어진 헝겊이라도 되는 양, 매서운 기세로 적대감을 드러냈지. 등뒤에서 무슨 일이 벌어졌는지 돌아보고 싶은 마음이 굴뚝같았지만, 나는 돌아보지 않았어. 나는 사로잡혀 있었으니까. 무질서하게 날아오르던 그 움직임이 한순간 빛깔로 바뀌어 파출소 벽에 멈춰 섰으니까. 주저하지도 않고 나는 그 빛을 향해 피켓을 휘둘렀어. 네모난 피켓이 파출소 벽에 부딪히는 동안, 무엇도 날아가지 않았어. 나는 한동안 꼼짝도 하지 않고 그 피켓을 그대로 움켜쥐고 있었어. 이가 덜덜덜 소리를 내며 부딪쳤어. 누군가 목청껏 외치는 구호 사이로 기차 경적이 길게 그어졌어. 나는 조금도 움직이지 않았어. 갑자기 두려움이 나를 감싸더군. 피켓을 움켜쥔 손에 힘이 빠지더군. 나는 패잔병처럼 천천히 피켓을 내려놓았어. 나비의 잔해라고 말할 수도 없는, 구겨진 더러운 휴짓조각 같은 게 벽에 붙어 있다가 툭 떨어졌어. 나도 모르게 눈을 감았더니 갑자기 귀가 트인 듯 역전에 모인 사람들이 저마다 말하는 소리가 또렷하게 들려오는 게 아니겠어. 나는 눈을 뜨고 그 휴짓조각보다도 못한, 노란 덩어리를 운동화로 마구 짓이겼지. 나도 모르게 입을 앙다물었더니 이가 갈리는 게 느껴지더군. 한동안 짓이기다가 나는 피켓과 머리띠를 집어던지고 도망쳤어. 역전에 모인 사람들은 그제야 슬슬 행진할 채비를 했지.

알 수 없는 일이야. 그때 너를 처음 만나고 집으로 돌아가는 길에 나는 그 나비를 떠올렸어. 왜 그랬는지 모르겠어. 그러니까 우리는 너희 학교와 우리 학교가 가을소풍을 떠난 바로 그날 처음 만났지. 날마다 밤 열시 삼십분까지 학교에서 야간자습을 하는 우리에게 소풍이란 그저 일찍 집으로 돌아갈 수 있는 날일 뿐이었지. 자전거를 타고 근교의 목적지까지 가서는 몰래 사 온 캔맥주를 마시며 담배를 돌려 피우고 나면 더이상 할 일이 없는 게 고등학교 2학년 가을소풍이라는 것이지. 조금 붉어진 얼굴로 팔베개를 하고 누우면 한적한 시골 하늘로 구름 몇 점이 쓸쓸하게 지나가는 광경이 보였지. '첫번째, 두번째, 세번째'라고 속으로 꼽으며 그 구름들을 바라보노라면 기분좋은 어지럼증이 흐리마리 내 몸을 감싸. 만다라 문양처럼 화려한 무늬의 동그라미들. 우주 저편까지 퍼지는 수없이 많은 동심원들의 중심부에는 무엇으로도 채울 수 없는 목마름이 있었어. 나는 열일곱번째로 돌아오는 생일을 이제 맞이하려던 참이었지. 그런 내게 필요한 것은 바로 목마름을 달래줄 그 무엇이었지. 그 무엇. 어린 나를 사로잡았던 노란 나비 같은 것.

소풍이 즐거웠던 시절은 이미 오래전에 끝나버렸어. 학급별로 모여 앉으라고 말해도 모이는 학생이 없었어. 어차피 대입을 앞둔 우리는 저마다 위대한 혼자였으니까. 자기들도 술을 마신데다가 사고만 나지 않으면 된다는 생각인지 선생들은 소풍을 일찍 끝마쳤어. 아직 두시도 지나지 않았는데 말이야. 나는 대구에 다녀올 생각이었어. 고향에서는 구할 수 없는 김지하의 책 몇 권이 필요했거든. 열여덟이 지나면서 서서히 빈터가 생기던 내 마음 한쪽을 김지하의 글들이 채워줄 수 있으리라고 생각했으니까. 누군가의 집에서 더 놀자던 친구들의 권유를 뿌리치고 혼자서 열심히 자전거 페달을 굴러 일찌감치 집으로 달려간 까닭은 그 때문이었어. 서두르지 않으면 네시 이십오분 대구행 완행열차를 타지 못할 테니까. 이 지옥처럼 답답한 소도시에서 나를 벗어나게 해줄 그 기차를.

그러다가 하늘색 색을 메고 건너편 인도로 걸어오는 네 모습을 봤어. 네 얼굴을 설봤을 뿐, 그러고도 나는 한참을 더 갔어. 내 머릿속에서 김지하의 시구절이 떠나지 않았기 때문이었어. '새라면 좋겠네/물이라면 혹시는 바람이라면//여윈 알몸을 가둔 옷/푸른 빛이여 바다라면/바다의 한때나마 꿈일 수나마 있다면.'* 그 시구절이 다 끝나기도 전에 너에게 돌아가 네 이름을 묻고 싶은, 아니 묻지 않으면 안 된다는 강렬한 욕망에 사로잡혔던 거야. 그것만이

나의 절대적인 사명이라도 된다는 듯이. 나는 앞뒤를 살핀 뒤, 크게 반원을 그리며 자전거를 반대편 차도로 돌렸지. 자전거가 비틀거리면서 등에 멘 가방에서 빈 도시락 소리가 났어. 바로 그 순간부터 나는 너를 사랑하기로 결심했어. 네가 나를 어떻게 생각하든 간에. 그 도시락 소리가 시작을 알리는 종소리라도 되는 양. 가슴 뛰는 그 느낌 사이로 내가 첫사랑이라고 믿었던 뭔가가 찾아왔지. 모두 깊이 잠든 밤에 몰래 들어온 도둑처럼 눈치채지도 못할 만큼 빠르게 그 사랑이 내 마음 가장 깊은 곳 빈터에 자리잡았지. 레몬즙으로 쓴 글자처럼 뜨거움에 노출되기 전까지는 어떤 글씨가 씌어져 있는지 알 수 없는 그런 사랑이 내게 찾아온 거지.

너, 이름이 뭐니? 자전거로 앞길을 가로막고 서서 내가 묻자, 너는 입술에 핏기가 가시도록 이를 깨물더니 마침내 정인이라고 말했어. 예쁜 이름이구나. 내가 다시 자전거를 돌려 떠나려고 할 때 네가 소리쳤지. 왜 제 이름을 묻는 거예요? 나는 고개를 돌려 약간은 겁에 질린 듯, 약간은 당혹스러운 듯 떨리는 네 눈을 바라봤어. 내가 계속 바라보고 서 있으니까 너는 혀로 입술을 한 번 훔치더니 팔짱을 끼더구나. 내가 말했지. 지금부터 너를 좋아하기로 했으니까. 그리고 자전거에 뛰어올라 마구 페달을 굴렸지. 앞도 제대로 살피지 않고 정신없이 두 발을 굴렸어. 방금 내가 무슨 일을 한 것일까? 나를 향해 환하게 뿜어나오던 그 빛은 무엇일까? 오래전의 그 나비처럼 그토록 연약한 빛은 아닐까? 잡으려는 생각이 혹시 아름다운 그 빛을 죽이게 되지는 않을까? 사랑은 왜 두려움과 함께 오는지 그때 처음 알게 됐지. 소중하게 다루지 않으면 아름다운 사랑은 망가져버리니까. 그리고 다시는 그 아름다움을 되찾을 수 없으니까. 그게 사랑이라면 소중하게 다루지 않으면 안 돼.

사랑하는 사람을 다시 만나는 시간은 아무리 빨리 돌아와도 늦은 거야. 그렇게 지루한 시간을 나는 견뎠지. 네 이름을 아는 아이를 수소문하고, 그애에게서 초등학교 졸업앨범을 구해 네 사진을 오려내고, 너와 같은 교회에 다니는 친구를 만나고, 갑작스럽게 유행하던 헤르만 헤세의 『크눌프』와 네가 나온 수련회 단체사진을 맞바꾸고. 그리고 가끔 집으로 돌아가는 너를 먼발치에서 바라보거나 틈나는 대로 이런 식으로 긴 편지에 내 마음을 담아 보냈지. 너는 조금도 눈치채지 못했겠지만, 나는 날마다 네게 익숙해지는 방법을 하나씩 찾아낸 거지. 내 마음 깊숙한 곳에 너를 자리잡게 하는 방법을 배워나간 거야. 너를 다치게 하지도 않으면서 너를 놓치지도 않는 방법을.

계절이 바뀌듯 내 마음 한쪽에 다른 빛들이 들어와 앉은 사실을 가장 먼저 알아차린 것은 혜지라는 이름의, 나보다 대여섯 살 정도 나이가 많은 술집 여자였어. 그게 본명인지 가명인지는 알 수 없었지만, 낮 동안 시장에서 양품점을 하는 어머니에게 늘 말동무가 돼

주는 여자라는 것은 오래전부터 알고 있었지. 곱게 자란 어머니와는 어울리지 않는 여자였지만, 아버지가 돌아가신 뒤로 어머니에게는 그런 구분이 없어진 듯했어. 아들 하나와 이 세상에 남게 된 어머니에게 삶이란 더이상 미추美醜의 구분이 없는, 그저 악착같이 살아남아야만 하는 전쟁터였으니까. 아버지 살아 계셨을 때만 해도 그런 여자와는 한마디도 하지 않았을 분인데, 이제는 손님만 없으면 해가 저물도록 그녀가 당신의 친동생이라도 되는 듯 얘기를 나눴지. 밥 먹을 때면 나는 그녀와 만나지 말라고 주장했지만, 그때마다 어머니는 그저 의아하다는 표정을 지었어. 왜? 더러운 여자니까요. 어머니는 가소롭다는 듯이 웃음을 터뜨렸지. 걔더러 더럽다고 한다면 세상에 안 더러운 사람이 없어. 뭣도 모르면서 건방진 소리 하지 마. 어머니가 단호하게 말했어. 나는 고개를 돌려 혼자 중얼거리다가 숟가락을 내려놓고 밥상에서 일어나곤 했지. 사실 술집에서 일하는 여자라 내가 혜지 누나를 싫어한 건 아니었어. 어머니가 우리집에서 일어나는 일을 시시콜콜히 혜지 누나에게 얘기했기 때문이었어. 그런 여자에게 집안일이며 가게 일이며 고민을 털어놓는다고 해서 무슨 대단한 조언을 얻겠니?

그러던 토요일, 이번에는 먼발치에서 바라보지만 않고 내 마음을 네게 고백하리라 결심하고 일찌감치 집을 나서던 찰나였어. 용돈 문제로 어머니와 승강이를 벌이다가 포기하고 돌아서는데, 기미가 잔뜩 낀 얼굴에 멍청한 표정으로 한쪽에 앉아 있던 혜지 누나가 문득 이렇게 말했어. 너, 좋아하는 여자애가 생겼지? 무슨 소리예요? 나는 신경질적으로 되물었지. 그녀는 깔깔거리더니 집게손가락으로 나를 가리켰어. 왜 그렇게 놀라니? 그러니까 더 수상한데. 니 뺨이 발그스레한 게 사춘기 지나 오춘기로 접어드는 것 같아서 하는 소리야. 아주 사랑에 푹 빠진 모양인데. 안 그래요, 언니? 그녀가 어머니를 향해 쌩긋거렸지. 어머니는 뜨개질하던 손에서 눈을 떼지 않은 채 짐짓 근엄한 표정을 짓고 있다가 다짐하듯 말했어. 너, 공부 안 하고 자꾸만 딴생각하면 혼난다. 가뜩이나 용돈 문제로 기분이 상했던 나는 그녀를 향해 버럭 소리를 질렀어. 아줌마가 사랑이 뭔지나 알아요? 내 말이 끝나기가 무섭게 그녀가 깔깔거리며 말하더군. 아줌마라니. 너하고 나이 차이가 얼마나 난다고. 나야 사랑이 뭔지는 몰라도 눈물의 씨앗이라는 것은 안다. 낮 동안 제 나이보다 십 년은 늙어 보이던 그녀와 이런저런 얘기를 나누다가 어머니는 요즘 내가 좀 이상해졌다는 말을 했겠지. 그녀는 보나마나 짝사랑하는 여학생이 생긴 것이라고 말했겠지. 고등학교도 못 마치고 고작 술집 작부로 눌러앉은 주제에 그 더러운 입으로 잘도 재잘거렸겠지. 막걸리잔에나 어울리는 그 입술로. 나는 도저히 참을 수가 없어서 소리쳤어. 그만해요! 그러고는 돌아서면서 혼잣말한다는 게 너무 큰 소리로 떠든 거야. 씨팔, 술이나 파는 더러운 주제에. 어머니가 뜨개질하던 것을 내려놓더니 소리쳤어. 이 자식, 이리 와. 나는 어머니가 무슨 말을 할지 잘 알고 있었기 때문에 그런 어머니가 더 야속했지. 뭐 잘났다고 니가 그딴 소리를 해! 하라는 공부는 안 하고 순 깡패짓이구나! 이 녀석아, 이리 못 와! 소리치는 어머니를 뒤로하고 나는 가게를 뛰쳐나왔지.

알다시피 바로 그날, 나는 자전거를 타고 네 집 앞까지 가서 너를 기다렸어. 내가 쓴 시와 사진 따위를 넣은 봉투를 들고. 겨울로 접어들었기 때문에 찬바람에 코끝이 시렸지만, 너를 만난다고 생각하니 충분히 견딜 수 있었어. 매번 먼발치에서 너를 바라봤지만, 이제는 다시 너와 마주하기로 결심했지. 너를 향한 내 사랑을 고백한다고 해도 우주의 무엇 하나 다치지 않는다는 사실을 알게 된 거야. 그러니까 대포권이니 뭐니 하는 말들이 시끄럽던 그다음 해 여름, 아버지와 무주 구천동에 놀러간 일이 있었어. 버너, 코펠, 텐트 등을 넣은 무거운 배낭을 챙긴 뒤, 버스터미널에서 구천동행 시외버스를 타고 꼬불꼬불 끝없이 이어진 길을 따라 소백산맥을 넘어갔지. 나제통문도 그렇게 험한 산길도 그때 처음 봤어. 자칫하면 낭떠러지로 굴러떨어질 것만 같아 겁이 나더군. 그날 저녁, 아버지를 따라 무주 남대천에 가서 반딧불이를 봤어. 온 저녁 하늘로 그 은은한 따뜻함을 뿌리는 반딧불이들이 어찌나 예쁘던지! 아버지와 나는 날아다니는 반딧불이를 잡아 준비해간 빈병에다 넣었지. 한 마리씩 넣을 때마다 병 안의 공기는 신비스럽게 바뀌어갔어. 그 아름다운 빛을 머리맡에 두고 바라보다가 잠들었는데, 다음날 깨어보니 모두 빳빳하게 죽어 있었어. 그 아름다웠던 빛은 끔찍하게 생긴 곤충이었던 거야.

아직은 아름다웠던 반딧불이를 머리맡에 두고 잠들 무렵, 형설
지공이니 뭐니 하며 자신이 얼마나 힘들게 살아왔는지 말하는 아
버지에게 내가 문득 왜 그렇게 늦게 결혼했는지 물었어. 아버지는
서른다섯에야 결혼했으니까 평균적인 결혼 연령은 아니었지. 그
때 아버지가 한 말이 생각나. 결혼할 기회는 많았으나 매번 피했다
는 둥, 부모덕이 없어 가정을 꾸리는 일이 두려웠다는 둥. 너는 아
직 잘 이해하지 못하겠지만, 어렵게 살아온 사람에게는 평범한 사
람들의 편안하고 행복한 가정마저도 두려울 때가 있어. 같잖게 분
수에도 맞지 않는 행복을 탐내다가 죄다 망쳐버릴 수도 있으니까.
물론 나는 그게 무슨 소리인지 이해할 수 없었어. 나중에 아버지가
쉰 살을 못 넘기고 죽은 뒤에야 그 뜻을 조금 알 것도 같았지. 죽으
면서도 아버지는 공연히 결혼해 어린 아내와 아들을 남겨뒀다고
스스로를 책망했을 거야. 아버지의 행복이란 하룻밤 짝을 찾는 반
딧불이의 화려한 빛과 같은 것이었지. 다음날 날이 밝으면 그게 얼
마나 끔찍한 것이었는지 비로소 알게 되는. 이제 내가 왜 그렇게
사랑에 다가서기를 두려워했는지 알 수 있을 거야. 나는 어려서부
터 그 일을 모두 지켜봤거든. 혹시 사랑이 다음날이면 끔찍한 모양
으로 죽어 있는 곤충 같은 것이 아닐까 걱정했거든. 그래서 나는
네게 너무나 조심스럽게 다가간 거야. 너를 사랑한다는 말이 저절
로 나올 때까지 기다렸던 거야.

네가 집 앞에 모습을 나타냈을 때, 나는 네 손을 잡고 어디론가 떠나고 싶었어. 아름답고 행복한 일만 존재하는 곳으로. 너와 함께. 기억나니? 그런 내게 넌 이렇게 말했지. 도대체 왜 자꾸 저를 괴롭히는 거예요? 저는 사귀고 싶은 마음이 없다고 지난번 편지로 분명히 말했잖아요. 너는 나를 빤히 쳐다봤어. 나도 모르게 한숨이 나오더군. 너를 괴롭힐 생각이 전혀 없었으니까. 너는 내게 더없이 소중한 사람이었으니까. 나는 아무 말 없이 네게 편지와 사진이 든 봉투를 건넸어. 너는 아예 받을 생각도 않더군. 나는 봉투에서 지난밤 앨범을 뒤적이며 고르고 고른 내 사진을 꺼냈어. 이게 뭐예요? 네가 물었지. 나도 니 사진이 있으니까 너도 내 사진을 가져. 내가 말하는 동안 네 얼굴이 일그러지는 모습을 볼 수 있었어. 너의 그 아름다운 얼굴이. 그러더니 너는 입술 한쪽을 올리면서 미소를 지었지. 천천히, 내가 보는 앞에서 그 사진을 찢기 위해서였어. 나도 모르게 눈을 감았지. 근처 숲에서 새가 날갯짓하는 소리, 조그만 개울이 흐르는 소리, 바람 소리, 먼 빛이 나뭇잎을 스치는 소리, 먼바다의 파도 소리가 두서없이 내 귓가를 맴돌았어. 다시 눈을 떴을 때, 너는 두 손으로 뺨을 감싼 채 눈물이 그렁그렁 맺힌 눈망울로 나를 바라보고 있었어. 나는 돌아서서 자전거에 올라탄 뒤 열심히 페달을 밟았지. 이를 악물고 있는 힘껏 발을 굴렀지. 한참 달리다가 숨이 턱까지 차오르고 다리 힘이 다 빠질 즈음, 나는 내가 너를 때렸다는 사실을 수긍해야만 했어. 푸른빛이여. 바다라면.

바다의 한때나마 꿈일 수나마 있다면. 내 푸른빛이여.

십 년 전쯤 그랬듯이 역전에 사람들이 모여든 일요일이었어. 고향 사람들이 빨갱이라고 부르던 어느 대통령 후보의 유세가 있던 날이었어. 친구와 나는 맨 앞자리에 쪼그리고 앉아서 그가 단상에 올라가기를 기다렸어. 하지만 그는 결국 단상으로 올라가지 못했어. 그 대신에 깨져버린 계란의 더러운 노란빛만이 단상을 장식했지. 세상은 하나도 아름다울 게 없는 곳이었어. 아름다운 줄 알고 다가섰다가는 그만 그 더러운 꼴에 구역질이 나게 마련이지. 그 지겨운 꼴을 낱낱이 보고 있다가 저녁 무렵, 나는 친구를 끌고 시장통의 술집으로 갔어. 백조, 은하수, 동백 등 촌스런 상호를 붙이고 양주, 맥주, 안주 일체 따위의 글씨를 시커멓게 선팅해놓은 집들이 다닥다닥 붙어 있는 곳이었지. 가끔 하교하다보면 알이 군데군데 빠진 싸구려 주렴 사이로 나무무늬 벽지가 벗겨진 실내가 보이던, 그런 곳이야. 안 가겠다고 뻗대는 친구 녀석의 소매를 잡아끌어 미림이라는 상호의 술집으로 들어갔어. 주인아줌마는 내가 양품점 집 아들이라는 사실을 알기 때문에 나가라고 소리쳤지. 내가 돈을 꺼내 보이며 엉거주춤 말했지. 내 돈으로 내가 술 마시겠다는데 왜 그러시냐. 하지만 안 통하는 얘기였어. 그 꼴을 보던 친구 녀석은 어느 틈에 줄행랑을 치고 말았지. 그렇게 아줌마와 실랑이를 벌이고 있는데 혜지 누나가 뛰어나왔어. 너, 왜 그러니? 술 마시러 왔어요! 왜요? 그녀가 말했고 나는 되쏘았지. 너, 여자한테 차였냐? 갑자기 깔깔거리며 그녀가 말했고 나는 맥이 탁 풀리고 말았어. 웃기는 소리 집어치워요! 더러워서 안 마실 테니까. 그렇게 소리치고 뛰어나가려는데 그녀가 내 팔을 붙잡았어. 도망가지도 못하고 팔뚝을 잡히고 말았지. 나는 숭고한 내 첫사랑을 망친 사람이 혜지 누나라고 생각한 거야. 그래서 그녀에게 한껏 모욕을 주려고 찾아갔던 길이었어. 그런데 그녀의 말에 갑자기 모든 호기가 사라지고 도망갈 기운마저 빠진 거야.

나는 맥주를 가져온 혜지 누나에게 빈 잔을 내밀며 따르라고 말했어. 그녀는 피식 웃더군. 어차피 돈만 주면 누구에게나 술을 따르는 사람이 아니냐고 내가 말하자, 그녀의 얼굴에 그늘이 드리워졌지. 나는 아무에게나 술을 따르는 사람이 아니야. 그녀가 받아쳤어. 돈을 벌기 위해 행동하는 것은 내 진심이 아니니까. 진심으로 원하는 것도 아니면서 왜 술집 같은 데서 일해요? 그렇게 싫으면 공장이라도 다니면 되잖아. 공장을 다니는 게 니 말처럼 쉬운 일이 아니라는 걸 알아야지. 너야 니 어머니가 주는 돈으로 학교 다니니까 그런 걸 알 턱이 없지. 나는 갑자기 짜증이 났어. 걱정하지 않아도 돼. 어차피 스무 살이 되면 나는 가족이니 뭐니 하는 따위는 아주 없는 곳에서 살 테니까요. 아무도 알아주지 않아도 좋아요. 난 내가 옳다고 생각하는 일을 찾아 살아갈 테니까. 니가 옳다고 생각하는 일이 뭔데? 세상을 좀더 살 만한 곳으로 만드는 일. 불화와 다툼이 없는 정의로운 세상을 만드는 일이죠. 그게 가족을 떠나 니가 하고 싶은 일이야? 그녀가 자기도 한잔 달라며 잔을 내밀었지. 나는 술을 따랐어. 그녀가 맥주를 단숨에 들이켜더군. 질세라 나도 단숨에 잔을 비웠어. 그녀가 다시 내 잔에 술을 따르면서 말했어. 넌, 오늘 내 손님이니까. 진심으로 따르지는 않는다는 말씀이군. 하지만 그녀는 말이 없었지. 저녁 지을 무렵이었는데 아직 손님이 올 시간이 아니었는지, 아니면 일요일은 원래 그렇게 한가한지 들어오는 사람이 없었어. 다른 여종업원들이 옹기종기 모여 앉은 방안에서는 텔레비전 소리만 요란했어. 시간이 술 취한 듯 제멋대로 흐르고 있었어.

나는 스무 살 때, 뭘 하고 싶었는지 알아? 혜지 누나가 말했어. 술 마시고 싶었겠죠. 그땐 니 말처럼 공장에 다녔으니 술 마시고 싶어도 마실 시간이 없었다구. 그녀는 집게손가락으로 탁자에 동그라미를 그리며 말했어. 마음놓고 일식을 한번 봤으면 했어. 일식이라구요? 그래, 일식. 이렇게 쥐 파먹듯이 해가 그림자에 가려지는 것 말이야. 스무 살 생일 무렵, 고향에 있는 동생이 편지를 보내왔거든. 누나 생일인 9월 23일에 부분일식이 일어나. 천문학자를 꿈꾸는 나는 당연히 그을린 유리로 태양을 볼 거야. 누나도 꼭 봐. 그 전날 밤에 나는 유리를 하나 구해 불에 그을렸어. 그리고 다음날 오전에 잠깐 밖에 나가서 그을린 유리를 들고 해를 바라봤지. 남동생은 너와 똑같이 고등학교 2학년이야. 어릴 때부터 공부를 얼마나 잘했는지 몰라. 그애는 분명 대단한 천문학자가 될 거야. 너처럼 정의로운 세상을 만들지는 못하겠지만, 제일 처음 발견하는 별에 내 이름을 붙여줄 거야. 그애를 위해서라면 난 뭐든지 할 수 있단다. 그러니까 일식이 도대체 뭔지도 모르면서 그을린 유리로 해를 바라본 거야. 한참 들여다봐도 아무 변화가 없어 의아하던 차에 누군가 지금 뭐하냐고 묻더군. 공장의 윗사람이었어. 얼른 유리를 감추며 아무것도 아니라고 말했어. 그 사람이 또 물었어. 그래서 일식을 본다고 말했더니 다짜고짜 따귀를 때리더라구. 그 심정, 너는 모를 거야. 내가 왜 맞아야 하는지 모르고 매를 맞는 심정 말이야. 일식이라고는 초밥밖에는 모르는 놈이었어. 그런 새끼가 공순이 주제에 미친 지랄 한다면서 고래고래 부르댔지. 결국 난 일식도 못 보고 다시 끌려들어갔지. 그녀가 넋두리하듯이 주절주절 말을 쏟아냈어.

무식한 자식, 혼자서 속으로만 욕을 했지. 그리고 남동생에게 보내는 편지에 이렇게 썼어. 그래, 네가 보라던 일식은 나도 봤다. 해가 완전히 가려졌더구나. 공부는 잘하고 있지? 열심히 공부해서 훌륭한 천문학자가 되기 바란다. 며칠 뒤, 남동생에게서 편지가 왔어. 누나, 이번 일식은 부분일식이라 해가 조금만 가려지다가 마는 거야. 부분이란 말도 몰라? 그건 그렇고 보충수업비를 못 내서 걱정이야. 아버지는 보충수업 받지 말라고 하시는데…… 공장 일만 가지고는 어렵겠다는 생각이 들었어. 나 혼자 몸이라면 그래도 살아가겠는데, 고향의 식구들까지는 버거웠어. 그래서 공장을 그만 두게 된 거야. 알겠니? 혜지 누나가 나를 가리키며 말했지. 그 자식, 철없는 놈이군요. 내가 말하자 그녀가 정색했어. 너보다는 훨씬 나은 애니까 그런 말은 그만뒀으면 해. 걔가 그렇게 편지를 써 보낼 때는 정말 돈이 너무 필요했던 거야. 걔는 훌륭한 학자가 될 거야. 나는 남동생을 감싸는 꼴이 보기 싫었지. 그래봐야 누나가 술집에서 번 돈으로 되는 거 아니에요? 나 같으면 그런 돈으로 학자가 될 바에야 차라리 내가 일하겠어요. 혜지 누나가 나를 흘겨봤지. 그렇게 쉽게 얘기하지 마. 나를 욕하는 건 참을 수 있지만, 내 동생 욕하는 건 참을 수 없으니까. 내 동생이나 나나 너보다는 훨씬 더 어렵게 산 사람들이야. 니 마음대로 얘기하지 마. 그리고 그녀는 자리에서 벌떡 일어섰어. 술 다 마셨으니까 이제 그만 계산하고 가시지. 좋아하는 여학생에게 차인 꼴이 안쓰러워 잠시 말벗이나 해주려고 했지만, 넌 아무래도 안 되겠다. 부끄러운 얘기지만, 좋아하는 여학생 운운하는 탓에 내가 왜 그 집에 술을 마시러 갔는지 기억하게 됐지. 내게 누나 행세를 하려고 드는 그녀를 보니 다시 나쁜 마음이 들기 시작했어. 왜 이래요? 돈 있다는데 왜 술을 안 가져와! 집에 가, 이 녀석아. 지금도 얼굴이 빨갛잖아. 니 어머니, 혼자서 얼마나 힘드신데 니가 이 야단이니. 정의로운 사회고 뭐고 간에 지금은 공부나 열심히 하는 게 제일 잘하는 짓이야. 알겠어? 웃기는 소리 하지 말아요. 남의 잔에 술이나 따르는 더러운 주

128

제에 무슨 훈계야! 그래, 난 남의 잔에 술이나 따르는 더러운 년이야. 하지만 너 같은 동생을 둔 몸으로 할말은 해야겠다. 어서 일어서서 집에 안 갈래! 우리가 큰 소리로 이런 말을 주고받으니까 방에 있던 다른 여자들이 밖을 내다봤어. 분위기가 별로 좋지 않더군. 쳇, 더러운 주제에 천문학자 동생 둬서 좋겠네. 잘해봐라, 잘해봐. 주제를 알아야지, 그을린 유리가 다 뭐고 일식이 다 뭐야! 그렇게 말하고 뛰쳐나오는데 등뒤에서 혜지 누나가 고함쳤어. 너, 거기 안 서! 이 자식아! 그리고 등을 때리는 겨울바람 결에 아이고 하며 분해서 엉엉 우는 소리가 들렸지. 세상에 어떤 동물도 아름답다고 느끼는 것을 일부러 부수지는 않지. 아름다운 것을 보고 망쳐버리는 동물은 사람뿐이야. 그렇게 망가지는 꼴을 보니 신이 났어. 나는 주먹을 움켜쥐고 드디어 복수했다고 생각했어.

며칠 뒤, 새로 선출된 대통령에 관한 뉴스를 보고 있는데 가게 쪽에서 큰 소리가 들렸어. 문틈으로 내다보니 혜지 누나가 온 거야. 어머니는 그간 자신이 얼마나 위해줬는데 자기 아들에게 술을 마시게 할 수 있느냐고 몰아댔어. 혜지 누나가 빌었어. 잘못했어요, 언니. 잘못했어요. 웃기는 소리 하지 마, 얘. 걔는 아직 어린애야. 주인아줌마 말 듣고 안 마시겠다며 돌아가려는 애를 니가 잡아끌었다고 그러데? 글쎄, 니가 누구 앞에서 꼬리를 치니? 아니에요, 그저 여자친구와 헤어져 기분이 좋지 않은 것 같아 위로나 해주려고 그런 것뿐이에요. 제가 잘못했어요. 얼씨구, 이젠 걔가 여자를 사귀었다고 말하는 거야? 진짜예요. 걔, 어떤 여자애 좋아한 거는 언니도 알잖아요. 잠시 뒤, 어머니가 나를 불렀어. 나가봤더니 혜지 누나가 눈물을 흘리며 서 있었어. 그녀는 나를 보더니 우는 건지 웃는 건지 알 수 없는 표정을 짓더군. 어머니가 내게 물었어. 너, 여자애 사귄 적 있니? 혜지 누나를 빤히 쳐다보면서 나는 말했어. 아니요. 그녀의 눈동자가 크게 흔들렸지. 어머니가 다시 물었어. 니가 얘한테 술 달라고 했어? 나는 다시 말했어. 아니요, 그런 적 없어요. 내 말에 혜지 누나는 뒷걸음질치더니 문을 열고 도망가 버렸어. 겁에 질려 나를 바라보던 그 눈이 아직도 또렷해. 방에 들어가 나는 텔레비전을 끄고 조용히 누워 있었어.

직선제 개헌이 받아들여지고 대통령 후보들의 선거 유세가 한창일 때, 나는 세상이 바뀔 거라고 생각했었지. 웃긴 생각이었어. 세상은 내가 생각했던 것처럼 그렇게 아름다운 곳이 아니었어. 영양을 덮치는 들개들처럼 사람들은 아름답고 소중하고 정의로운 것이라면 달려들어 추하고 더러운 것으로 만들어버려. 짓밟고 때리고 뭉개고 나면 아름다움이란 그저 찰나에만 존재해. 영원한 것은 더럽고 야비한 것들뿐이야. 푸른빛이여. 바다라면. 바다의 한때나마 꿈일 수나마 있다면. 정의란, 아름다움이란, 사랑이란 바다의 한때나마 꿈에 불과한 거야.

위대한 보통사람의 시대가 열린 새해부터 나는 다른 생각은 하지 않고 학교와 집만을 오갔어. 어머니에게는 근처에 완구점을 개업한 노처녀가 새로운 말벗이 됐지. 독실한 가톨릭 신도인 그 노처녀 덕택에 어머니는 예비자 교리반에 나갈 것을 심각하게 고려했을 정도니까 새로운 말벗에 대해 내가 덧붙일 말도 없었고 그러고 싶지도 않았어. 가끔 토요일 집에 돌아오다가, 혹은 일요일 아침 공부하러 학교에 가다가 너를 본 적도 있었지. 너는 나를 보면 일부러 고개를 돌리는 것 같았지만, 이제 너는 내 마음에 아무런 빛도 던져주지 못했어. 내 머릿속을 지배한 것은 일류대학뿐이었어. 너를 비롯해 나를 무시한 모든 사람들에게 복수하고도 싶었어. 이 지긋지긋한 소도시에서 벗어나는 가장 좋은 방법은 그것뿐이라고 생각했어. 집에 가다가 미림 쪽을 바라본 적도 있었지. 어머니는 혜지 누나가 먼 바닷가 고향으로 돌아갔다고 지나가듯 말한 적이 있어. 하지만 나는 그녀가 고향으로 돌아가지 않았다는 사실을 알고 있었어. 나와 동갑인 남동생이 아직 고등학교도 졸업하지 않았으니까. 어쩌면 혜지 누나는 영영 고향으로 돌아가지 못할지도 모르지. 스무 살이 되던 날 소원이 고작 마음놓고 일식을 보는 것이었던 사람. 말하진 않았지만 아마도 남동생과 나란히 서서 불에 그을린 유리를 들여다보고 싶었던 사람. 그리고 이듬해 나는 원하던 서울의 일류대학에 합격했고 어머니는 베로니카라는 세례명을 받았어. 죽은 아버지가 평생 두려워한 불안한 행복이 우리집에도 찾아왔지. 그 행복은 아버지가 생각했던 것만큼 두려운 게 아니었어.

일상의 행복이라는 게 부서질까봐 겁이 날 만큼 대단한 것은 아니었으니까. 물론 채 일 년이 지나지 않아, 명문대학에 합격했다는 이유만으로 생긴 이 행복이 송두리째 날아가긴 했지만.

다시 그 나비 얘기를 하는 게 좋을 것 같아. 나비를 짓밟고 한참 뛰어가다가 어느 골목에 주저앉았지. 상업고등학교 밴드부가 연주하는 군가가 아련하게 울려퍼지고 있었어. 나는 오른쪽 신발을 벗어 조심스레 밑창을 봤어. 진물 같은 게 묻어 있더군. 몇 번 바닥에 문질렀지만, 웬일인지 쉽게 지워지지 않았어. 난감해진 나는 신발을 손에 들고 한참 서 있다가 맞은편 담장 너머로 던져버렸어. 밴드부가 이끄는 시가행진을 보러 가고 싶었지만, 신발 한 짝을 버렸기 때문에 하는 수 없이 집으로 돌아갔지. 살아가면서 가끔 내가 던져버린 그 신발이 생각나. 그 신발은 지금 어떻게 됐을까? 이튿날 남대천에 뿌려버린 죽은 반딧불이들은 지금 어떻게 됐을까? 혜지 누나는 어디서 무엇을 할까?

어제 아침 일찍, 나는 도피생활 동안 지내던 달동네의 가톨릭 계통 고아원 사람들에게 고향에 내려가겠노라며 인사하고 밖으로 나왔어. 전날 밤에는 그럴싸한 송별식도 있었지. 같이 봉사활동을 하던 사람들도, 고아원의 아이들도 내가 수배자라는 사실은 모르고 있었어. 심지어는 가톨릭 신자라는 사실도 모를 정도였으니까. 좋은 사람들이었지. 짐을 넣은 가방을 메고 나오는데 지난 일 년간의 일들이 생각나면서 눈물이 맺혔어. 우여곡절 끝에 군인이 아닌 민간인이 대통령으로 선출된 서울 하늘로 12월의 새로운 바람이 스쳐지나갔지. 젊음을 바쳐 우리가 꿈꿨던 세상을 반쯤은 이룬 것일까? 아니면 모든 게 이제 다시 시작되는 것일까? 나는 버스정류장으로 가는 대신 꿈결 속을 걷듯이 아침 준비로 분주한 산동네 꼬불꼬불한 골목을 지나 근처의 산으로 올라갔어. 주머니에 반짝이는 유리판을 하나 넣은 채.

여덟시 무렵 나는 신문지에 불을 붙여 유리판을 그을렸어. 육 년 만에 돌아온 일식이었어. 오래전부터 기다려왔던 일식이었지. 시커멓게 그을린 유리판을 들어 눈앞에 대고 태양을 바라봤어. 검은 그을림에 그 세기가 약해진 노란빛이 내 눈 안으로 들어왔어. 그 아름다운 빛이 내 속으로 밀려들어왔어. 까닭 없는 슬픔과 한없는 기쁨과 막연한 불안감이 하늘을 떠도는 먼지 알갱이처럼 내 안에서 서로 뒤섞여 하나의 거대한 원으로 바뀌는 동안, 조금씩 둥근 원이 태양 속으로 밀려들기 시작했지. 눈물방울처럼 검은 유리판에 새겨진 그 아름다운 노란빛. 언젠가 보았던 너의, 또 혜지 누나의 눈물 맺힌 눈동자처럼 한쪽 부분부터 흔들리는 그 둥근 빛. 그러나 결코 부서지거나 망가지지 않을 그 소중한 동그라미. 무한히 수축됐다가 다시 온 우주로 퍼져나가는 그 노란 물결. 그제야 알 것 같았어. 혜지 누나가 동생과 나란히 서서 그을린 유리로 바라보려던 게 일식이 아니었음을. 그 순간부터 나는 새였고 물이었고 혹

시는 바람이었어. 푸른빛이었고 바다였고 바다의 한때나마 꿈이었
어. 내 안을 충만하게 메운 그 따뜻한 느낌. 나는 그게 사랑이란 걸
그제야 깨달았어. 나는 비로소 사랑에 빠진 거야. 알겠니? 그 누구
도 망가뜨릴 수 없는, 첫사랑에 빠진 거야.

* 김지하, 「푸른 옷」 중에서.

똥개는 안 올지도 모른다

많은 사람들이 떠나가고 또 죽었다. 지금은 그 거리에도 낯선 가게가 많이 들어섰다. 한때 포목점과 양장점과 제화점과 지물포와 중국집 등이 있던 자리에 화려한 대기업 상표를 내건 대리점들이 다붓하게 들어섰다. 물물교환하듯이 꼭 서로의 가게에서 물건을 사던 옛 인정들은 모두 사라졌다. 이제 사람들은 일주일에 한 번 정도 시 외곽에 생긴 대규모 할인점을 찾아다녔다. 할인점이 있던 그곳이 원래 우시장이었다는 사실을 기억하는 사람은 드물었다. 마찬가지로 예전에 그 거리의 사람들이 피붙이처럼 서로 가까웠다는 사실도 먼 기억 속의 일이 됐다. 과연 그 거리에서 무엇이 죽어가고 무엇이 살아남는지 모르는 사람은 이제 아무도 없다.

　지금 죽어가는 것들, 아니 이미 죽은 것들, 예컨대 가까운 이웃끼리 추렴한 돈으로 시장에서 수박을 사와 화채로 만들어 먹던 여름밤 정경, 길모퉁이 이름 없는 식당의 알 빠진 플라스틱 주렴 너머로 잊을라치면 벌어지던 동네 어른들끼리의 주먹다짐, 장이 서는 오 일마다 평화시장이나 아래장터 등 재래시장으로 구름처럼 몰려들던 시골 사람 등은 우리가 어렸을 때만 해도 생생하게 살아 있던 것들이다. 그렇게 생생하게 살아 있던 것들 중에 또하나를 꼽으라면 바로 소문이었다. 소문은 어디선가 태어나 사람들의 입을 거치며 살이 붙고 성장하다가 시간이 지나면서 서서히 죽어갔다. 마치 바람이 건드리고 사라지면 플라스틱 주렴이 크게 넘늘거리다 서서히 잦아드는 것처럼. 소문이 한번 휩쓸고 지나간 동네는 전과 약간 달라졌다. 사람들은 조금씩 세상에 대해 잔인한 마음을 지니게 되기도 했고 한 움큼도 안 되겠지만 삶에 대한 희망을 얻기도 했다.

그러니까 이십여 년 전만 해도 그 거리의 사람들은 이야기를 통해 이웃들과 강하게 맺어졌다. 아버지들이 골목의 평상이나 동네 구멍가게에 앉아 술을 마시면서 동네 돌아가는 사정에 대해 얘기를 나눴다면 어머니들은 서로서로 찾아다니며 이웃의 살림살이를 속속들이 꿰고 있었다. 그 언저리에서 우리 아이들은 부지런히 소문을 전파하는 전령의 역할을 충실히 해냈다. 이처럼 우리는 서로 공유하는 소문 안에서 하나였다. 우연히 전해 듣게 된 소문을 그토록 열성적으로 전파하는 까닭도 그 때문이었다. 소문은 심지어 이젠 더이상 그 마을에 살지 않는 사람들마저도 우리의 생활공간 속으로 끌어들일 만큼 강한 유대의 끈이었다. 그러므로 한동네 사람이라고 할 때, 그건 단지 현재 그 동네에 살고 있는 사람만을 뜻하는 게 아니었다. 이미 오래전에 죽은 사람이나 동네를 떠난 사람들까지 포함하는 넓은 개념이었다. 뒤집어 말하자면 소문을 제대로 모르는 사람은 같은 동네 사람으로 인정할 수 없을 정도였다.

이수여인숙 똥개 재만이가 돌아왔다는 소문도 우리 아이들이 가장 먼저 그 거리에 유포했다. 보고 들은 아이들의 얘기를 종합하면 다음과 같았다. 교도소에서 막 나온 듯 민둥머리의 똥개가 대구발 버스를 타고 와 대한교통 터미널에서 내렸다. 왼쪽 어깨에는 아래쪽으로 실밥이 터진 더플백을 메고 있었고 오른손에는 손바닥 안에 쏙 들어오는 나무봉 같은 것을 쥐고 있었다. 뜨내기가 터미널 앞에서 흔히 그러듯 좌우를 두리번거리던 똥개는 마침 80번지를 다녀오던 동네 아이들과 마주쳤다.

"우리 보디만 나만 부르더라. 그라고는 우리 아버지 잘 있능가 물어보더라."

이수여인숙과는 경쟁관계였던 신라하숙 아들 성환이가 말했다.

"똥개가 너 아부지 안부는 왜 물어보나?"

내가 물었다.

"내가 아나? 너 아부지 안부도 물어보더라. 웃으민서 말이라. 그라민서 손에 쥔 나무뭉텅이 같은 것을 만지작거리는데 갑자기 칼날이 툭 튀어나오더라. 간 떨어지는 줄 알았어여. 너 그 잭나이프 기억나지? 자루에 용 두 마리 새겨진 거 말이라."

성환이의 말에 우리는 와뜰 놀랐다.

"그때 그 칼 말이가? 그게 어데서 났겠나? 그때 피 질질 흘리며 잡혀갈 때 다 뺏겼다 카디만……"

이수여인숙과는 골목이 다른 미용실 아들인 명수가 말했다. 그만큼 똥개가 병원에 실려갈 때도 손에서 놓지 않던 바로 그 잭나이프를 들고 다시 그 거리로 돌아왔다는 사실은 충격적이었다. 적어도 우리는 그 모든 일을 두 눈으로 똑똑히 지켜봤기 때문이다.

"잡히가기 전에 어데 묻어논 거 아이겠나. 대한교통 마당 같은데 말이라."

동네에 또래가 없어 늘 서너 살이나 많은 우리들과 어울리는 꼬마 민호가 멋모르는 소리를 했다. 민호는 양품점 과부네 외아들이었다. 그 과부에게서도 이상한 소문이 모락모락 피어난다는 사실을 민호만 모르고 있었지 우리는 알고 있었다.

"벌소리하지 마라. 니는 그때 얼라라서 잘 모르는 모양인데, 똥개가 그 칼 들고 지랄하다가 바로 잡히갔는데 칼을 숨가놓을 시간이 어데 있었겠나?"

민호를 낮추보며 명수가 조뺏거렸다.

"시아야, 앞날을 대비해서 하나 더 숨가놓은 거 아이가?"

민호는 지지 않았다.

"그랄 수는 있겠다."

성환이가 민호의 말에 맞장구쳤다.

"아이라. 그랄 수는 없어여. 그때 똥개가 자살할라 그랬어여. 자살할라는 사람이 칼을 하나 더 묻어놀 리가 없어여."

내가 되쏘았다. 똥개가 잡혀가던 날의 광경은 아직도 생생했다. 아이들은 말이 없었다. 사정을 잘 모르는 민호만이 깨진 기왓장으로 시멘트 바닥에 낙서하면서 노래를 불렀다.

"그라만 똑같은 거로 새로 산 거겠네."

갑자기 흥얼거림을 멈추더니 민호가 재깔였다.

"교도소에서 나오는 사람이 와 칼을 사갖고 오나?"

성환이가 되받았다.

"복수할라 카는 기지. 그때 그 칼로 그대로 복수할라 카는 모양이지."

"혼자 죽을라 카는 기 아이고?"

성환이가 물었다.

"죽을라 카만 교도소에서 나오자마자 죽을 일이지, 여기까지는 왜 오겠나? 분명히 복수할라 카는 기라."

명수가 끊어 말했다. 아이들은 모두 고개를 끄덕였다. 이제 아이들 선에서 똥개의 귀향에 관한 소문은 그런 식으로 정리가 될 모양이었다. 그러니까 똥개가 이번에는 자신이 아니라 한평생 원수처럼 여긴 이수여인숙 윤희 엄마를 죽이기 위해 그때 휘두르던 잭나이프와 똑같은 걸 구해서 막 돌아왔다, 는 문장 정도겠다.

"하지만 말이 안 돼여."

성환이가 따졌다. 그쯤이면 우리들 모두 미용실 아들이라 어딘가 샌님처럼 보이는 명수의 결론이 아귀가 잘 맞지 않는다고 생각할 때였다.

"똥개 깜빵 가고 윤희 엄마도 동네 떠나버렸는데 누구한테 복수한단 말이라?"

성환이의 문제제기에 명수가 응답할 차례였다.

"내가 어데 윤희 엄마한테 복수한다 캤나?"

명수가 새롱거렸다.

"그라만?"

"잘 생각해봐라, 그랑께 똥개가 너들 아버지 안부 물은 거 아이겠나?"

성환이와 나는 서로 입을 쩍 벌리고 마주봤다. 명수는 자기 얘기에 흡족한 듯한 표정이었다.

이수여인숙 아저씨의 쫓겨난 전처 소생인 똥개 재만이는 사춘기를 거치면서 그 거리에서 제일가는 천더기가 됐다. 중학교에서 퇴학당한 뒤부터는 가출을 밥먹듯이 일삼고 제 아버지 막노동일 하러 나간 틈을 타 집으로 들어와 자기와는 띠동갑인 새엄마를 구타하고는 돈을 털어가는 일이 잦았다. 그럴 때마다 이수여인숙으로 달려가 싸움을 뜯어말린 사람들이 바로 그 똥개가 복수하겠다는 우리 아버지와 신라하숙 성환이 아버지였다. 폭행, 강간, 절도 등의 온갖 더러운 혐의를 다 뒤집어쓰고 소년원으로 끌려가기 전까지만 해도 두 아버지들이 야단치면 똥개는 겨울에 틀어놓은 수돗물마냥 눈물을 찔끔찔끔 흘렸다. 이수여인숙의 내력을 잘 아는 두 사람이 똥개의 친모 얘기를 곧잘 꺼냈기 때문이다. 그때만 해도 친모 얘기는 똥개에게 아킬레스건이나 마찬가지였다.

하지만 소년원에 다녀온 뒤부터 똥개는 자신을 버린 친모에 대해서도 앙심을 품게 됐다. 자연히 똥개가 갓난아기였을 때부터 그 집 내력을 샅샅이 꿰고 있는 두 아버지들의 설득도 더이상 먹혀들지 않았다. 똥개네 새엄마인 윤희 엄마는 똥개가 나타나기만 하면 신발도 제대로 신지 못하고 우리집이나 신라하숙으로 도망가기 일쑤였다. 침을 찍찍 뱉으면서 눈을 부라리는 똥개를 우리 아버지나 성환이 아버지가 길가에서 붙잡고 있는 동안, 윤희 엄마는 그간 뜯어간 돈이 얼만데 아직도 제 엄마 내쫓은 값을 하라고 야단이라며 보대낌을 참지 못하고 소리내 울곤 했다. 애당초 똥개 아버지는 윤희 엄마의 어기찬 성격이 마음에 들었다. 하지만 아무리 다부지다고 해도 여자였으니까. 윤희 엄마를 괴롭힌 건 돈 문제뿐만이 아니었다. 혹여 똥개가 자신이 데려온 어린 두 딸에게도 해코지를 할까봐 걱정이 이만저만이 아니었다.

그 모든 일을 똥개 아버지가 몰랐다면 그건 말이 안 된다. 아마도 그날은 똥개가 두번째로 소년원을 다녀오고 얼마 지나지 않은 무렵이었을 테다. 한동안 잠잠하게 이수여인숙 뒷방에 처박혀 있는가 싶던 똥개가 제 버릇 버리지 못하고 새엄마에게 덤벼들었다. 나중에 들은 얘기로는 너무나 어이가 없는 발단이었다. 뒷방에서 문을 걸어 잠근 채 밥도 먹지 않고 잠만 자는데도 윤희 엄마는 끼니마다 따로 밥상을 차려 마루에 얹어놓았다고 한다. 그날도 그대로 식어버린 밥상을 치우는데, 하필이면 그때 똥개가 문을 열고 밖으로 나오다가 그 모습을 보게 됐다. 똥개는 그 성질 그대로 아직 밥숟갈도 뜨지 않았는데 치운다며 밥상을 걷어찼고, 깜짝 놀란 투숙객들이 보는 앞에서 마당에 쓰러진 윤희 엄마에게 발길질을 해댔다.

평일 저녁이면 늘 그렇듯이 네거리 구멍가게에 모여 소주를 마시고 있던 똥개 아버지와 동네 아저씨들은 갈래머리를 한 이수여인숙 두 딸이 달려와 대성통곡을 하는 바람에 그 소식을 전해 듣게 됐다. 그 무렵이면 학교 운동장에서 놀던 우리가 골목으로 돌아올 때라 남녀노소 할 것 없이 온 동네 사람들이 이수여인숙으로 달려갔다. 그 모습은 가히 충격적이었다. 얼마나 팼던지 윤희 엄마는 초주검 상태가 돼 쓰러져 있었다. 뭐라고 씨부렁거리는 똥개의 눈빛은 더이상 사람의 눈빛이라고 볼 수 없었다. 그건 우리가 늘 그를 그렇게 부른 것처럼 짐승의 눈빛이었다.

그 모습에 똥개 아버지가 기겁해 똥개에게 달려들었다. 자기 아버지만은 피해 다니던 똥개가 이번에는 달려드는 제 아버지의 두 손을 맞잡았다. 누렇게 바랜 러닝셔츠만 입은 똥개 아버지의 등이 벌겋게 달아오르더니 땀이 슬맺혀 온통 미끈거렸다. 둘은 한 삼십 초 정도 그렇게 맞섰던 것 같다. 그동안 우리는 마음속으로 유제두 선수라도 되는 양 똥개 아버지를 응원했다. 아니나 다를까, 여인숙 일 외에도 노동으로 뼈가 굵은 사람이니까 제아무리 피가 끓는 청 춘이라고 해도 똥개가 밀릴 수밖에 없었다. 똥개는 뒤로 나자빠졌 고 그 광경을 구경하던 동네 사람들은 모두 박수를 쳤다. 똥개 아 버지는 마루 쪽으로 자빠진 똥개를 일으켜세워 얼굴을 몇 차례 더 갈겼다.

그리고 돌아서서 윤희 엄마에게 다가가는데, 똥개가 마루 밑에 서 굴러다니던 각목으로 제 아버지의 뒤통수를 후려쳤다. 모두들 입을 다물지 못할 만큼 끔찍한 광경이었다. 똥개 아버지는 두 손으 로 뒤통수를 감싸며 쓰러졌다. 널브러진 제 아버지를 각목으로 내 리치는 동안, 누구도 똥개를 말릴 생각을 하지 못했다. 되레 똥개 가 대문 쪽으로 걸어오자, 몇몇 어른들을 빼고는 모두 걸음아 날 살려라 줄행랑을 쳐버렸다. 똥개의 손에 두 번이나 수갑을 채웠던 경찰서 소년계 고형사가 소식을 듣고 달려왔을 때야 똥개는 정신 을 차리고 자기가 무슨 짓을 저질렀는지 깨달을 수 있었다. 이미 똥개 아버지가 피가 배어나는 머리를 안고 실신한 다음의 일이었 다. 그리고 소문은 고형사와 똥개가 나눈 얘기를 이렇게 전했다.

이 개만도 못한 새끼야, 주먹질을 할라 카만 어데 너처럼 개망나니 같은 새끼를 하나 잡아갖꼬 패라. 그라만 내가 한 십 년 깜빵에 처넣어줄 텡께. 그길로 바로 똥개를 끌고 나와 뒷길 막걸릿집에 앉힌 뒤, 고형사는 쇠젓가락이 휠 때까지 똥개의 머리를 내리치면서 말했다. 언젠가 똥개가 우리를 벽에다 일렬로 세워놓고 처음 경찰서에 잡혀갔을 때 겪은 일을 자랑삼아 떠든 적이 있었다. 고형사는 똥개를 벽에 세워놓고 이렇게 내뱉였다고 한다. 지금부터 벽에 매달린다, 실시. 벽에서 떨어지는 족족(이란 말은 웃기지만) 고형사는 매질을 했다고 한다. 똥개가 자기는 벽에 한참 동안 매달려 있었다고 땅땅거렸다. 동네 꼬마 녀석들은 그 말을 진짜로 믿는 눈치였지만, 우리들은 그 허풍을 믿지 않았다. 어쨌든 그래서일까, 똥개는 고형사 앞에서 순한 양처럼 소짝거렸다.

저도 다시 시작하고 싶어여. 제 인생 망친 게 누구라여? 그 여자하고 그 여자 불러들인 아버지 아입니까? 짐승이 아니라 사람의 목소리로 똥개가 게정거렸다. 하지만 고형사에게는 씨도 먹히지 않을 이야기였다. 이 새끼야, 그게 어데 니 부모 탓이가? 다 니가 잘못한 기지. 고형사가 다시 쇠젓가락으로 똥개의 머리통을 내리치면서 끊어 말했다. 말하자만 쌍방과실 아입니까? 나한테 잘못이 있다 카만 그 사람들한테도 잘못이 있는 거라여. 똥개가 덜떨어져 보이는 어눌한 목소리로 소년원에서 주워들은 문자를 늘어놓았다. 고형사는 기가 찼지만, 그다음에 들은 얘기는 더했다. 정신적

보상만 해주만 그 돈 들고 떠날 생각이라여. 다시는 이 근처에 얼씬도 하지 않을 작정이라여. 피할 생각도 하지 않고 고형사의 쇠젓가락 세례를 다 받은 뒤, 똥개가 중중거렸다. 역시 씨도 먹히지 않을 얘기였으므로 고형사가 몇 대 더 때렸다. 고형사에게 맞던 끝에 똥개가 눈물을 흘렸다. 아니, 우리는 눈물을 흘렸다는 소문을 전해 들었다. 그것도 엉엉 소리내 울었다고 들었다. 이번에는 동네 꼬마 녀석들은 물론 어른들도 그 말을 믿는 듯한 눈치였으나, 역시 우리들은 그 말에 일제히 하품을 내쉬었다. 원래 똥개라는 동물은 하품할 때나 눈물을 흘린다는 게 명수의 말이었으므로.

그래서 한 달 동안 자리보전하던 똥개 아버지가 그런 똥개에게 돈 몇 푼을 쥐여줬는지 어쨌는지 우리로서는 알 길이 없다. 다만 그후로 똥개는 더이상 골목에서 보이지 않았다. 소문에 따르면 똥개는 부산으로 내려갔다고 했다. 어떤 사람은 부산에 가서 택시를 잡아탔다가 스페어 운전사로 핸들을 잡은 똥개의 모습을 봤다고도 했고 또다른 사람은 서면에서 깡패 꼬봉 노릇 하는 꼴을 봤다고도 했다. 그뒤로 똥개 아버지가 술자리에 어울리는 일은 많지 않았으므로 소문은 더욱 무성해져갔다. 하지만 이윽고 그 소문도 잦아들었다. 그 거리에는 똥개네 말고도 술자리나 안방이나 학교 운동장에 모인 어른과 아이들이 떠들어야 할 수많은 집들이 있었기 때문이다.

아침부터 제비들이 제 몸으로 길바닥을 닦는가 싶더니 점심이 지나면서부터 검은 구름이 나분하게 몰려왔다. 여름방학까지는 아직 며칠이 남았는데 그날따라 덥기도 더운데다가 목의 주름을 따라 축축한 때가 잔뜩 낄 만큼 습도도 높았다. 아침부터 아이들과 함께 족대와 어항을 들고 냇가에 고기를 잡으러 나섰다. 오후 내내 물속에서 나오지도 않고 고기를 잡았는데 겨우 피라미 몇 마리만 건졌을 뿐, 갯돌을 시퍼렇게 두른 이끼 때문에 공연히 어항만 깨뜨리고 말았다. 어설픈 천렵도 도통 흥이 나지 않아 냇물에 나뭇잎배나 띄우고 놀다가 허기가 져서 맨발로 돌아가던 길이었다.

둑방의 보드라운 모래를 자분자분 밟으며 발의 물기를 말리는데 사타구니가 흠뻑 젖은 꼴로 성환이가 말했다.

"어제 신구라사 용호 형이 똥개 만났다 카는 소식 들었나?"

"재단사 형 말이가? 못 들었는데……"

내가 깜짝 놀라서 물었다.

"오토바이 타고 가다가 똥개 보고 말 걸었디만 다 죽인다 캤다 카더라. 어제 우리 아버지가 말하는 거 들었다."

"누구를?"

"누구기는? 너 아버지들이겠지."

명수가 족대에 그물을 감았다 풀면서 까불거렸다.

"이 씨팔 놈이. 한 번만 더 그 얘기 하만 쥑이뿌린다."

능글맞게 웃는 명수를 향해 내가 종주먹을 내질렀다.

"암만캐도 똥개가 그때 지 배 찌르기 전에 우리가 뭘 생각 했는지 다 아는 모양이라."

내가 넘겨짚었다.

"시아들이 뭘 생각 했는데?"

민호가 손바닥으로 맨들맨들한 조약돌을 굴리면서 캐물었다. 성환이는 날 보고 고개를 흔들었다. 말하지 말라는 얘기였다.

"똥개가 윤희 엄마 이사 간 데를 물어보고 다닌다 카데."

동네의 모든 소문이 미용실로 모여들었기 때문에 명수는 정보에 빨랐다.

"윤희 엄마도 죽일라 카는 모양이네."

민호가 말했다.

"그게 아이라 카더라. 야아들아, 너들 아버지 얘기 자꾸 해서 미안하다."

"이 씨발 놈이 안 닥치나?"

제 아버지를 닮아 뚝별난 성환이가 대뜸 볼뚝거렸다. 명수가 두 손을 들어 내리누르는 시늉을 했다.

"그게 아이고 내 얘기 좀 들어봐라. 똥개가 너들 아버지 죽인다 카는 거는 다 내 농담이고 너들 아버지는 혹시 윤희 엄마 어데 갔는가 알지 모른다 캐서 안부 물어본 거라 카더라. 이수여인숙 판 돈 들고 윤희 엄마 도망갔응께 만나갖꼬 그 돈 받아서 보육원에 간 시내하고 같이 살라 카는 게 똥개의 최종 목적이라. 사람 죽이만

이번에는 똥개도 사형이다. 사형되만 그 돈 다 가진다 캐도 무슨 소용이겠나?"

그건 아마도 똥개의 귀향에 대해 제 마음대로 내린 결론을 떠벌렸다가 자기 엄마에게 혼쭐이 나면서 들은 얘기였으리라. 제 엄마 얘기를 내리외는 앵무새에 불과한 명수는 그날 저녁에 일어난 일을 직접 보지 못했으니까 그런 소리를 나불나불 잘도 지껄였던 것이다. 똥개가 어떤 사람인지 안다면 성환이처럼 잘라 말했을 것이다. 이렇게.

"니가 원래 했던 말이 맞아여. 똥개는 진짜로 복수할라고 왔다."

성환이 말이 옳았다. 똥개는 성환이 아버지와 우리 아버지와 윤희 엄마와 윤희와 윤지와 나와 그 밖에 그날 이수여인숙 근처에 있던 모든 사람들을 죽일 생각인지도 몰랐다. 똥개는 충분히 그러고도 남았다. 명수와 민호는 모르겠지만, 성환이와 나는 알고 있었다. 똥개는 우리 모두를 죽이려고 돌아온 것이었다.

부산으로 떠났던 똥개가 돌아온 것은 거리 은행잎들이 아스팔트를 노랗게 물들이던 시절이었다. 한쪽에 내놓았던 평상이 치워지고 배추를 잔뜩 실은 트럭이 찾아와 골목이 떠나가도록 호객행위를 하면 아줌마들이 잔뜩 모여 배춧잎을 따면서 품평을 늘어놓았다. 가끔 가을바람이 꽤나 매섭다는 생각도 들었는데 그건 전적으로, 말리느라 비닐포장 위에 깔아놓은 빨간 고추를 피해 자동차가

곡예운전을 하면서 지나갔기 때문이다. 새벽의 틈새마다 밀려든 안개를 바라보노라면, 신학기가 시작되던 봄에는 미끄럼틀에서 내려오듯이 그렇게 쏜살같이 지나가던 시간도 띄엄띄엄 늘어선 가로수 사이 어딘가에 머물러 있는 듯했다. 그 안개 속을 뚫고 새벽체조가 시작되는 학교로 달려갈 때마다 목구멍을 스쳐가는 싸한 공기처럼 빨리 어른이 되고 싶다는 서늘한 마음에 조바심이 치밀었다. 내가 어렸을 때 그 거리의 가을이란 꼭 그런 모습이었다.

똥개 아버지는 이제 더이상 가망이 없다는 판정을 받은 뒤였다. 꼬리표가 떨어져나간 소화물처럼 도립병원으로, 대구 파티마병원으로, 서울 원자력병원으로 끌려다니던 똥개 아버지는 결국 이수여인숙으로 돌아왔고, 그뒤로는 집밖에 나오지 않았다. 가끔 우리 집으로 찾아와 아버지와 뭔가를 상의하던 윤희 엄마는 꼭 눈물을 남겨놓고서야 자리에서 일어났다. 남편이 병으로 죽는 일을 두번째 겪을 판국이었지만, 그런 일은 아무리 겪어도 익숙해지지 못할 일이었다. 윤희 엄마가 다녀가고 나면 나는 그 아줌마가 8자를 그리며 한자리에서 맴도는 광경을 떠올리곤 했다. 그해 가을, 나는 태어난 이래 '팔자'란 말을 가장 많이 들었다. 물론 그 앞에는 '이노무'란 말이 붙어야만 한다.

우리는 명수가 산 무지개 빛깔의 쫀드기를 나눠 먹다가 골목에 다시 나타난 똥개를 처음 봤다. 아무리 물고 늘어져도 쫀드기는 쉽게 끊어지지 않았다. 똥개와 그 골목의 인연 역시 마찬가지였다.

다시 돌아온 똥개는 실제 나이보다 스무 살은 더 많아 보였다. 흐리터분한 눈깔에 얼굴은 반쪽이었고 수염은 제멋대로 뻗쳐 있었다. 우리는 입을 다물 수 없었다. 똥개는 오른쪽 어깨에는 기자들이 흔히 메고 다니던 닳아빠진 가짜 가죽가방을, 등에는 배낭을 메고 있었다. 동네 어른들이 늘 말하던 피난길 모습이 꼭 그랬으리라. 하지만 우리는 다 찢어진 옷을 입고 아랫도리를 드러낸 채 거리를 질주하는 미친 여자도 봤고 초겨울 역전 버드나무 아래에서 자다가 숨을 거둔 중국인 부랑자의 시체도 본 아이들이었다. 그 정도에 놀라지는 않는다. 우리가 놀란 것은 똥개 옆에 세 살쯤 돼 보이는 여자애가 있었기 때문이었다.

똥개와 여자아이는 잠깐 마실 갔다가 돌아오는 듯 자연스럽게 골목을 걸어올라갔다. 둘은 이제는 끈적끈적해진 쫀드기를 손에 든 우리를 지나 이수여인숙 반원 모양의 간판 아래로 걸어들어갔다. 소식을 듣고 달려온 성환이 아버지가 항상 문을 열어두는 여인숙 안으로 들어갔다. 우리는 문 옆에 서서 곧 벌어질 난리법석을 불안해하며, 한편으로는 기대하며 기다렸다. 그러나 여인숙 안에서는 아무런 소리도 들리지 않았다. 잠시 후 성환이 아버지가 밖으로 나와서 우리에게 딴 데 가서 놀라고 소리쳤다. 성환이가 정말 아무 일 없느냐고 물었다가 아버지에게 혼쭐이 났다. 우리는 강냉이처럼 뿔뿔이 흩어졌다.

과연 똥개는 부산에서 무슨 일을 겪은 것일까? 그 아이는 누구일까? 넋이 나간 듯 입을 굳게 다문 똥개와 죽기 직전의 똥개 아버지와 팔자가 제멋대로 엉겨버린 윤희 엄마는 집안에 틀어박혀 뭘 하는 것일까? 가을이 깊어지면서 모서리가 떨어진 이수여인숙 페인트 간판이 바람에 탁탁 부딪히는 소리를 냈고, 그런 밤이면 의문들이 마음 깊은 곳에서 뭉게뭉게 피어올랐다. 어른들은 그 아이가 똥개의 딸이라고 말했다. 그래도 의문은 남았다. 부산 여자들은 얼마나 억센 것일까? 저런 인간을 사랑해 딸까지 낳다니! 허락만 한다면 묻고 싶은 게 많았는데 똥개도, 똥개의 딸도, 똥개의 아버지도, 똥개의 새엄마도 밖으로 나오지 않았다. 다만 말문을 틀어막은 윤희와 윤지만이 아침저녁 책가방을 메고 이수여인숙 문턱을 넘을 뿐이었다. 명수와 성환이가 몇 번을 윽박질렀건만 둘은 아무런 말이 없었다. 그리고 마지막 남은 은행나뭇잎을 모두 떨궈버리겠다는 듯한 기세로 가을비가 쏟아졌다. 탁탁탁. 이수여인숙 간판 모서리가 바람에 부딪히는 소리가 났다. 그날 밤, 잠 못 들고 뒤척이던 사람들은 소리의 가장 낮은 부분을 긁는 듯한 울음소리를 들을 수 있었다. 가장 낮은 부분, 우리가 평소에는 잘 듣지 못하는 그런 부분.

"올개는 장마가 늦네."

비린내를 풍기며 먼지 쌓인 길 위로 떨어져내리는 빗줄기를 바라보며 성환이 아버지가 말했다. 우리집 마루에 모두 모여 앉았다. 성환이 아버지, 우리 아버지, 나, 성환이, 명수. 두 아버지는 열무

김치를 안주 삼아 우리가 함께 가서 받아온 막걸리를 마시고 있었고 우리는 뱀주사위놀이를 했다.

"야아들이 술 받아올 때 빗물이 들어갔나? 우째 막걸리가 이케 싱거워여."

성환이 아버지가 우리를 바라보면서 말했다.

"단비가 오시니까 술맛이 나는 모양이네. 독한 술이 다 싱겁구로."

아버지가 처마에서 떨어지는 굵은 물방울을 손바닥으로 받으면서 말했다. 6이 나온 명수는 어머니의 가슴에 카네이션을 달아주는 그림이 걸려 고속도로를 타고 28까지 올라갔다. 성환이는 5가 나와서 아무런 변화가 없었지만, 나는 2가 나와 축구를 열심히 하는 그림이 걸렸다. 축구에서 1등을 한 나는 고속도로를 타고 22까지 올라갔다. 시작하자마자 명수와 내가 고속도로를 타니까 성환이는 약간 골이 난 듯 보였다. 하지만 거기서부터 34까지는 고속도로도, 뱀도 없었다. 성환이는 14까지만 간다면 단숨에 66까지 올라가는 고속도로를 탈 수 있었다.

"이수여인숙 허문다 카는 얘기는 들었나?"

"못 들었는데. 안 그래도 똥개 출소했다 카는 소식은 용호한테 들었었는데."

"똥개네 대신에 들어간 석기가 별로 여인숙 재미 못 본데다가 사방공사 다니는 김현식이가 그 자리에 화원 차릴라 캐서 팔라는 모양이데."

주파수를 놓쳐버린 라디오 소리처럼 빗방울 튀는 소리가 우리와 마당 사이의 거리를 지워버리며 잔잔하게 들렸다. 성환이는 이번에는 6을 던졌다. 3만 던지만 된다. 성환이가 느닷없이 소리를 질렀다. 나는 4를, 명수는 2를 던졌다.

"똥개 아버지 죽고 똥개 교도소 들어가고 하니라고 정신없는 와중에 워낙 싸게 샀던 집인데 재미 못 볼 거는 또 뭐 있겠나?"

석기 아저씨가 자꾸 길에 나와서 손님을 끌어간다고 워낙 뒷말이 많았던 성환이 아버지가 볼멘소리를 했다.

"석기 가아가 재수없는 집에 들어가게 생겼다고 처음부터 을매나 윤희 엄마를 몰아붙있나. 다 그런 연장선상에서 하는 투정이라."

"날강도 같은 노무 새끼. 그나저나 용호 말로는 똥개가 아직도 윤희 엄마한테 원망이 많은 모양이데."

성환이는 2를 던졌다.

"그래 야반도주해버린 윤희 엄마도 잘못한 일이지만, 그놈아도 잘한 거는 하나도 없다. 그동안 늘씬하게 패버리느라고 윤희 엄마 반 죽여놓은 거나 마찬가징께 그래 벌소리하지 말라 캐라."

"그래도 그 승질에 가마이 있지는 않을 거 아이겠나."

"치아라. 가마이 안 있으만 우얄 긴데. 동으로 갔는지 서로 갔는지 우데 갔는가도 모르는 윤희 엄마를 우째 찾겠단 말이라. 그라고 그놈이 여는 뭐할라꼬 나타난단 말이가. 너한테 한 짓이 있는데 절대로 이 골목에는 발 못 들여놓는다."

"낯짝이 아직도 남아 있는 놈이라 카만 적어도 이 골목에는 못 나타나겠지."

"피붙이 하나 남지 않은 동네에 지가 뭐한다꼬 오겠나."

아버지는 목이 컬컬했는지 막걸리를 쭉 들이켰다. 막걸리가 묻은 스텐 그릇이 희뜩거렸다. 이제 잘 봐라, 내가 1을 던질 끼다. 성환이가 두 팔을 펼치고 호들갑을 떨었다. 성환이는 주사위를 높이 던졌다.

"올 끼라여."

"뭐? 너 뭐라 캤나?"

아버지가 나를 향해 물었다.

"똥개 올 끼라고요. 우리 죽일라고 올 끼라고요."

성환이가 던진 주사위는 마루를 굴러가다가 점 하나를 위로 하고 멈췄다. 성환이가 두 팔을 치켜들었다.

"이 자슥아, 미쳤나? 똥개가 우리를 왜 죽이나?"

"우리가 그때 뭔 생각 하고 있었는지 똥개가 다 아는 모양이라여."

아버지는 어이가 없다는 듯이 나를 쳐다보다가 머리를 한 대 툭 쳤다.

"정신 차리라."

14는 국군이 인민군을 쏘아 죽이는 그림이었다. 성환이는 고속

156

도로를 타고 단숨에 66까지 올라갔다.

그 소리는 윤희 엄마의 울음소리였다. 바로 그날 밤, 똥개 아버지는 더 살고 싶었던지 제대로 눈도 감지 못하고 숨을 거뒀다. 초상을 치르는 내내 추적추적 가을비가 내려 문상객들이 들어앉은 객실마다 퀴퀴한 냄새가 떠나지 않았다. 깎지 않은 수염자리가 텁수룩한 똥개는 상복을 입고 안방에 앉아 동네 사람들이 절할 때마다 어이구 어이구 마른 곡소리를 늘어놓았다. 바람 타고 내리는 가을비라 집에 나뒹구는 우산으로는 제대로 비를 피할 방법이 없었다. 홀딱 젖은 꼴로 우리가 103호실 마루에 앉아 파전과 머릿고기 따위를 젓가락으로 뒤적이고 있을 때, 기둥을 타고 흘러내리는 빗물처럼 이걸루 모든 일이 끝난 게 아이라 인제부터 시작인 기라, 는 성환이 아버지의 추진 목소리가 귓불을 타고 흘러내렸다. 그 앞에 앉은 똥개 작은아버지는 연신 고개만 주억거릴 뿐이었다.

딸들을 거창 친정집에 보내버린 윤희 엄마는 동네 아줌마들이 찾아오자, 방바닥을 치면서 통곡하다가 그만 늘어지고 말았다. 그건 똥개 아버지의 죽음이 슬퍼서라기보다는 두번째 남편마저도 먼저 보내게 된 자신의 팔자가 원망스러워서였다. 그 난리법석에도 똥개는 그저 어이구 어이구였다. 어이구 어이구. 그 소리를 들으며 나는 몇 해 전 자기 아버지를 각목으로 내리치던 똥개의 모습을 떠올렸다. 비겁한 짓이다. 저렇게 곡할 거라면 살아 계실 때 잘했어야지. 뭐 그런 도덕책 같은 생각을 했던 것 같다, 그때는. 앉아 있는 동안, 똥개는 조금도 움직이지 않고 멍하니 경대와 옷장이 있는 맞은편 벽만 바라봤다. 누가 말을 걸어도 묵묵부답이었고 밥을 먹으라고 앉혀도 먹는 둥 마는 둥이었다. 조금 있다가 몸을 떠나려는 고승처럼 가만히 앉아 있기만 했다.

그리고 출상을 앞둔 마지막 밤이 찾아왔다. 원근 각처의 일가붙이들과 웬만한 동네 사람들이 모두 다녀갔으므로 초상집을 지키는 사람은 우리 아버지를 비롯한 동네 친목계원들뿐이었다. 늙은 부모 초상과 자식들 혼사 치르자고 만든 친목계인데 벌써 계원의 장례 뒷바라지를 한 셈이었다. 그 마지막 밤에 똥개는 술을 마시기 시작했다. 동네 사람들이 넋을 놓은 채 앉아 있기만 하던 똥개를 위로한답시고 술을 권한 게 화근이었다. 어른들이 모인 202호실로 옮겨간 똥개는 말없이 술만 들이켰다. 옴찍거리지도 않는 똥개를 두고 어른들이 이제는 마음잡고 살라는 둥 아이 엄마는 어디로 갔느냐는 둥의 얘기를 두서없이 꺼냈다. 어차피 빗소리에 묻힐 얘기에 불과했다. 똥개가 꼬랑지를 내린 꼴로 연신 술만 들이켜자 어른들은 슬슬 출상과 관련한 일들을 상의했다. 똥개는 김이 서린 듯 희부연 눈빛으로 그 광경을 지켜보기만 했다.

그렇게 어른들이 산역에 동원할 사람들의 명단을 뽑을 무렵이었다. 똥개가 갑자기 입을 열고는 큰 소리로 외쳤다. 시내야! 시내야! 이제는 울음도 다 말라버린 윤희 엄마가 안방에서 소리쳤다. 시내,

자여! 똥개는 벌떡 일어나 동그랗게 둘러앉은 어른들 사이를 뛰어가며 다시 외쳤다. 시내야! 시내야! 어데 있나? 윤희 엄마가 문지방바깥으로 몸을 빼면서 말했다. 501호실에서 자고 있어여. 501호실은 뒷마당에 접한 방이었다. 해바라기 한 그루가 목을 빼고 들여다보는 방으로 주로 장기 투숙자들이 묵었다. 온 집안이 떠나가라 시내를 부르던 똥개가 뒤로 돌아가고도 한참 시간이 흘렀다. 산역을 의논하는 어른들이 두런두런 나누는 얘깃소리가 빗소리 사이로 섞여들었다. 그즈음 이제 자야 할 시간이라며 우리도 103호에서 쫓겨나고 있었다. 다들 뛰어가면 금방 도착할 거리에 집이 있었지만, 억수같이 비가 쏟아져 차마 엄두를 내지 못하던 차였다. 빗소리가 점점 커졌다. 윤희 엄마가 뒷마당으로 이어진 어둠 속으로 사라지는 광경을 보다가 우리는 빗속으로 뛰어가려고 몸을 앞으로 내밀었다. 채 이수여인숙 아치형 간판을 벗어나지 못하고 우리는 윤희 엄마의 비명소리를 들었다. 우리는 빗속에서 걸음을 멈췄다.

우당탕 소리를 내면서 202호실에 있던 어른들이 마루로 뛰쳐나왔고 어둠 속에서 사색이 된 윤희 엄마가 달려나왔다. 시, 시, 시내를여…… 똥개가 시, 시내를여…… 어른들이 어둠 속으로 들어갔다. 윤희 엄마는 놀라서 뛰쳐나온 친척 아줌마들에게 소리쳤다. 똥개가 시내를여, 목 졸라 죽였어여…… 윤희 엄마는 시퍼렇게 질려서 두 손을 벌벌 떨었다. 한 아줌마가 윤희 엄마를 안았다. 그때 안쪽으로 뛰어갔던 어른들이 어둠 속에서 뒷걸음질치면서 물러섰다.

지금 너 뭐하는 짓이가! 성환이 아버지가 소리쳤다. 똥개의 손에는 칼이 쥐어 있었다. 자루에 용 두 마리가 새겨진 바로 그 잭나이프였다. 아바이 때려쥑인 놈이 더 살만 뭐하겠어여. 똥개가 소리쳤다. 이 개새끼야, 뒤질라만 너만 뒤지만 되지, 아이는 와 쥑이나! 끓는 목소리로 성환이 아버지가 소리쳤다. 아줌마와 우리들은 젖는 줄도 모르고 대문 밖으로 도망쳤다. 내가 낳은 자식잉께 내가 데려갈라요. 보살필 사람도 없는 세상에 남아봐야 이 꼬라지밖에 더 돼여? 아잇 미친 개새끼야. 거의 울부짖는 듯한 목소리로 성환이 아버지가 똥개에게 달려들었고 똥개가 칼을 휘둘렀다. 성환이 아버지가 배를 움켜쥐고 그 자리에 쓰러졌다. 바깥에서 바라보던 성환이가 놀라 팔다리를 흔들면서 소리를 고래고래 질렀다. 모두들 그 광경을 제대로 바라볼 수 없어 손으로 눈을 가렸다. 나 말리는 사람은 다 쥑이뿌리여. 당신들도 잘한 거 하나도 없어여. 다 쥑이뿌릴 낑께 할라만 해봐. 어둠 속에서 칼을 휘두르면서 똥개가 뒷걸음질을 쳤다. 어른들은 달려가 쓰러진 성환이 아버지를 부축할 뿐 누구도 똥개에게 덤벼들 엄두를 내지 못하고 직수굿해졌다. 뒤져라. 고만 팍 뒤져뿌리라, 이 개만도 못한 새끼야. 윤희 엄마가 갑자기 바들거렸다. 뒤져라, 이 개새끼야! 흠뻑 젖은 나는 온몸이 달달 떨렸다. 나도 이제 그만 똥개가 그 칼로 죽어버리면 좋겠다고 생각했다. 아마도 나뿐이 아니었을 것이다. 앞쪽에 서서 어둠 속으로 사라지는 똥개를 바라보며 입을 굳게 다문 어른들도, 윤희 엄마의 입을 틀어막는 시늉을 하던 아줌마들도 모두 한마음이었을 것이다. 그만 죽어버렸으면. 똥개가 죽어 다시는 이 동네에 나타나지 않았으면.

잠시 후, 똥개의 끙끙한 비명소리가 낮고도 길게 흘러나왔다. 우리의 마음속 가장 깊은 어둠에 감춰둔 감정들을 하나둘 호명하는, 뇌한 비명이었다. 어둠 속을 바라보던 어른들이 천천히 그 어둠 속으로 걸어갔다. 아줌마들과 우리들도 조심스레 그 안으로 들어갔다. 어두운 바닥에서 옻빛 핏물이 빗물을 따라 흘러오고 있었다. 아버지가 맨 앞에 서서 쓰러진 똥개를 멀찌감치 내려다봤다. 죽었나? 앞쪽의 어른들 중 하나가 물었다. 죽었어여? 뒤에 섰던 한 아줌마가 말했다. 뒈졌나? 고만 뒈졌나? 뒈졌다고? 죽었다 카나, 뭐라 카나? 죽었는 모양이라여. 정말 죽었는 거 맞어? 죽었어여. 확실히 죽었어여. 주인을 알 수 없는 그 목소리들이 어둠을 지나 이수여인숙 앞마당으로 번졌다. 밀려드는 그 말들에 푹 젖어든 뒤에야 나는 섞이 풀어졌다. 나도 모르게 눈물이 흘렀지만 결코 똥개를 위한 눈물은 아니었다. 그런데도 나는 다른 사람들이 눈치챌까봐 비에 젖은 척 눈물을 닦을 엄두도 내지 못했다.

오랫동안 기다렸지만, 교도소에서 나왔다는 똥개는 영영 우리 골목에 나타나지 않았다. 빗줄기가 누그러지던 장마 끝 무렵이었다. 장마통에 우리는 집안에만 틀어박혀 지내야 했다. 성환이와 명수는 소용도 닿지 않는 수경을 뒤집어쓰고 물 받아놓은 함지에 얼굴을 들이밀면서 벌써부터 장마가 끝나 냇가에 놀러갈 마음으로 부풀어 있었다. 가끔 나는 큰길로 이어지는 골목 초입을 멍하니 바라봤다. 여러 사람들의 모습이 눈에 알른거렸다. 그 길로 구급차에 실린 똥개가 떠났다. 목이 졸려 기절했던 시내도 보육원에 들어가기 위해 그 길을 따라 떠났다. 마지막으로 윤희 엄마와 두 딸이 떠났다. 윤희 엄마는 자신들이 어디로 가는지 동네 사람들 중 누구에게도 말하지 않았다. 거창으로 갔다, 아니다 진주로 갔다, 서울 경동시장에서 봤다 카더라. 전선에 매달린 연처럼 이런저런 얘기가 사람들의 귀에 날아와 걸렸다. 시간이 지나면 저절로 떨어져나갈 소문들이었다.

"거기는 왜 자꾸 보나? 혹시 똥개가 찾아올까봐 지키는 기가?"

성환이가 내 어깨를 툭 치면서 물었다. 나는 잠시 머뭇거렸다.

"너는 겁 안 나나?"

성환이는 잠시 생각해보는 눈치였다. 그러더니 어색하게 웃었다.

"솔직히 말해서 나도 겁나여. 안 왔으만 좋겠어여."

똥개는 안 올지도 모른다. 하지만 똥개가 오든 안 오든 여전히 나는 겁이 난다.

실은 이십여 년이 지난 지금까지도.

리기다소나무 숲에 갔다가

시골 농가의 음력 11월이란 여자들의 손놀림이 바빠지는 때다. 부엌에서는 뜨거운 장작불에 메주를 쑤느라 분주하다면 따뜻한 방안에서는 조각이불을 덮어쓴 오누이들의 얘기가 정겹다. 그런 정경이 눈 속에 파묻히면 고개를 들어 볼 수 있는 끝까지 평안이라는 단어가 어울리지 않을 수 없다. 이 평화로운 음력 11월 산간마을의 풍경에 가끔 졸린 듯 총소리가 들리면 멧돼지 사냥철이 시작됐다는 뜻이다. 멀리서 들리는 총소리에 아득한 겨울 낮잠에서 깨어나면 비로소 계절도 깊어질 대로 깊어진다. 다음해 1월로 예정된 입대 날짜만 기다리던 내게 삼촌의 연락이 온 것은 덕유산 일대에서 멧돼지 사냥이 시작된 지도 한참 지난 다음의 일이었으니 1987년 동지 지날 무렵이다. 아마도 삼촌은 입대를 앞둔 내게 사냥이 아니라 사내다움의 한 모습을 보여주려고 했던 것으로 짐작된다. 사냥과 사내다움 사이의 거리가 얼마나 가까운지는 모르지만, 이 사냥을 통해 삼촌이 말하는 사내다움이 단순히 방아쇠를 당길 수 있는 용기를 뜻하는 것만은 아니라는 사실을 알게 됐다.

처음에 나는 삼촌이 말하는 그 용기를 의심할 수밖에 없었다. 이 점에 대해 말하자면 삼촌의 이력을 설명해야 한다. 삼촌은 일본인들이 조성한 그 모습 그대로 남은 상가지역인 아래장터에서 치과를 운영했다. 시내를 뚫고 지나가는 3번국도 옆 버스정류장 부근이었다. 손님들이란 대개 치통을 견디고 견디다가 떡 본 김에 제사지낸다고 장날 충동적으로 치과에 들어온 시골 사람들이었다. 그런 순박한 사람들을 상대하며 삼촌은 정말 무서운 기세로 돈을 벌어들였다. 왔다가 그냥 돌아가면 모르지만, 일단 진료 의자에 눕기만 하면 그 자리에서 몇십만원, 심지어는 몇백만원짜리 견적을 받아 줄 수밖에 없었다. 그럴 줄 알았다면 시내 약국에서 진통제나 잔뜩 사서 돌아갔을 축들이었다. 하지만 엑스레이 사진과 모형 이를 늘어놓고 제때 이를 치료하지 않으면 치아를 완전히 들어내고 죽을 때까지 틀니를 해야만 한다는, 무자비한 삼촌의 판정에 버텨낼 재간이 없었다. 그래서 농가로 돈이 모이는 가을만 되면 말도 안 된데 삼촌의 치과는 무럭무럭 살이 붙었다.

그러더니 채 삼십대가 끝나기도 전에 삼촌의 그 기세는 다른 쪽으로 물꼬를 틀었다. 온 집안이 발칵 뒤집힐 정도로 어마어마한 연애사건이 벌어졌던 것이다. 상대는 시장 한쪽에서 카페 '물망초'를 운영하던 당진 출신 동갑 여자였다. 그러니까 몇 번 치과로 찾아와 속을 보여주고 들여다보고 수작을 벌이더니 더 깊은 속까지 서로 넘나드는 사이가 된 것이다. 그 정도야 아래장터에서는 흔한 일이니 웬만하면 눈감아주련만 삼십몇 년 동안 그 많은 순정을 어디다 감춰뒀는지 삼촌은 그 여자 없이는 죽고 못 살겠다고 난리를 쳤다. 삼촌은 급기야 시 외곽 소년원 근처 빌라에다 살림을 차리고야 말았다. 어디 서울도 아니고 손바닥만한 동네에서 두 집 살림이라니 그게 가당키나 한 일인가. 집안 어른 몇몇이 질화로를 뒤집어쓴 듯 화끈거리는 얼굴로 그 여자를 찾아나서고 하는 야단법석을 떨었다. 결국 삼촌은 당진은 아니고 어디 그 비슷한 해안 동네로 그 여자를 보내야만 했다.

물망초의 꽃말이 '나를 잊지 마세요'였던가? 일은 거기서 끝나지 않았다. 순정의 말로는 정말이지 잡지 표지보다도 더 통속이었다. 명색이 치과의사인 삼촌이 자살을 시도했으니까. 이쯤이면 귀를 기울이던 사람도 넌더리를 낼 수밖에 없다. 아쉬울 게 하나도 없는 삼촌이 왜 약국을 전전하며 수면제를 사서 삼킨단 말인가. 그나마 목적을 성취했다면 다행이지, 위세척을 끝내고 깨어났을 때 도립병원 담당의사가 혀를 끌끌 차면서 치대에서는 약리학 실습도 안 배우는가라고 물었다니 창피하기 그지없는 일이었다. 그러니까 담당의사의 그 말에는 약리학까지 배운 치과의사가 고작 배만 부른 수면제를 삼키며 자살 시도를 하느냐는 비아냥의 뜻이 담겨 있었다. 그때 일은 명절날이면 안방에 모인 어른들의 입에 두고두고 회자됐다. 그때 병삼이가 닭똥 겉은 눈물을 뚝뚝 흘리면서 뭐라 캤는고 하니 사랑해서, 도저히 잊을 수 없어서 삼켰습니다, 다 삼키고 싶었어여, 마지막 한 알까지 다, 죽을 게 뻔한 길인 줄 알민서도 그래밖에는 못하겠어여, 라나. 암튼 우리 집안에 그런 걸물이 있을 줄이야.

원근의 일가붙이들에게는 심심찮은 제삿밥상머리 얘기를 제공해준 삼촌은 자기 삶은 그저 그렇게 죽는 길만 남았다며 한동안 눈물을 쥐어짜더니 이번에는 짐승들 죽이는 일에 재미를 붙이기 시작했다. 브라우닝제 샷건이니 포인터니 하는 단어가 삼촌 입에서 청산유수로 쏟아졌다. 가끔 서울 학교를 오르내리느라 인사하러 찾아가면, 프로스트의 시가 담긴 유치한 눈 내린 풍경화 하나 달랑 걸어놓은 원장실에 꿩이며 메추리 따위의 짐승 박제가 하나둘 늘어나는 게 눈에 보였다. 언젠가 엽총을 닦는 삼촌의 모습을 보고는, 사람들이 삼촌보고 총만 안 들었지 강도라고 하디만 이제는 진짜 총까지 구했응께 큰일났네요, 라고 말한 적도 있었다. 그래도 아랑곳하지 않으니 그 인간성의 위대한 승리라 할밖에.

하지만 내게는 그게 자꾸만 부질없는 오기처럼 여겨지니 참 안된 일이었다. 그때는 지금보다 어렸으니까 집안 어른들이 뭐라고 하든, 여자가 어느 바닷가로 떠나버리든 정말 사랑한다면 쫓아가그 사랑에 목숨을 걸어야 걸물이지 눈물이나 쏟는 게 무슨 걸물인가, 그런 막된 생각을 했다. 그럴 만한 용기는 없고 죽지 않을 만큼 수면제 삼킬 용기는 있는 사람이니까 쉽게 마음 돌려 공연히 날짐 승들의 목숨이나 차압하는 신세가 된 게 아닌가. 그러니 눈깔 대신에 구슬을 갖다 박은 박제 따위가 내 성에 찰 리 없었다. 하물며 입대 직전의 황금 같은 시기를 삼촌과 함께 멧돼지 궁둥짝이나 보면서 보낼 생각은 더더욱 없었다.

그런데도 따라가겠다고 대답한 것은 인간에 대한 내 일련의 연구과정 때문이었다. 이 연구의 내력을 말하자면 대학 영문과 신입생이 된 그해 5월, 학교에서 열린 집회 도중 한 학생이 분신자살한 사건까지 거슬러올라가야 한다. 그 집회에서 불붙은 채로 떨어지는 몸뚱어리를 본 사람이라면 누구나 자기 마음속에 영원히 사라지지 않을 그늘이 드리워졌다는 사실을 인정할 것이다. 그중에서도 신입생이던 내 충격은 이루 말할 수가 없었다. 더구나 나도, 그 사람도 독실한 가톨릭 신자였다. 죽을 게 뻔한 길인 줄 알면서 걸어갈 수밖에 없는 심정이란, 카페 여자와 딴살림을 차렸다가 실패하고 내뱉는 말이 아니다. 바로 그런 경우에 필요한 말이다. 가톨릭 신자로서 자살이 용서받지 못할 죄인 줄 알았을 텐데 자살해야만 하는 그 심정의 어디에서 어디까지를 일러 예사스런 마음이라고 말할 수 있을까? 내가 결국 학교생활에 적응하지 못하고 입학 일 년 만에 자원입대를 신청한 것은 그 질문에 대한 답을 영영 찾을 수 없을 것 같았기 때문이었다. 그런 식으로 나는 삼촌에게도 물어볼 질문이 있었다. 뭐, 왜 어떤 인간은 자기 영혼마저 지옥에 떨어질 것을 뻔히 알면서도 그 길을 갈 수밖에 없는 것인가 같은 숭고한 질문에는 채 가닿지도 못할 하찮은 것이기는 했다. 그래도 질문은 질문이었다. 왜 어떤 인간은 그게 죽는 길인 줄 알면서도 철부지처럼 터무니없는 오기를 부려야만 하는가? 물론 삼촌은 내가 자신에 대해 그런 의문을 느낀다는 사실은 꿈에서도 몰랐을 테다. 그처럼 그저 내 편한 대로 생각하고 한 해가 저물 무렵, 나는 삼촌을 따라 충청북도, 전라북도, 경상북도 등 삼도三道의 경계선이 교차하는 민주지산 삼도봉 부근으로 멧돼지 사냥을 떠났다. 삼도봉 경상도 쪽 초입인 해인리 산불감시 초소에서 도라꾸 아저씨를 기다리는 동안 올려다본 산에는 구름장이 넓게 걸려 있었다.

영동군 상촌면 흥덕리 출신인 도라꾸 아저씨는 굉장히 특이한 이력을 가진, 덕유산 인근에서는 이름난 몰이꾼이었다. 그렇다고는 하나 사냥에 대해서는 아무것도 모르는 내가 그 사람을 전에 알고 있었다거나 그 이력을 전해 들은 바가 있었다는 얘기는 아니다. 다만 애당초 촌부들의 눈먼 돈에, 그다음에는 황해 비린내 풀풀 풍기는 카페 여자에게 걸었던 전 생애를 사냥으로 돌린 지 오 년째가 다 돼가는 삼촌이 그렇다고 하기에 그런 줄로 알았던 것이다. 영동군 상촌면 일대가 워낙 유명한 멧돼지 사냥터이다보니까 도라꾸 아저씨는 어려서부터 낫 대신에 엽총을 잡았다고 했다. 그러니 얼마나 솜씨 좋은 포수였겠느냐마는 삼촌의 표현대로 하자면 '어느 날 총을 꺾어버렸다'.

"힘이 장사인 모양이네요. 총이 다 꺾어지고요."

"오죽하만 도라꾸라 그러겠나. 그란데 내가 지금 진짜로 그 양반이 총을 부러뜨렸다고 하는 말이 아이라는 걸 잘 알민서 니가 까부나."

커피를 끓여 마시겠다고 석유버너에 불을 붙이느라 연신 펌프질을 하던 삼촌이 한 대 쥐어박는 시늉을 했다. 왜관 미군부대에서 빼돌린 미제 커피를 사냥터에서 타 마시는 일은 삼촌에겐 그 무엇과도 비교할 수 없는 호사였다.

"여자보다 재미있다 카는 총을 그 사람은 왜 꺾었대요?"

"그 사람 오만 물어봐라. 뭐라 카는지."

"삼촌 말은 소금 뿌리가면서 들어야겠네요. 나올 때는 용 대가리 같더만 우째 그래 싱겁습니까?"

펌프질을 너무 했는지 얼굴이 붉어지는가 싶더니 삼촌은 이내 호탕한 사람을 흉내내느라 껄껄거렸다. 여전히 나는 사냥과 사내다움의 거리가 얼마나 가까운지 몰랐다. 그러나 삼촌과 내 거리는 그처럼 가까웠다. 우리는 싸늘한 초소 안에서 커피를 나눠 마셨다. 유리 대신에 압정으로 박아놓은 비닐로 금방 김이 서렸다. 내다뵈는 하얀 바깥 풍경이 한층 더 희미해졌다. 아래 초소 기둥에 매어놓은 사냥개들이 컹컹 하얀 울음을 토해냈다. 그쯤에서 나는 연구를 좀더 진행시킬 생각이었다.

"삼촌만 보만 궁금한 게 하나 있는데, 물어봐도 됩니까?"

"뭔데?"

"그때 그 카페 여자 진짜 사랑했습니까?"

삼촌은 놀랐는지 커피를 조금 쏟았다. 삼촌은 얼른 속리산 산행 지도가 그려진 빨간 손수건을 꺼내 입가에 묻은 커피 방울을 훔쳤다.

"왜? 너도 내가 심심풀이로 그랬다고 생각하나?"

"그때 겨우 열다섯 살이었는데 제가 우째 압니까?"

"그란데 뭐한다고 물어보나?"

"우째 그래 쉽게 잊을 수 있는가 싶어서 그랍니다. 살림까지 차렸다 카만 그래 쉽게 잊을 수 없는 거 아입니까? 근데도 사냥 좀 배웠다고 금방 잊어먹습니까?"

"쪼만한 짜식이 어른한테 못하는 말이 없구만. 그건 니가 나중에 질부 될 사람 데리고 오만 내가 다 얘기해주마."

"어데 집안 망신시킬 일 있어여? 그캤다가는 내 혼삿길 막히는 거 아이라여."

"썩어서 새카매진 이빨하고 시퍼런 청춘의 혼삿길은 일찌감치 틀어막을수록 좋은 기다."

사냥개들은 점점 더 크게 짖어대기 시작했다.

"삼촌 자신의 오기 때문에 사랑한 거 아입니까? 처갓집에 눌려 지내는 게 아니꼬와서 말입니다. 그러지 않고서야 어째 그래 빨리 사냥으로 돌아선단 말입니까? 그렇게 간단히 말해서 여자든 사냥이든 그래 절실한 이유는 없었던 가 아인가, 이런 질문이라여. 도대체 삼촌의 궁극적인 목적지는 어데란 말입니까?"

"나의 궁극적인 목적지에 대해서 꼭 알아야 되겠나?"

"그래야 군생활 잘할 것 같습니다."

"군대 갔다 오만 가르쳐줄게."

"에이."

그때 초소의 문이 벌컥 열렸고 마침내 기다리던 도라꾸 아저씨, 말을 더 정확하게 하자면 도라꾸 할아버지라고 불러야 할 사람이 나타났다. 트럭이란 뜻의 '도라꾸'가 별명이라기에 장비를 닮은 덜 퍽진 거인이 바윗덩어리라도 하나 짊어지고 나타날 줄 알았더니 키도 작고 몸집도 모착한 호호백발이었다. 그런데도 둘이서 얼싸안고 인사하는 품을 살피니 고작 사십대인 삼촌과는 말을 놓고 지내는 듯해 어리벙벙했다. 첫인상으로는 도라꾸축에도 끼지 못할 삼륜차에 불과한 듯 보였으나, 커피를 군용 반합에 타 마시는 것을 보고는 과연 그 용량은 도라꾸구나, 라고 감탄했다. 물론 커피 도라꾸라서 좀 안됐지만. 그렇긴 해도 눈이 마주칠 때면 싱긋거리는 모양이 참 보기 좋은 사람이었다. 커피를 마시면서 삼촌과 도라꾸 아저씨는 삼도봉 일대 지도를 펼쳐놓고 작전을 짰다. 도라꾸 아저씨가 추천하는 곳은 머구막골 북쪽 사면 중턱에 있는 리기다소나무 숲이었다.

"원래 여가 다 리기다소나무 숲이거든. 좀 생각이 있는 사람들이었다 카만 장차 목재를 생각해서 낙엽송을 심궜을 것인데. 우리 고향도 마찬가지지만 여기두 사방공사를 아주 질 낮게시리 리기다소나무로 대충 해버렸다. 당장 보기 좋고 잘 자라고 손이 덜 가거든. 나무 듣는 데서는 이런 말 못하고 멀찍하니까 하는 말이지만, 목질이 나쁜 나무가 시급한 녹화사업에는 맞을지언정 삼림육성에는 불가한데도 양지바른 곳에다가 누가 볼세라 얼른 리기다소나무를 심궜다 카는 것이야말로 이곳의 토질이 안 좋고 건조하다는 얘기고 산도야지님들이 거하시기에 픽 좋은 곳이라는 표지판이지. 고 옆에는 칠게밭이니 겨울 별장으로 그보다 더 좋은 곳은 없겠다. 마을 사람들을 상대로 벌인 탐문수사 결과도 내 생각과 마찬가지다. 그란데 엽견을 고작 세 마리 데려온 거라? 호식이하고 다른 놈들은 또 뭐라?"

"한 마리는 포인터, 한 마리는 아키다라. 호식이하고 아키다만 있으만 웬만한 멧돼지는 충분할 거라."

"안 될 낀데. 니 불질이 입심만큼만이라도 늘었다 카만 모르지만, 엽견 없이 멧돼지를 잡겠나 말이다."

"호식이가 멧돼지 전문 아이라."

둘은 나란히 앉아서 서로 나를 바라보면서 수선거렸다. 에라, 뭔 소리인지 모르겠다, 인간 연구나 계속하자, 그런 생각이 들었다.

"아저씨는 총을 꺾었다믄서요? 총도 안 쏠라만 여는 뭣하러 왔습니까?"

도라꾸 아저씨는 나를 향해 눈을 껌뻑거렸다.

"이 더벅머리는 누구라?"

"조카라, 조카. 다음달에 군대 가. 싸나이의 세계가 어떤 건가 보여줄라고 데려왔지."

"아직 총도 안 잡아본 거라? 부랄에는 털이라도 났는가 모르겠네."

그 말에 삼촌은 통쾌하다는 듯이 헤헤거렸다.

"도라꾸 아저씨는 거기도 호호백발입니까?"

"이놈 참 되바라졌네."

사람이 낙낙해 보여서 내가 한번 더 쏘았다.

"제가 되바라진 게 아이고 도라꾸가 색이 허옇게 바랬네여."

"야, 그래 너 고리삭지 않은 게 참 반갑다. 사내는 모름지기 그래 입심이 미끈하고 수월해야 하는 기다. 그래, 반갑다. 너 잘 맞혀봐라, 오늘. 눈먼 탄알이라도 경로야 어쨌든 멧돼지 찾아가기만 하만 되는 기다. 너 삼촌 닮은 입심으로 봐서는 너도 맞혀 잡기는 곤란할 것 같고 하늘 보고 쏘만 우째 맞을지도 모른다."

찐 고구마까지 나눠 먹으며 셋이서 그런 시시껄렁한 얘기를 한도 끝도 없이 지껄였다. 비닐창 바깥에서는 동짓달 바람이 부리나케 달려가고 있었다. 가끔 까마귀들이 그 바람을 잡아타고 머구막골 너머로 날아갔다. 툭툭 비닐을 치고 지나가는 바람 소리를 들으며 나는 인간 연구의 한 페이지에 도라꾸 아저씨도 넣기로 했다. 총을 꺾었다면서 사냥터를 기웃거리는 그 마음은 무엇일까?

선도견은 어디까지나 족보만 진돗개인 호식이였으므로 포인터와 아키다는 호식이 뒤를 따를 뿐이었다. '호식好食'이라는 작명에서 알 수 있다시피 먹을 것만 눈앞에 보인다면 사람의 지휘를 받을 개가 아니었다. 워낙 수렵을 좋아해서 인간이었다면 필시 사냥꾼이 됐을 것이라는 게 삼촌의 말이었다. 리기다소나무 숲으로 가는 동안, 삼촌은 몇 해 전 호식이와 처음 멧돼지 사냥을 나섰을 때의 경험으로 이야기의 꼭지를 땄다.

"가으내 들에서 닭도 잡게 하고 토끼도 잡게 해서 피맛을 보게 했단 말이라. 잡는 데는 귀신인데, 일단 잡았다 카만, 사람으로 치자만 밥숟갈이 주둥이에서 밀려날 때까지 처먹고 처먹은 뒤에야 입을 떼니 그거 길들이느라 을매나 고생했는지 모른다. 어야든둥 그래 맹훈련을 시키니까 슬슬 엽장에 나가도 될 정도가 됐단 말이지. 그래 요놈 머리 얹어도 되겠다 싶어서, 거 왜 황간 최사장 팀하고 무주 위에 거, 용화면에 갔어. 거기서 무주로 어디로 해가지고 몇 박 며칠을 쫓아댕깄는가 몰라. 장이 파열돼서 피똥을 싸면서도 멧돼지 한 마리가 한정 없이 도망가. 그걸 쫓아 쫓아가서 결국 잡았지. 눈 위에 피똥 떨어진 거 보고는 내가 다 잡았다 싶었던가 나중에 멧돼지 옮길 몰이꾼 보내준다 카민서 최사장 일행은 일찌감치 다른 멧돼지 찾아갔응께, 그 멧돼지 잡을 때는 나하고 호식이하고 둘이만 남게 된 거라. 엄동설한에 산속이니까 을매나 춥나. 배도 고프고 하니까 멧돼지 잡자마자 대통竹筒을 꺼내가지고 피를 빨아 마셨는 거라. 한참 빨아 마시다가 고개를 들어 보이 반대편에서 호식이가 총알 구멍으로 피를 마시고 있는 거라. 거기까지는 좋다이거야. 이눔이 나를 보더니 이빨을 드러내면서 으르렁거리는 거 보이 꼭지가 확 돌데. 이게 이래 봬도 엽력 삼 년 차인 나를 동기동창으로 보나 싶어서. 근데 그때는 때려도 이게 피맛에 넋이 나갔으니 내가 불리하지. 그래 무라, 마이 처무라, 그래놓고서 산밑에 내려와서는 직살나게 매타작을 해버렸지 뭐."

제 이름이 연신 들리자, 앞서가던 호식이가 힐끗힐끗 우리를 돌아봤다. 내린 지 하루가 지난 뒤라 입자가 굵어 눈 밟히는 소리가 무거웠다. 햇살을 받지 못해 눈빛은 약간 거무튀튀했다.

"재주는 제가 부렸는데 주인은 벌써 식사 도구까지 들고 템비니까 화가 안 나겠나. 그래 호식이한테 빨대라도 줬으만 후사받았을 낀데 말이다. 그라고 같이 사이좋게 나눠 먹었으만 그만이지, 패긴 왜 패나?"

도라꾸 아저씨가 수더분하게 싱긋거리며 말했다.

"엽장은 전쟁턴데 군기 빠지만 끝장잉께 그라지. 하지만서두 저게 그래 아무 생각이 없는 것 같아도 똑똑하기 그지없어."

"그게 똑똑한 거라여? 평상시에 을매나 못 먹었으믄 그래 걸신이 들었을까."

삼촌의 말에 내가 끌끌거리며 토를 달았다.

"고구마 껍데기까지 처먹은 놈은 등가죽하고 뱃가죽이 사돈 맺었겠다, 이 자슥아. 암튼 그래도 저놈이랑 내가 동기동창은 동기동창이라. 재작년인가 무주에 멧돼지 잡으러 갔다가 올무에 걸려갖꼬 뼈가 부러진 적이 있어여. 일어나지도 못하고 자빠진 나를 보더니 호식이 놈이 냅다 도망가는 거 아이라."

"동기동창이 전투에 임하여 배신 때린 거구만."

"그렇지. 그래갖꼬 이눔의 새끼, 주인이 자빠졌는데도 도망갈 생각만 하다니, 하민서 혼자 산길을 기어가지고 내려갔어여. 사실 내려갔다기보다는 혼자 용쓴 것뿐이지만. 그래 가다보이까 어디서 마이 듣던 개 소리가 들려."

"소리인즉슨 좋을 호, 먹을 식, 호식이란 이 말이겠지."

"그렇지 그렇지. 나 다친 거 보고 사람들 데리오니라고 그래 된 거라."

"촌놈들 이빨 뽑은 돈으로다가 열녀문 아니라 열견문이라도 세워줘야 할 판국이네."

"개뼈다귀로 세운다 카만 그를 두고 금상첨화라 카는 기지."

만담도 그런 만담이 없겠다는 생각이 들 정도였다. 이 사내들은 어쩌면 이렇게 쉼없이 지껄이기 위해서 사냥터를 찾는 것인지도 모를 일이었다. 사내들이 묵은 얘깃거리를 털어내는 동안, 겨울나무들은 바람에 무거운 눈을 조금씩 떨어뜨렸다. 저벅저벅 걸어가다 보면 점점이 녹아내리는 눈가루들이 시야를 가렸다.

"어찌됐건 다리 부러져서 그놈 보는데 눈물나데. 그때부터 내가 호식이에게 맹세하기를, 너 죽는 자리는 내가 반드시 봐주마 그래 된 거라. 저놈하고 나하고 그동안 그래 다친 게 을매나 되는가 몰라. 사람으로 치자면 낙동강 전선을 함께 넘은 전우라 할 수 있어여."

그쯤이면 호식이도 삼촌의 말을 알아듣는 듯 감격에 찬 눈빛으로 귀를 쫑긋 세우고 먼산을 바라보며 걷게 마련이다. 이번에는 만담의 두번째 주인공 도라꾸 아저씨가 나설 차례였다.

"동물들이 암것도 모르는 것 같아도 알 거는 다 안다. 우리가 멍청한 인사보고 새대가리 닭대가리 하는데 그 새대가리도 얼마나 똑똑한가 아나? 내가 한창 사냥맛을 알 때니까 한 70년대 후반쯤 됐나보다. 이제 짐승 발자국 보만 대충 오냐, 덩치는 큰 게 얼굴만 잘생겼으만 좋았을 낀데, 이런 말도 서슴없이 나오던 때였어. 그때 권중달이라고 영동읍에서 주유소 크게 하던 양반이 있었어."

"그 사람은 엽장에서 숨을 거둔 사람 아이라."

둘이서 손발이 척척 맞는 품을 보니 서로간에 한두 번 얘기했던 사람이 아닌 모양이었다.

"그렇지 그렇지. 그 사람하고 용산면에 고라니 사냥을 나섰는데, 이이도 눈먼총알에는 일가견이 있는지 고라니는 안 잡고 매를 잡았단 말이라. 그랑께 너맨치로 실수로 잡은 거지, 잡을라고 한

게 아이고. 그래 매가 툭 떨어지니까 퍼득퍼득대는 걸 잡을라고 왼손을 내밀다가 그냥 매가 쏜 총에 맞아 그 자리에서 밥숟가락 사요나라 하셨다는 거 아이야. 퍼득퍼득하는 바람에 매 발톱이 방아쇠에 닿은 거야. 사냥터에서는 그래 가는 수도 있어여. 다 살아 있는 놈들하고 벌이는 싸움이니까 그런 거지."

"사람으로 태어났으만 필시 사냥꾼이 됐을 매네요."

만담이라면 나도 빠질 수 없는 노릇. 내가 나달거리자, 도라꾸 아저씨는 나를 향해 눈꺼풀을 삼박거리더니 덧붙였다.

"그랑께, 사냥터에서는 입단속이 최고다. 멧돼지야 십 리 밖 소리를 들응께 먼저 자기 주둥아리를 꼭 붙이는 게 첫째 일이고 자칫하다가는 인명을 살상할 수 있응께 총구멍을 단디 틀어막는 게 둘째 일이다. 안 그라다가는 들쥐가 너를 사냥할 수도 있단 말이다, 이 자슥아!"

나는 부러 화들짝 놀라는 시늉을 해 보였다. 얘기하면 얘기할수록 도라꾸 아저씨가 왜 총을 꺾었는지 궁금하기만 했다. 무슨 마음을 먹어야지 아침에 이 닦고 세수하듯이 평생 해오던 일을 하루아침에 딱 그만둔단 말인가. 삼촌에 대한 인간 연구야 자료가 풍부해 어느 정도 끝나고 있었지만, 도라꾸 아저씨는 좀더 겪어봐야지 알 것 같았다. 어쨌거나 삼촌에 버금갈 만큼 흥미진진한 인간을 알게 됐다는 점 때문에 마음이 즐거웠다.

리기다소나무 숲이 가까워지자 도라꾸 아저씨는 눈벌에 남은 멧돼지 자취를 찾았다. 푸른 기가 도는 하얀 바람이 숲에 되튀어 불었다. 도라꾸 아저씨가 리기다소나무 숲이 시작되는 묏등까지 가서 우리를 불렀다. 거기서 도라꾸 아저씨는 비스듬히 놓인 멧돼지 발자국을 발견했다. 아직도 생생한 게 눈 내린 뒤에 밟은 자국이 분명했다. 눈이 내린 게 전날의 일이었으므로 아직 리기다소나무 숲속에 멧돼지가 은신하고 있다는 뜻이었다. 백오십 근 정도의 암돼지로 새끼는 세 마리, 아직 따라다니는 수컷은 없네, 라고 도라꾸 아저씨가 말했다. 생각보다 큰 멧돼지였다. 잡는다고 해도 들고 내려올 엄두가 안 날 정도였다. 이 정보를 근거로 삼촌과 도라꾸 아저씨는 작전을 짰다. 일단 삼촌과 내가 바람을 안고 앉을 수 있는 묏등 아래쪽에 목을 잡으면 도라꾸 아저씨와 사냥개 팀이 리기다소나무 숲 위에서 멧돼지를 몰고 내려오기로 했다. 멧돼지가 내려올 때, 내려왔을 때, 다시 올라갈 때 세 번에 걸쳐서 삼촌이 총을 쏠 계획이었다. 나는 삼촌에게서 멀찌감치 떨어져 계곡을 따라 이어진 경사면에 놓인 차*목을 지키기로 했다. 말이 차목이지, 그쪽으로 멧돼지가 올 것 같지는 않았다.

도라꾸 아저씨는 개들을 데리고 리기다소나무 숲을 돌아 산정으로 올라가고 삼촌과 나는 맡은 목으로 들어가 저마다 오들오들 떨었다. 얼마나 시간이 지났는지 모른다. 소리개 한 마리 하늘 높이 맴도는 게 보이더니 구름이 몰려다녀 해가 보였다 안 보였다 했다. 발끝이 무감각해져 자리에서 일어나 뜀뛰기도 하고 팔운동도 하는 등 법석을 떠는데도 멧돼지를 몰아온다던 도라꾸 아저씨는 감감무소식이었다. 눈을 가늘게 뜨고 리기다소나무 숲을 찬찬히 살펴도 움직이는 기미는 보이지 않았다. 눈 내린 숲은 달력 사진처럼 멋있었다. 햇살을 받아 점점이 반짝이는 것들이 죄다 녹아내리는 눈이었다. 솟구치는 수증기였다가, 구름이었다가, 다시 눈이었던 뭔가가 물로 바뀌는 그 순간의 아름다움이었다.

"삼촌!"

오십 미터 정도 떨어진 풀숲 속에 앉은 삼촌을 향해 내가 소리쳤다. 하지만 아무런 대꾸도 들려오지 않았다.

"언제까지 기다려야 돼여?"

그래도 대꾸는 없었다.

"이래 기다리만 뭐가 오기는 옵니까?"

그때까지도 묵묵부답이었다. 그게 얄미워서 내가 소리쳤다.

"물망초 여자 진짜로 사랑했습니까?"

"입 안 닥치나? 멧돼지가 저 위에서 다 듣는다."

왜? 어디 멧돼지가 들으면 질투라도 할까봐? 다시 소리치려다가 그만뒀다. 며칠 뒤면 입대할 처지에 눈 쌓인 산골짜기에 쪼그리고 앉아 리기다소나무 숲에서 빠져나올 생각도 하지 않는 멧돼지를 하염없이 기다려야만 한다니 스스로가 좀 안됐다는 생각이 들었다.

리기다소나무 숲에서 신호가 온 것은 사십 분도 더 지나서였다. 말이 사십 분이지, 한 네 시간은 더 흐른 것 같았다. 개 짖는 소리가 요란하게 들렸다. 십 분 정도를 더 기다렸는데 소리가 더 가까워지거나 멀어지지 않았다. 숲에서 뭐라고 사람 고함소리가 들리더니 삼촌이 나를 불렀다. 나는 엉거주춤 뻣뻣해진 몸을 추슬러 삼촌에게 뛰어갔다.

"야, 올라오란다. 얼릉 가자."

삼촌이 엽총을 짊어지고 숲으로 뛰어갔다. 눈밭을 헤치고 뛰어오느라 숨이 턱까지 차오른 나도 허겁지겁 삼촌의 뒤를 쫓았다. 리기다소나무 숲으로 들어가보니 호식이를 비롯한 개들과 도라꾸 아저씨가 멧돼지를 향해 죄어드는 상황이었다.

"거, 밑에 멧돼지 보이나? 지금 점거농성에 들어갔다. 꼼짝도 안 하고 있응께 조심조심 다가가봐라."

숲속 어디선가 도라꾸 아저씨가 소리쳤다. 개 짖는 소리만 요란할 뿐, 내 눈에는 도라꾸 아저씨도 멧돼지도 보이지 않았다.

"상현아, 너는 거 있거라. 거기서 총 들고 있다가 만약 멧돼지 뛰어나오만 총으로 갈기만 된다. 알겠나?"

삼촌의 말에 고개를 끄덕이긴 했지만, 요란한 개 소리에 이미 나는 모든 자신감을 잃은 상태였다. 부디 삼촌이 이 모든 사태를 잘 처리해주기만을 바랄 뿐이었다. 이윽고 삼촌은 개 소리가 나는 쪽으로 천천히 걸음을 옮겼다. 곧 총소리가 들리고 멧돼지 일가가 살

육을 당하겠구나, 어디 잡힐 사람이 없어 사랑 하나 제대로 못하는 삼촌에게 잡히다니. 멧돼지 일가가 좀 안됐다고 생각하는데 삼촌의 휘파람 소리가 들렸다. 개 짖는 소리가 멈추고 정적이 이어졌다. 본능적으로 나는 총소리를 기다렸다. 하지만 리기다소나무들이 바람 가르는 소리만 들릴 뿐, 총소리는 터지지 않았다. 잠시 후 비명소리와 함께 다시 개 짖는 소리가 요란하게 들렸다. 무슨 상황인지 몰라 답답하던 찰나, 도라꾸 아저씨의 목소리가 들렸다.

"그, 그, 그쪽으로 멧돼지 내려간다. 잡아라."

잡아라! 그런데 도대체 뭘 어떻게 잡으란 말인가? 와뜰한 마음에 총을 들고 위쪽을 겨누는데 산사태라도 일어난 듯 쌓인 눈이 아래쪽으로 쏟아져내리기 시작했다. 그건 동물이라기보다는 굴러떨어지는 바윗돌에 가까웠다. 나는 약간 튀어나온 둔덕 아래 가풀막에 있었는데, 눈을 뿌리며 둔덕 위로 나타난 멧돼지는 잠시 주위를 두리번거렸다. 어찌나 수꿀하고 얼떨하던지 멧돼지를 보자마자 나는 방아쇠를 당길 뻔했다. 하지만 엄청난 인내심으로 나는 그 욕구를 견뎠다. 바로 그때 둔덕을 따라 새끼들을 대피시키느라 경계의 눈초리를 늦추지 못하던 멧돼지와 내 눈이 마주쳤다. 나는 방아쇠를 당기고 싶은 욕망을 억누르면서 그저 총으로 겨냥하기만 했다. 쏠 수도 있었지만, 나는 쏘지 않았다. 지금 생각해도 내가 어떻게 감히 멧돼지와 마주하고도 총을 쏘지 않을 용기를 낼 수 있었는지 신기하기만 하다. 멧돼지는 뜨거운 콧바람을 내쉬면서 몸을 부르르 떨더니 나를 본숭만숭하고는 새끼들이 사라진 쪽으로 달려갔다. 멧돼지가 사라진 뒤에야 나는 총구를 허공에 대고 방아쇠를 당겼다. 그리고 나서야 나는 안전장치를 풀지 않았다는 사실을 알았다. 섬뜩하면서도 한심한 순간이었다. 만약 멧돼지가 나를 향해 달려들었다면 어떻게 됐겠는가. 나는 안전장치를 서둘러 풀고는 삼촌과 도라꾸 아저씨가 오기 전에 방아쇠를 당겨 총을 쏘았다. 내가 총을 쏘자, 뒤늦게 멧돼지를 쫓아 뛰어오던 호식이와 아키다가 낑낑거리며 걸음을 멈췄다. 잠시 내 눈치를 보던 개들은 냄새를 쫓아 다시 멧돼지를 향해 달려갔다. 어쩐지 호식이는 나를 원망하는 듯했다.

"우째 됐나? 총 쐈나? 잡았나?"

둔덕 위로 도라꾸 아저씨의 모습이 나타났다.

"총을 쏘긴 쐈는데 우째 됐는가 모르겠습니다. 절로 도망갔어여."

도라꾸 아저씨는 길게 숨을 내쉬었다.

"개들이 우짤란가는 모르겠지만, 일단 놓쳤응께 다음 목을 바라는 수밖에 없다. 원래 멧돼지 사냥은 몇 박 며칠 동안 산을 헤매민서 하는 거니까 첫 시도에 놓쳤다 캐도 너무 실망하지는 마라."

"그래도 아깝네요."

아깝기는. 다시는 멧돼지를 정면에서 보는 일이 없기만을 바랄 뿐이었다. 뒤늦게 나타난 삼촌의 몸은 온통 눈과 흙투성이였다.

"상현아, 잡았나?"

"잡을라 캤는데 하도 빨라서 놓쳤어여."

"하, 정말 크네. 백오십 근도 더 넘겠는데. 한 삼백 근 안 되겠어여?"

"거 머리에 눈이나 털어라. 새 잡나? 날치꾼도 아이고 자빠지가꼬 우째 총을 쏘나?"

"포위했다 카디만 누가 그래 확 튀어나올 줄 알았나. 뛰어가다가 그눔이 확 튀어나오는 바람에 간 떨어지는 줄 알았다캉께."

"무당이 깔아놓은 명석 탓한다 카디만 된불을 날리지는 못할망정 사냥꾼이 사냥감에 놀라 자빠지는 일이 어데 있나?"

"하, 삼백 근은 넘겠지?"

"백오십 근이라캉께."

자꾸만 근수를 말하는 삼촌을 쏘아붙이더니 도라꾸 아저씨는 내게 말했다.

"그래도 너는 소질이 좀 있는갑다. 선불질이라 캐도 웬만해서는 멧돼지 첨 보고 총 쏘기 힘든데. 혈흔도 없는 거 봉께 진짜 맞지는 안 했는 모양이고."

계속 멧돼지 일가를 쫓아가는지 개 짖는 소리가 요란하게 골을 울렸다. 멧돼지 얼굴 한 번 본 것으로 그만하면 멧돼지 사냥도 해볼 만큼 한 듯한 느낌이 들었다. 뛰어다니느라 해토머리 때 봄물 흐르듯이 긴장이 풀어졌다. 하지만 사냥개들이 멧돼지를 봤으니 진짜 사냥은 그때부터 시작이었다.

　리기다소나무 숲을 지나 우리는 밤나무 한 그루가 솟은 개활지에 섰다. 리기다소나무 숲을 파고드는 파도 모양으로 비탈이 층층이 고랑을 만들고 있었다. 멧돼지와 사냥개의 발자국이 허물어내리는 듯한 고랑의 물결을 거슬러 위를 향해 어지럽게 흩어져 있었다. 사투死鬪의 길은 꼬불꼬불 이어지다가 어느 순간 고랑을 세로로 파고드는 길고 너른 흔적으로 바뀌었다. 사냥개들이 멧돼지의 궁둥짝을 물고 늘어진 흔적이라고 설명하는 도라꾸 아저씨의 입에서 연신 입김이 쏟아졌다. 가파른 고랑을 뛰어올라가기란 그처럼 힘에 부친 일이었다. 밭고랑이 끝나는 둔덕 너머로 개 짖는 소리가 점점 커졌다. 그곳은 또다른 리기다소나무 숲이 있는 사유지였다. 경계선을 따라 이 미터 간격으로 사각 콘크리트 기둥을 박아놓고 거기에 철조망을 둘렀다. 그런데 그 콘크리트 기둥 하나가 숲 쪽으로 쓰러져 있었다. 하얀 눈 위로 검은 흙이 파헤쳐진 모습을 보니 쓰러진 지 얼마 안 된 게 틀림없었다. 요란스럽게 개 짖는 소리가 숲 안쪽에서 울려퍼지고 있었다. 삼촌은 어깨에 멘 총을 오른손으로 잡고 철조망을 뛰어넘더니 개 짖는 소리가 들려오는 숲 안쪽으로 달리기 시작했다. 삼촌의 앞쪽으로 나무들이 심하게 흔들리면서 쌓인 눈이 흩날렸다. 삼촌은 그 눈가루 속으로 빠져들고 있었다. 그 뒤를 도라꾸 아저씨가, 그 뒤를 내가 쫓았다. 개 짖는 소리,

뭔가 딱딱 부딪치는 소리, 우리의 발걸음 소리, 내 몸안에서 들리는 심장 뛰는 소리가 두서없이 귀를 메웠다.

　어둡고 음울한 리기다소나무 숲 한가운데에서 삼촌은 총을 겨누고 서 있었다. 삼촌의 양옆으로 호식이와 아키다가 큰 소리로 짖어대며 서 있었다. 삼촌 주위로 개들의 입김이 하얗게 피어올랐다. 우리는 거기까지 가서야 비로소 상황을 알 수 있었다. 우리와 멧돼지 사이에는 뒷다리가 모두 부러진 새끼 한 마리가 힘겹게 어미 쪽으로 기어가고 있었다. 호식이와 아키다는 감히 어미 멧돼지는 공격하지 못하고 다리 관절이 끊어져 어미를 못 쫓아가는 새끼만 노릴 뿐이었지만, 어미가 지키고 선 까닭에 그도 여의치 않았다. 게다가 개들도 이미 상처를 입고 하얀 눈 위로 피를 흘리고 있었다. 철조망에 걸렸는지 아니면 개들에게 물렸는지, 자신을 겨눈 삼촌을 마주보는 어미 멧돼지의 찢겨진 코나팔에서도 피가 뚝뚝 흘렀다. 멧돼지에게 압도당한 개들만 요란하게 짖어댈 뿐, 삼촌과 멧돼지는 옴쭉달싹하지 않고 서로 쏘아볼 뿐이었다. 그때까지도 리기다소나무는 가루 같은 눈가루를 조금씩 떨구고 있었다. 마치 삼촌과 멧돼지 사이에 하얀 커튼을 드리우듯. 조금 전까지 분노가 머리 끝까지 치민 멧돼지가 좌충우돌 리기다소나무에 부딪혔기 때문이다. 삼촌은 멧돼지에게 시선을 고정시킨 채, 천천히 안전장치를 풀었다. 관절이 부러진 새끼가 엉금엉금 어미 쪽으로 기어갔다. 삼촌의 코에서 하얀 김이 가늘게 뿜어졌다. 그리고 몇 초간의 침묵.

"내리온다, 쏴라 쏴!"

도라꾸 아저씨가 소리쳤다. 그 말을 신호로 십여 미터 떨어져 있던 어미 멧돼지가 삼촌을 향해 달려들었다. 삼촌은 총을 겨눴다. 삼촌은 멧돼지의 진행 방향을 따라 총신을 내렸다. 삼촌은, 그러나 끝내 방아쇠를 당기지 못했다. 삼촌의 몸이 비명소리와 함께 순식간에 허공으로 솟구치는가 싶더니 이내 눈바람을 일으키면서 한쪽으로 나가떨어졌다. 이번에는 사냥개들이 멧돼지의 엉덩이 쪽으로 돌아서서 맹렬하게 짖어대며 공격을 시작했다. 가까스로 호식이가 엉덩이를 물고 늘어졌으나 떨쳐내려는 생각으로 멧돼지가 몸을 부르르 떨어대자 역시 나가떨어지고 말았다. 삼촌과 마찬가지로 코나팔에 정면으로 부딪힌 아키다는 던져진 고양이처럼 몸을 뒤틀면서 오 미터 남짓 날아가더니 깽깽거리며 땅바닥에 나자빠졌다. 그 바람에 눈가루가 일어 숲속에 하얀빛이 떠다녔다. 그 하얀빛 사이로 번뜩이는 멧돼지의 눈이 보였다. 그때 총소리가 리기다소나무 숲속을 울렸다. 숲을 뒤흔드는 새청을 내지르며 멧돼지가 풀썩 주저앉았다. 내가 쐈는가? 아니다. 정신을 잃은 듯 한쪽에 쓰러진 삼촌이 쐈는가? 아니다. 그럼 호식이가, 아키다가? 아니다, 아니다. 삼촌의 총을 주워든 도라꾸 아저씨였다. 도라꾸 아저씨는 거칠게 숨을 몰아쉬면서 주저앉은 멧돼지를 바라봤다. 한동안 앉아서 눈만 껌뻑이던 멧돼지는 비틀비틀 다시 몸을 일으켜세웠다. 어깨 쪽에 총상을 입은 멧돼지는 하얀 콧김을 내뿜으며 도라꾸 아저씨에

게 다시 달려들 기세였다. 그런 멧돼지를 바라보면서 도라꾸 아저
씨는 또 총을 쐈다. 이번에는 멧돼지 뒤쪽 리기다소나무를 향해
서였다.

"가라, 가! 너 새끼들하고 빨리 가! 미련스럽게 뎀비지 말고."

그래도 멧돼지는 미련을 버릴 수 없다는 표정이었다. 도라꾸 아
저씨는 다시 한번 총을 쐈다. 멧돼지는 피를 흘리며 리기다소나무
숲 깊숙한 곳으로 사라졌다. 멧돼지가 뛰어간 자리에는 하얀 바람
만 남았다.

"글쎄, 그놈의 눈을 봉께 잠시 잠깐이나마 옛 생각이 모락모락
피어나는 거라. 그랑께 야는 잘 모르는 얘긴데, 내가 어떤 여자 찾
아서 저 경주하고도 감포까지 간 적이 있어여."

"어, 물망초 윤마담 말이라. 그야 시내 산다 카만 세 살 먹은 얼
라들도 아는 얘긴데 야가 와 모르나?"

포인터를 제외한 호식이와 아키다 부상에다 삼촌은 다리가 골
절. 우리는 완전히 패잔병 꼴로 밭둔덕에 앉아 아래쪽 리기다소나
무 숲을 내려다보고 있었다. 쏠 시간이 충분했는데 왜 멧돼지를 쏘
지 않았느냐고 묻자, 삼촌은 느닷없이 물망초 얘기를 꺼냈다. 다리
까지 부러진 마당에 다시 만담을 시작하겠다는 속셈인 것 같았다.

"내가 감포까지 따라간 거는 모른단 말이지. 야는 나보고 그때
왜 안 따라갔어요, 카는데 따라갈라 카만 내가 왜 못 따라가겠나?

감포라 캐봐야 하룻저녁이만 갔다 오는 길인데."

삼촌은 옆에 앉은 나를 흘낏 바라보더니 말했다.

"감포에 언니 산다 캤응께 거기 간 줄은 다 알고 있었던 거고."

"그래, 입 놀릴 기운이 있다 카만 얼릉 내리가서 병원에나 가자."

"이깐 노무 다리. 어데 한두 번 부러졌능가. 왜 총을 안 쐈나 캉께 하는 얘기 아이라."

"그래, 다리빙신 되는 한이 있다 캐도 오매불망, 잊지 못할 물망초 얘기 실컷 해봐라. 그게 니 다리지, 내 다리는 아닝께."

숲 너머로 까치들이 날개를 펼치며 활강했다. 눈 내리면 까치들은 어디서 먹이를 구할까.

"그 여자 떠난 거 보고 그길로 바로 감포로 따라갔어여. 칼 하나 가슴에 품고 말이지. 어데, 진짜 칼 말이라. 그날 저녁에 동해바다 보민서 둘이서 술을 한정 없이 마셨어여. 속이 부글부글 끓는데 술 들이붓는다고 어데 취하나? 한참을 마시고도 또 마시다가 이래 얘기했다. 잘 들어봐라, 나는 내 인생뿐만이 아니라 니 인생까지 떠메기로 작정한 사람이다. 우리 집안 사람이고 누구고 간에 니는 말을 들으만 안 된다. 내 말을 들어야 된다. 왜냐? 나는 기꺼이 니 인생을 떠메기로 작정한 사람이니까."

"다 늦게 청춘극장 찍느라 애썼구먼."

"청춘극장보다 더 짠하지. 그라고 내가 말했어여. 그랑께 니는 내 말을 듣는 시늉이라도 해야 한다. 나는 니를 사랑한다. 니도 나를 사랑하나? 끄덕이지, 고개를 끄덕이지. 그란데 니하고 나는 이생에서는 도저히 맺어질 수 없는 사이다. 또 끄덕이지. 그때 탁 칼을 꺼내가지고 내가 말했어어. 그라만 오늘로 니하고 나하고는 생을 마감하는 기다. 나는 원도 없고 한도 없다. 니는 어떠나?"

"하이고, 조카 듣는데 창피하지도 않나? 뭔 사설이 그래 기나?"

"왜 안 쐈느냐고 물어봉께 안 그카요? 무서워서 안 쏜 게 아이란 말이라. 들어봐, 그캉께 그래 그 여자가 펑펑 울민서 고개를 끄덕끄덕해. 죽겠다는 말이지. 그래 둘이 여관 잡고 안 들어갔나. 그란데 여관 강께 이 여자가 두 손을 싹싹 빌민서 막 울어. 살리달라는 거야. 술도 취한 김에 그거 봉께 화가 머리끝까지 오르데. 애시당초 나도 죽겠다, 죽이겠다, 뭐 이런 마음은 없었는가도 몰라. 칼들고 찾아간 기야 나는 니를 그래 사랑했다, 그란데도 나를 버리고 떠나나, 뭐 이런 마음을 극단적으로 표현한 거지. 근데 진짜 내가지를 죽인다고 생각했던 모양이지. 그랑께 펑펑 울민서 살려달라고 그래 싹싹 빌었겠지."

통증이 오는지 삼촌이 인상을 찌푸렸다.

"그란데 살리달라고 하는 꼴을 봉께 진짜 죽이고 싶데. 안 그라요? 안 그렇겠나? 같이 죽자고 사랑했는데 그카만 안 그라겠나?"

청춘극장 결말이 영 두고 못 보겠네요. 삼촌의 다리만 부러지지 않았어도 그렇게 말하고 싶었으나 상황이 상황인지라 나는 입을 다물었다.

"그래 또 호기를 부려가지고 진짜 너 죽고 나 죽는다며 칼을 꺼내는데, 이 여자가 주머니에서 약병을 꺼내. 뭔 약병이냐고? 그게 수면제 모아놓은 약병이라. 수면제 모아놓은 약병이라고!"

한심한 광경이랄 수밖에 없으나 삼촌이 느닷없이 소리를 버럭 질렀다.

"귀먹은 사람 없응께 살살 얘기해라."

"그게 안 그래여? 나는 장난으로 칼 꺼내고 지랄 떨었는데 이 여자는 수면제 약병 꺼내면서 한다는 소리가 지도 죽고 싶었다고, 몇 번을 죽을라 캤다고, 그란데 도저히 용기가 없어서 죽을 수 없었다고, 그랑께 한 번만 살리달라고 싹싹 비는 거라. 사람 미치고 환장하는 노릇 아이라."

비극적인 모든 청춘극장의 결말 부분이 그렇듯 삼촌의 눈에 눈물이 고였다. 그것도 단숨에 잔뜩 고였다. 그게 텔레비전 연속극의 결말이었다면 나는 한껏 비웃어줬을 것이다. '통속'이라는 부모는 늘 돌아서면 마를 눈물이나 낳을 뿐이니까. 하지만 오 년 뒤에 터진 삼촌의 그 눈물은 도대체 어느 호적에 올라 있었던 것일까?

"그래 그 여자 내 가슴에서 떠나보낸 기라. 그제야 알았지. 우리가 진짜 우리로 사는 인생이 을매나 되겠어여. 다 그림자로 살아가는 인생 아이라여? 그란데 그 여자하고 살았던 시절은 그래도 내가 나로 살았던 시절이구나, 그걸 깨달은 거라. 그 여자 여관에 버려두고 밤이 늦어 감포에서 경주까지 걸어갔지. 달도 참 밝은 밤이라. 한 손에 수면제 약병 들고 미친놈처럼 밤길을 하염없이 걸었다. 로버트 프로스트의 불후의 명시 「더 로드 낫 테이큰」을 읊으민서 말이라. 투 로드 디버지드 인 어 옐로 우드, 앤 쏘리 아이 쿠드 낫 트래블 보쓰…… 이 불후의 명시가 그래 통속적인 시라 카는 거를 나는 그때 처음 알았다."

다친 자리가 아픈지 온갖 인상을 쓰면서도 삼촌은 또 "앤 비 원 트래블러 롱 아이 스투드"라고 중얼거렸다.

"총을 왜 안 쐈냐고 물응께네 지금 뭔 귀신 씻나락 까먹는 소리 하나? 지금 씨부리는 게 시가?"

"그랑께 그 멧돼지 봉께 그 여자 살리달라 카민서 싹싹 빌던 눈동자가 생각이 나서……"

도라꾸 아저씨가 한숨을 길게 내쉬었다.

"멧돼지 눈텡이 보고 옛날 애인 눈동자가 생각나서 총 못 쐈다 카는 얘기는 참 거룩하기는 하나 내 불질 사십여 년 만에 첨 듣는 얘기라. 놀랠 노자다. 허튼소리 말고 이제 일어나라. 빨리 내리가서 근처 병원이라도 가자."

"몰라여, 몰라. 내 가슴속이 붉은지 푸른지 아무도 몰라."

소매로 눈물을 훔친 삼촌은 마지못해 도라꾸 아저씨의 등에 업혔다. 나는 총을 양어깨에 메고 부상당한 사냥개들과 함께 뒤를 따라 걸었다. 우리는 밭고랑을 지나 아래쪽 리기다소나무 숲으로 들어갔다. 숲속은 서늘했다. 묘한 침묵이 숲을 가득 메우고 있었다. 밟고 올라온 눈길을 되밟으며 우리는 조금씩 걸음을 옮겼다. 두번째 리기다소나무 숲을 지나는 동안, 내 마음속에는 궁금증이 일었다. 감정 정리를 하는지 삼촌의 만담도 더이상 이어지지 않았으므로 나는 궁금증을 참지 못하고 말했다.

"그란데 도라꾸 아저씨는 아까 왜 멧돼지를 안 죽였어여? 아저씨도 쏠 수 있었잖아여?"

내 물음에 도라꾸 아저씨는 영 딴소리였다.

"호식이가 새끼 관절 물고 늘어진 모양이라. 그라만 어미가 도망 못 가거든. 엽견 중에는 그런 짓 하는 놈들 참 많아여."

"저게 원체 영물이라캉께."

코맹맹이 소리로 홀쩍거리며 삼촌이 말했다. 조금 전까지 사랑이 어쩌네 수면제가 어쩌네 징징거리던 삼촌이, 주인을 닮아 어디가 부러졌는지 오른쪽 뒷발을 들고 껑충껑충 뛰어가는 놈을 가리켜 영물 운운했다. 호식이 얘기가 나오니까 또 만담을 시작할 모양이었다. 삼촌 가슴속은 암만해도 푸른색인가보다.

"하지만 그건 암수暗數라. 그런 암수를 쓰만 안 되는 거라. 나도 한때 그 이름도 아름다운 물망초 윤마담까지는 못 되더라도 헛된 공명심에 눈이 먼 적이 있어여. 불질 잘한다고 알려지만 여기저기서 해수구제해달라고 부르는 일이 많다캉께. 가서 잡아주만 영웅 되고 참 재미나지. 근데 한번은 을매나 대단하던지 새끼를 몰고 다니민서도 손아귀 사이로 모래알 빠지듯 몰이꾼들 사이로 잘도 피해 다니는 놈을 만난 적이 있어여. 삼백 근도 넘을까, 엄청시리 대형 멧돼지였는 거라. 그런 놈 어데 다시 만나겠나. 무려 6박 7일 동안 그놈을 쫓아댕겼응께 말 다 한 거지. 그라고 봉께 안 되겠더라. 어느 순간부터 요놈이 나 갖꼬 노나, 그런 생각이 들데. 지금 생각하만 틀린 생각이지. 살겠다고 도망가는 멧돼지 신세에 어데 사냥꾼을 갖꼬 놀겠나? 사람이든 짐승이든 숨탄것 목숨이 그래 우스운 게 아인데 말이라. 그란데 그런 생각이 한번 드니까 눈에 보이는 게 없는 거라. 우쨌든 잡아죽이겠다는 생각뿐이지. 그래서 다음부터는 어미가 아이라, 새끼를 죽였어. 보이는 족족 쏴 죽였어여. 그래, 암수지 암수. 한 다섯 마리쯤 죽였을 끼라. 그때가 초가을잉께 아직도 새끼들 등에 줄이 쫙쫙 그어져 있을 때였어여. 한 두어 방 쏘만 새끼들은 꿈틀꿈틀하다가 죽어버리여. 멀리 있어도 호수號數 작은 산탄으로 쏘만 되니까. 어미는 산탄이 박혀도 괜찮다 캐도 새끼들은 어미 보는 눈앞에서 픽픽 쓰러지지."

새끼만 노리고 다섯 마리쯤 죽인 뒤에 도라꾸 아저씨는 일행에게 다시 돌아가자고 말했다고 한다. 그때는 이미 능선을 따라 북쪽으로 삼십 킬로미터 정도는 올라간 뒤였다. 도라꾸 아저씨는 며칠간의 사냥으로 거지꼴이 된 채 그냥 돌아갈 수 없다고 불평하는 일행을 이끌고 다시 능선을 따라 내려가기 시작했다.

"사람들이야 몰랐겠지만 나는 알고 있었다. 필시 쫓아온다는 거를 말이라. 뭐긴 뭐라, 어미 멧돼지지. 우리가 새끼들을 들쳐메고 가니까 어미가 계속 그래 일정한 간격을 두고 쫓아왔어여. 죽을 줄 알민서도 계속 그래 쫓아오더라. 그래, 한 여섯 시간을 걸어가다가 새끼들 내리놓고 다시 몰이를 시작했어여. 그래갖꼬? 잡았지. 죽을라고 쫓아온 놈이니까. 그란데 봐라, 잡는 그 순간에 나도 너맨치로 그놈하고 눈이 딱 마주쳤다. 그 눈에 뭐가 보였는가 아나? 아무것도 안 보이더라. 텅 비었더라. 결국 너는 못 쐈지? 나도 한참을 못 쐈다. 그래 벌써 죽은 놈이라 카는 거를 아는 이상은 못 쏘는 거라. 쏘만 안 되는 거라. 하지만 일행이 지켜보는데다가 공명심도 있응께 안 쏠 수가 없었다. 살아생전 총 한번 제대로 안 쏘고 잡은 멧돼지는 그게 처음이자 마지막이라."

녹아내리는지 멀리 가지에 쌓였던 눈무지가 쏟아지는 소리가 들렸다.

"그래 총 쏘기 전에 벌써 죽은 놈이라 카만 나는 도대체 뭘 쏴 죽인 거겠나? 마을에서 영웅 대접 받고 집에 돌아와 며칠을 끙끙 앓다가 깨달았다. 잘못했다, 잘못했다, 아무래도 총을 쏘만 안 되는 거였다. 이런 생각이 머릿속에서 떠나지 않더라. 그라고 보만 그날 내가 잡은 거는 정녕 멧돼지가 아니었던 거지. 이래 산에 오만 쓸모 적은 나무나마 리기다소나무도 살아가고 청설모도 살아가고 바람도 쉼없이 움직이지만, 정작 그 멧돼지는 이미 죽은 거였응께 말이라."

"그라만 아저씨가 그때 쏴 죽인 거는 뭐라여?"

우리는 리기다소나무 숲을 빠져나왔다. 하얀빛과 성긴 겨울 햇살이 투명하게 서로 뒤엉키고 있었다. 도라꾸 아저씨는 코를 한번 훌쩍였다. 눈 밟는 소리와 사냥개들이 끙끙거리는 소리만 사이를 두고 들릴 뿐이었다.

"그래 나는 한 번 죽었다."

도라꾸 아저씨는 또 딴소리였다.

"너는 색이 허옇게 바랬다 카지만 내가 너만할 때만 해도 짐승을 얼마나 많이 잡았는가 모른다. 그때는 겁이라는 걸 모르고 살았다. 언제 어떻게 죽을지 모르는 엽장 인생이었다마는 죽고 사는 거 그렇게 개의치 않았어여. 그란데 그 일을 겪고 난 뒤로는 짐승들한테 도통 총부릴 겨눌 수가 없게 됐단 말이라. 왜 그카겠나? 내 눈에도 물망초 윤마담 같은 게 보였단 말이겠나? 내가 왜 그카는지 너는 알겠나?"

"부랄에 털도 안 났는데, 제가 우째 압니까?"

"저 봐라, 리기다소나무도 있고 직박구리도 있다. 저래 다 살아가고 있는 거라. 산 것들 저래 살아가게 하는 일이 을매나 용기 있는 일인가 나는 그때 다 깨달았던 기라. 내가 해수구제한다꼬 싸돌아다니면서 짐승들 쏴 죽인 것도 용기 있어서가 아이라 나하고 마누라하고 애새끼들하고 먹고살아갈라고 그런 거라는 걸 그때야 알게 된 거다. 그것도 모르고 나는 영동군 상촌면 흥덕리 도라꾸가

198

세상에서 제일 용감한 사냥꾼인 줄 알았던 거라. 그라고 나니까 어데 약실에 돌멩이 하나도 못 집어넣겠더라."

삼촌을 등에 업은 도라꾸 아저씨는 지친 기색도 없이 눈 쌓인 산길을 터벅터벅 걸어내려갔다. 아저씨의 말은 알 듯 말 듯 했다.

"내가 니 삼촌을 왜 좋아하는가 아나?"

"좋은 말상대니까 그런 거 아이라여?"

"멧돼지 눈 보고 옛날 애인 생각나서 총 못 쏜다 카는 사람 아이라. 그래 내가 니 삼촌 좋아하는 거라. 내가 뭔 소리 하는가 알겠나?"

"지금 뭔 소리 합니까? 이것도 만담입니까?"

내가 진심으로 되물었다. 하지만 도라꾸 아저씨가 대꾸하기도 전에 등에 업힌 삼촌이 다시 프로스트의 시를 읊기 시작했다. 투 로드 디버지드 인 어 옐로 우드, 앤 쏘리 아이 쿠드 낫 트래블 보쓰. 액자가게에 내걸린 통속화 속의 풍경처럼 우리 앞으로 눈 내린 해인리가 한눈에 펼쳐졌다. 앤 비 원 트래블러 롱 아이 스투드…… 악을 써대며 시를 읊는 삼촌의 목소리가 온 골짜기로 울려퍼졌다.

노란 연등 드높이 내걸고

보름달이라도 떠오른 것일까, 노란빛이 환하게 마음을 밝혔다. 명부전 돌아가는 진회색 축대 밑에 애기똥풀이 하늘 높이 노란빛 꽃을 피웠다. 아기 손바닥 같은 초록 잎이 더운 공기 머금은 봄바람에 한들한들 흔들렸다. 가느다란 꽃대를 따라 애기똥풀 노란 꽃이 끄덕끄덕 바라보는 사람의 마음까지 흔들었다. 노란 꽃잎 가장자리가 흐려지면서 노란색과 초록색과 진회색이 서로 경계도 없이 뒤엉켜버렸다. 꼭꼭 막아둔 마음의 가장자리도 그렇게 풀리는 모양이었다. 대웅전 마당으로 향하던 예정은 그만 오후 햇살이 옴큼옴큼 내려앉은 명부전 섬돌 한쪽에 앉아버렸다. 애기똥풀 꽃대처럼 여윈 예정의 그림자가 섬돌의 윤곽을 따라 비뚜름하게 명부전 맞배지붕 날카로운 그림자 사이로 섞여들고 있었다. 봄바람은 애기똥풀 노란 꽃잎이나 흔들 줄 알았지, 예정의 마른 그림자나 떨리게 했지, 사래에 매달린 풍경 속 눈뜬 붕어 한 마리 제대로 흔들지 못할 만큼 기운이 없었다. 꽃향기 훈훈한 봄볕을 너무 머금었는지 바람은 저 혼자서 무거워져 건듯 불어오다가 둥근 기와 박은 토담 모양으로 펼쳐진 비질 자국이 여전한 명부전 앞마당만 공연히 한번 더 쓸어버리고는, 차령산맥 바로 밑이라 더이상 자라지 않고 가늘기만 한 대나무들이 옹기종기 모인 뒤란을 휘돌았다. 북한계선까지 치밀고 올라온 대나무들은 예정이 지금 머무는 곳이 온대 지역이라는 사실을 숨김없이 보여줬다. 하지만 예정의 마음은 사스래나무와 누운잣나무가 자라는 추운 지방의 풍경에서 벗어나지 못했기에 그 바람 끊어진 자리 어디쯤에서 시선은 자꾸만 아물거리기만 했다. 머뭇머뭇 예정의 시선이 고인 자리 그 너머로 보이는 대웅전 앞마당에는 벌써 파란색, 초록색, 분홍색, 빨간색, 노란색 등이 빼곡히 들어찼다. 각 면에 하늘과 땅을 가리키는 어린 싯다르타의 그림, 봉축이란 두 글자, 卍자 등을 그려넣은 팔각등도 있었고 진짜 연꽃처럼 얇은 종이 꽃잎을 풍성하게 붙여 만든 연꽃등도 있었고 형형색색의 원색 주름등과 세로로 번갈아가며 다른 색으로 치장한 값싼 수박등도 있었다. 국회의원인 신도회 회장이나 운수회사 사장인 포교사 같은 사람들은 몇백만원도 넘는 큰 팔각등을 대웅전 안에다 매달기도 했다. 그러나 대개 일반 신도들은 투박한 명조체로 '부처님오신날'이라고 인쇄된, 비치볼 모양의 값싼 수박등부터 하얀 꼬리표를 매달게 마련이었다. 울긋불긋한 등 끝에 하얗게 매달린 종이들은 바람이 불어올 때마다 같은 방향으로 넘실거렸다. 사람들이 등을 내걸면서 소망하는 바도 대개 그처럼 서로 비슷했다. 그 절은 본사라 초파일이면 운집종이라도 울린 것처럼 사람들이 모여들었기 때문에 스님들은 물론 신도들도 벌써 한 달 전부터 준비해야만 하는 일이 많았다. 예정도 지장회 법회가 끝난 다음인 음력 19일부터 신도들과 함께 초파일 준비를 도왔다. 이제 어느 정도 절 살림에 눈이 밝아졌다고 해서 공양주 보살의 밥 보시를 돕는 일이 대부분이었다. 그렇긴 해도 시간이 날 때면 예정도 관음회, 지장회 등 여신도 위주의 신행단체 회원들과 함께 요사 창고에 넣어둔 장엄등을 손질하고 새로 연등을 만드는 연등 공양에 참여했다. 보통때 지장회는 불사에 보탬이 되도록 수의 짓는 일을 해왔지만, 초파일을 앞두고서까지 수의를 지을 수는 없다고 해 일찌감치 삼베를 손에서 내려놓았다. 예정은 연등 만드는 일이 아무래도 바느질하는 일만 못한 것 같아 영 손이 잘 움직이지 않았다. 하지만 그 이름도 무색하게 함께 일하는 즐거움에 하루종일 말소리와 웃음소리가 끊이지 않는 적묵당 서늘한 마루방 안에 앉아 그런 심정을 내색할 수는 없는 일이었다. 제악막작諸惡莫作, 중선봉행衆善奉行, 자정기의自淨其意, 시제불교是諸佛教, 나이 많은 보살들의 얘기를 듣는 사이사이에 예정은 수의를 지을 때면 늘 읊조리던 그 열여섯 자를 중얼거렸다. 어떤 죄라도 짓지 말며 무릇 선이란 받들고 행하며 스스로 그 뜻을 깨끗하게 한다면 그게 바로 부처님이 가르친 모든 바라. 열심히 열심히 그 말을 되뇌며 연등을 만들었건만 허전한 마음만은 영영 메워지지 않은 모양이었다. 수의를 지을 때만 해도 원하는 바로 그곳에 들어앉아 있던 마음자리가 며칠 연등을 만드느라 풀어지더니 그만 초파일에 뜻하지 않은 쪽으로 터져 나왔다. 제비 맞으러 나온 애기똥풀이 하늘 높이 노란 꽃잎을 내걸었기 때문이었다. 그 줄기를 잘랐다면 아기 똥 같은 노란 즙이 배어나왔겠지. 따가운 그 노란 즙이 예정더러 아프지 말라고, 아프지 말라고 달래주었겠지. 그 아기 똥 같은, 따가운 노란 즙이 예정의 아픈 마음을 살살 만져주었겠지. 그렇게 생각하니 예정은 그만 눈물을 참을 수가 없었다. 그날은 4월초파일, 불두화 짧은 그림자도 그 꽃만큼 또렷해지는 시절이었다.

밤의 산길을 걸어가다보면 사람은 과연 어디까지가 자신이고 어디까지가 자신이 아닌지 알게 된다. 빛이 없을 때 사람의 눈이란 그저 코앞만을 볼 수 있을 뿐이라는 사실을 뼈저리게 느끼게 된다. 현실의 공간 역시 손을 뻗거나 발을 내디뎌서 닿을 수 있는 그 정도까지일 뿐이다. 그러고 나면 자신과 세계는 완벽하게 분리된다. 두려움은 자신이 이 세상 어느 것과도 연결되지 못한다는 생각이 들 때 일어난다. 어두운 밤, 시야에서 멀어져 윤곽을 분간할 수 없는 모든 것들은 더이상 매화나무라거나, 백송 가지라거나, 다래 열매라고 할 수 없었다. 칠흑처럼 어두운 산길을 걸어가는 사람의 등뒤에 있을 때, 혹은 그 경계를 분간할 수 없을 정도로 멀리 있을 때, 사물들은 가슴을 섬뜩하게 만드는 비명이기도 하고 거대한 손아귀이기도 하고 발목을 감는 올무이기도 하다. 밤의 산길에서 바라볼 때, 이 세계는 바라보는 사람만 뚝 떼어놓고 저희들끼리만 서로 경계 없이 녹아든다. 사람의 감각은 여전히 시간과 공간의 흐름에 따라 직선적으로 흐르지만, 어둠의 공간은 하나로 펼쳐진 직선적인 공간이 아니라 주름이 잡혀 서로 말려들어간 굴곡의 공간이다. 그 공간에서 사물은 하나로 존재하기도 하고 둘로 존재하기도 하지만, 외로 비켜선 사람만 오로지 하나일 뿐이다. 그날 봉우가 걸어가던 산길 역시 모든 게 하나이면서 둘인 비현실의 공간이었다. 그렇게 얼마 걸어가지 않아 덜컥 겁이 밀려들었으므로, 그러나 거기서 다시 돌아가기란 어렵다는 사실을 깨달았으므로 손전등이 아니라 차라리 M16소총을 가져왔어야 옳았다는 생각이 언뜻 봉우의 머리를 스쳤다. 사물의 윤곽이 모두 지워지는 밤의 산길에서 어깨에 걸고 다니는 국방색 손전등의 불빛은 봉우의 시야만 좁힐 뿐이었다. 손전등의 둥글고 얼룩진 빛은 그 빛이 닿는 곳을 제외한 나머지 공간을 시커멓게 덧칠해버리는 효과를 지녔다. 알 수 없는 뭔가의 신원을 확인할 때라면 몰라도 산길을 걸어가는 사람에게 손전등은 오히려 성가시기만 했다. 어둠 속에서는 다른 사물과 마찬가지로 몸이 완전히 어두워지는 수밖에 없었다. 하지만 그렇게 한다고 해서 두려움이 가시는 것은 아니었기 때문에 봉우는 손전등을 끄기 전에 산길에서 잠깐 벗어나 숲으로 들어갔다. 지팡이로 삼을 만한 나뭇가지를 하나 마련할 생각이었다. 땅바닥을 살폈지만, 얼른 마땅한 게 눈에 들어오지 않아 머뭇거리던 차에 봉우의 눈에 살구나무가 보였다. 언젠가 한번 써먹겠다고 너하고 나하고 살구나무, 바람 솔솔 소나무, 십 리 절반 오리나무, 어쩌구저쩌구 하는 노래를 외워둔 게 봉우의 머릿속에 떠올랐다. 일단 살구 보자고 살구나무니까, 밤길에는 산짐승도 그 향내를 피한다고 목탁으로도 만드는 살구나무니까 그래도 마음은 놓일 것 같아 봉우는 불빛을 위로 한 채 손전등을 바닥에 세워놓고 나무 위로 조금 기어올라가 두 손으로 가지를 붙잡고 흔들었다. 그 등쌀에 몇 안 남은 연분홍 꽃잎 몇 개가 손전등 불빛을 받으며 아래로 흩어졌다. 오랫동안 씨름한 끝에 봉우는 애채를 쳐낸, 한 팔 정도 길이의 살구나무가지를 하나 구했다. 봉우는 산길로 다시 걸어나와 불을 끄고 손전등을 어깨에 걸었다. 한순간에 모든 사물이 검은 장막 너머로 사라졌고 봉우는 한 발짝도 내디딜 수 없는 처지가 됐다. 산길이 놓인 방향이라도 파악하려면 생각보다 더 기다려야만 했다. 차가 다닐 수 있는 길을 따라 둘러가자면 두 시간은 족히 걸어가야만 하는 거리였지만, 능선을 가로질러 넘어가면 바로 닿을 수 있는 곳에 목적지가 있었다. 달이 늦게 뜨는 하현 무렵이 아니라 보름이었다면 깊은 밤이라고는 하나 휘파람을 불면서 걸어갈 수 있는 거리였다. 봉우는 싸구려 전자시계의 조명을 밝혀 시간을 확인한 뒤에 담배를 꺼내 입에 물었다. 달이 뜨려면 아직 두 시간 남짓 남아 있었다. 봉우는 느긋하게 마음먹는 수밖에 없다고 생각하면서 멀리 공지선 쪽을 바라봤다. 조금씩 두 사람 정도가 지나갈 수 있는 산길이 주위에 비해 누그러진 검은빛을 내뿜기 시작했다. 별빛이나마 그 빛이 스며든 것인지, 아니면 암흑 속에서 사물들은 서로 구별할 수 있을 만큼의 빛을 뿜어내는 것인지 봉우로서는 알 수 없었다. 빛이라고는 사금파리를 박은 듯 검은 하늘에 흩뿌려진 별빛뿐인데도 어쩌면 가만히 서서 기다린다고 산길이 눈에 들어오는 것일까? 봉우는 필터까지 타들어간 담배를 발밑에 떨어뜨려 군홧발로 비벼 끄면서 두 손과 하반신을 바라봤다. 손의 윤곽은 희미하나마 어둠과 구분할 수 있었지만, 눈을 찡그려 살피지 않으면 군화는 잘 보이지 않았다. 봉우는 갑자기 겁이 덜컥 났다. 여기서 돌아가야만 하는 게 아닌가, 그런 걱정이 들었다. 실의에 빠진 친구에게 용기를 북돋아주는 심정으로 봉우는 그날 작계지역까지 행군하면서 생각해낸 새 낙서를 떠올렸다. 만에 하나 내일 지구의 종말이 온다면 그대는 사과나무를 심을 것인가? 만에 구천구백구십구 지구의 종말은 오지 않는다. 나는 여자친구랑 데이트하러 가겠다. 그렇게 생각하니 한결 마음이 놓였다. 봉우는 지뻐거리면서 조금씩 앞으로 나아가기 시작했다. 이렇게 걷다가는 두 시간도 더 걸리겠다는 생각이 들었다. 봉우는 자신이 어둠 속에 혼자 버려진 듯한 느낌이었다. 왔던 길을 다시 돌아갈 수 없기에 봉우는 앞으로 계속 걸어갔다. 달이 뜨면 괜찮아질 것이라고 생각하며.

예정은 명부전 섬돌에서 일어나 대웅전 쪽으로 걸어갔다. 먼빛으로 바라보니 이미 등마다 이름표가 줄줄이 내걸렸고 괘불을 세운 야단법석野壇法席에서는 행사 준비가 한창이었다. 진작부터 자기도 등 하나 내걸어야겠다고 생각했는데 초파일을 맞아 절로 몰려든 사람들에게 공양 베푸는 일이 점심때부터 오후 내내 계속 이어진 탓에 도무지 짬이 나지 않았다. 지갑 속의 돈을 어림짐작해보니 이름표를 내걸 수박등이 아직 남아 있을지 조바심이 났다. 원체 신도들이 많은 본사인데다가 초파일 천수바라가 유명해 대웅전 앞마당쯤은 사람들이 내건 등으로 너끈히 채울 만한 절이었다. 그래서 얼른 수박등이나 하나 내걸고 향적전으로 돌아가야겠다고 생각했지만, 공양주 보살의 강권에 못 이겨 입은 한복 때문에 영 발걸음이 어색하기만 했다. 철쭉꽃이 비 머금은 바람에 흔들리듯 가슴에 매달린 옷고름이 춤을 췄다. 초파일이니까 그저 목욕이나 하고 와서 새옷 정도만 챙겨 입으면 될 줄 알았건만 공양주 보살은 그게 끝내 못마땅한 모양이었는지 시내 다녀오는 길에 한복 한 벌을 빌려왔다. 봄풀색 치마에 물오른 진달랫빛 저고리가 너무나 화사한 한복이었다. 제등행렬에 참여하기는커녕 관등도 하지 않으려 드는 게으른 며느리의, 그 꼴에 어울리지도 않는 한복이니 마음껏 입으라는 게 공양주 보살의 말이었다. 하지만 예정이 옷이 없어서 잿빛

승복바지에 같은 색 올 굵은 스웨터만 걸치고 다닌 것만은 아니었기에 극구 사양, 또 사양했다. 공양주 보살의 닦달은 그보다 더 심했다. 아무리 그렇기로서니 이 좋은 초파일에 꽃보다 더 젊은 예정이 잿빛 옷을 입는 꼴은 못 보겠다는 심사로 공양주 보살은 막무가내였다. 한복을 안 입었다가는 다시는 향적전에 발을 들여놓지 못하게 하겠다는 으름장과 함께 한복 꾸러미를 객실에 남겨두고 가는 데는 예정으로서도 더이상 버틸 재간이 없었다. 그러나 개 발에 편자도 유분수지 자기 꼴에 풀색 치마 연분홍 저고리가 가당키나 하는가, 그런 생각이 머릿속에서 끊이지 않았다. 자신이 진달래보다도 환하고 왕머루 덩굴진 잎사귀보다도 더 푸릇푸릇한 젊은 시절을 보내고 있다는 사실을 인정할 수밖에 없었다. 그런 사실을 인정하는 게 왜 그리도 가슴을 아프게 하는지 예정은 알 수 없었다. 그저 어서 나이가 들었으면 좋으련만, 어서어서 머리가 새하얗게 세어버리고 살갗도 물기가 말라버려서 누구나 자신을 늙은이로만 봐줬으면 좋으련만, 그런 바람뿐이었다. 처음 예정이 자신도 지장회에 들어가고 싶다고 말했을 때도 지장회를 이끄는 공양주 보살은 기가 차다는 듯이 소리내어 웃음을 터뜨렸다. 공양주 보살은 자신의 웃음이 뭘 뜻하는지 설명하는 대신에 살아온 내력을 쭉 늘어놓았다. 공양주 보살은 일찌감치 남편을 여읜 뒤, 시내 평화시장에서 어물전을 하면서 발치에서 떠나지 않는 송이버섯을 키우는 늙은 소나무처럼 유복자를 포함한 두 아들 뒷바라지로 세월을 보냈다. 엉겁결에 남편의 가게를 그대로 맡게 됐지만, 공양주 보살에게 세상에서 가장 하고 싶지 않은 일이 있다면 그게 바로 어물전 일이었을 것이다. 하지만 공양주 보살의 취향 따위는 고려할 겨를이 없었다. 생선가게로는 봄 도다리, 여름 농어, 가을 고등어, 겨울 명태 등 사시사철 이런저런 바닷고기들이 들고났다. 개중에는 건드릴 때마다 움찔거리던 몸으로 들어왔다가 냄새만 잔뜩 풍기고 썩어버린 전복이 있었는가 하면 냉동하지 않아 흐물흐물 몸이 해체되던 옥돔도 있었고 눈부신 바닷속 그 푸르른 은빛 비늘 그대로 팔려나간 갈치도 있었다. 새벽 여섯시 문을 열 때면 생선가게는 싱싱한 비린내로 가득했고 저녁 여덟시 문을 닫을 무렵이면 죽어간 생선들의 썩은 내가 진동했다. 밤이면 공양주 보살은 자신이 이미 한번 죽은 생선들을 또 죽이는 무간지옥의 야차와 같은 꼴이라는 생각에 괴롭기만 했지만 전생에 무슨 업을 지었던 것인지 자고 일어나면 다시 생선의 배를 가르고 토막을 내야만 했다. 그러는 사이 싱싱했던 공양주 보살의 육신에서도 점점 생선 썩은 내가 풍겨나기 시작했다. 공양주 보살이 일하면서도 늘 지장경 읽는 일을 멈추지 않은 까닭은 그 냄새 때문이었다. 광목이라는 여인으로 태어나 죽은 어머니의 행방을 묻는 지장보살에게 나한으로 환생한 무진의 보살은 이렇게 말했다. 너의 어머니가 세상에 있을 때에 어떤 죄업을 지었는가? 지금 지옥에 떨어져서 큰 고통을 겪고 있다. 광목은 말했다. 저의 어머니는 습성이 물고기나 자라 같은 것들을 즐겨 먹었으며, 그중에서도 물고기알 같은 것을 많이 먹었습니다. 때로는 굽거나 쪄서 마음껏 먹었으니 아마 그 수를 헤아리면 천만보다 배나 더 될까 싶습니다. 끝내 자신에게서 풍기는 썩은 내를 견딜 수 없게 된 공양주 보살은 어느 날부터 고기를 입에 대지 않았다. 그리고 자기도 서원을 하나 세웠는데, 그 덕택에 지금은 절에서 공양주 보살로 머물고 있는 것이다. 그런 공양주 보살 생각에 지장회란 자신처럼 지은 죄가 무던하게 많아 지장보살에 기댈 수밖에 없는 늙은 영혼들에게나 어울리는 곳이었다. 공양주 보살은 예정에게 춘향이열무처럼 푸릇푸릇한 처자는 지장회에 들어올 자격이 없다고 단호하게 못박았다. 사실 지장회에는 환갑을 넘긴 여신도만 입회할 수 있었다. 공양주 보살이 규정까지 들이밀면서 말하자, 예정은 어쩔 수 없다는 표정으로 고개를 끄덕이고는 돌아서다가 걸음을 멈췄다. 그러곤 그럼 지장회에는 들어가지 않을 테니 수의 짓는 일만은 할 수 있게 해달라고 말했다. 처음 지장회 보살들은 곧 죽을 자신들을 위해 수의를 짓기 시작했다. 불사에 도움이라도 될까 해서 신도들에게 팔 목적으로 수의를 지은 것은 그다음의 일이었다. 공양주 보살이 보기에 예정은 자기가 입을 수의를 만들 생각인 것 같진 않았다. 과연 누구를 위해 수의를 만들 것인가, 공양주 보살은 그게 궁금했다. 마음속으로는 섬섬옥수 같은 그 젊은 손에 삼베를 쥐여주는 일만은 피해야 한다고 생각했으면서도 예정에게 수의 짓는 일을 허락한 뒤에는 그런 궁금증이 숨어 있었다. 그 궁금증이 풀렸기에 공양주 보살은 예정에게 풀색 치마와 연분홍 저고리를 떠다 맡겼다. 어쨌거나 초파일은 아기 부처님이 오신 날이 아니던가? 시간이 지나면, 지금보다 더 나이가 들면, 공양주 보살이 왜 그렇게 화사한 한복을 입으라고 우겼는지 예정도 깨닫게 될 것이다. 그때는 예정의 아픈 자리도 다 아물 테다. 예정은 불편한 종종걸음으로 형형색색의 등 그늘 속으로 들어갔다. 접수처를 찾아 두리번거리면서 사람들 사이를 걸어가는 동안, 예정의 파리한 얼굴로 빛과 그늘이 번갈아 드리워졌다. 초파일까지 예정은 모두 세 벌의 수의를 만들었다. 초심자치고는 꽤나 손이 빨랐다. 아니, 그렇다기보다는 남들과 경우가 달랐기 때문이었다. 비틀거리며 걸어가는 예정의 머리 위로 어디선가 호적 소리가 흘러나와 길게 너울거렸다.

예수와 부처의 차이는? 헤어스타일. 쥐도 새도 모르게 사람을 죽이는 방법은? 쥐와 새의 눈을 가린다. 그는 똑똑했다. 나도 똑똑했다. 문밖의 사람은 나의 똑똑함에 어쩔 줄을 몰랐다. 화장실에서. 진짜 절 좋아하세요? 저는 교회를 좋아해요. 보낼 수 없어, 그럼 주먹 넣을까? 니가 원한다면 나는 네모 할게. 너 남자랑 해봤어? 나는 내 자랑밖에 안 해. 다시 만나줘, 미역 너 가져. 넌 이쁜 천사, 난 재봉틀 살게. 아기 가졌어, 엄마가 이겼어. 아기가 졌어. 아기 가졌어. 머리 위에서 나뭇잎들이 서걱서걱 서로 몸 비비는 소리를 도무지 견딜 수 없어 봉우는 자기가 만든 낙서들이 하나둘 머릿속에 떠오를 때마다 입으로 중얼거렸다. 봉우는 몇 번이나 걸음을 멈췄다. 자신을 쫓아오는 또다른 발걸음 소리가 들려왔기 때문이었다. 이십 미터 정도 간격을 두고 그 발걸음 소리는 봉우를 따라왔다. 걷다가 문득 걸음을 멈추면 들리는 것은 신갈나무와 벚나무 우듬지에서 잎사귀들이 바람에 서로 몸 비비는 소리뿐이었다. 봉우는 몇 번이나 어깨에 매달아놓았던 손전등을 잡고 어둠 속을 향해 불을 비춰봤다. 누구냐? 너는 누구냐? 하지만 손전등의 불빛이 미치는 어둠 속에서는 아무런 소리도 들리지 않았다. 뭔가가 있다고 하더라도 손전등 불빛에 보이지는 않을 것이었다. 세상 모든 것이 손전등 불빛이 미치지 못하는 그 너머에 존재하는 듯했으니까. 두서없이 손전등으로 바위나 제비꽃이나 전나무 따위를 비추면서 봉우는 아였던가 어이였던가 그 비슷한 소리를 길게 냈다. 딱히 누구를 부를 심사일 리 없었건만 봉우의 목소리는 애절하게 누군가를 부르는 것 같았다. 대상도 없는 봉우의 호명에 깊은 밤 높은 가지 사이를 떠다니는 바람만 기척을 보내왔다. 따라오려면 따라오라지. 봉우는 귀신 따위는 하나도 무섭지 않았다. 부귀영화를 누려야 죽음이 무섭지, 당장 방위병 생활을 그만둔 뒤에 어떻게 먹고살 것인지 밤낮으로 걱정이 끊이지 않는 봉우에게 죽음 따위가 얼마나 깊은 고통인지 느껴질 리가 없었다. 전국낙서문학회 지역지부에서 '나대로'라는 필명으로 활동하는 봉우에게 삶이란 '만반의 준비는?

5천. 평생동지는? 12월 22일' 따위의 말장난으로만 파악할 수 있는 것에 불과했다. 방위 근무를 마치고 돌아와서는 주간지 독자페이지에 이런저런 낙서를 지어서 투고하는 일에 열을 올리면서 봉우에게 삶은 더더욱 우스꽝스러워지기 시작했다. 봉우가 만든 최고의 낙서는 바로 '인생이란? 픽션에 불과하다'였다. 어두운 산길을 걸어가는 자신의 망상이 빚어낸 허상과 직면하니 그야말로 인생은 픽션에 불과하다는 생각이 들었다. 예컨대 인생이란 꼭 이십 미터 정도 뒤에서 자신을 쫓아오는 저 발걸음 소리 같은 것이다. 거기서 걸음을 멈추고 돌아서서 손전등을 밝히며 다가가면 또 이십 미터쯤 뒤, 더 다가가면 또 이십 미터쯤 뒤로 물러설 게 분명했다. 따라오려면 따라오라지. 나는 지옥 그 밑바닥까지도 갈 수 있다구. 비틀비틀 굴곡진 산길에 발을 헛디디며, 혹은 튀어나온 돌에 걸리며 봉우는 공지선 쪽을 바라봤다. 고갯마루에 소나무들이 늘어서 있었다. 그 고개를 넘어가면 신라시대에 만들어진 오래된 절이 나올 것이었다. 그날 아침 일찍 부대에 출근해 군장을 꾸린 뒤, 작계지역으로 행군에 나선 길에 봉우는 사하촌 초입을 지나쳤다. 대대 ATT 훈련 기간이었기 때문이다. 아침부터 몸이 가벼웠던지라 사하촌 들머리를 바라보면서 봉우는 이따가 밤에 그 절로 찾아가야겠다고 결심했다. 산길을 타면 한 시간 정도의 거리였으니까 보초를 서지 않는 봉우로서는 취침시간 동안에 충분히 다녀올 수 있었다. 봉우는 몸을 재빠르게 움직였다. 상의가 온통 땀에 젖었다. 산길이 힘에 부쳐서만은 아니었다. 자꾸만 뭔가에 쫓기고 있다는 생각 때문이었다. 밤의 산길에서는 때로 허상도 그 모습을 드러내기도 하고 픽션도 더없이 절절한 이야기가 되기도 한다. 어쨌거나 고갯마루는 여기서 그다지 멀지 않다, 고 봉우는 생각했다.

신묘장구대다라니 나모라 다나다라 야야 나막알야 바로기제 새바라야 모지사다바야 마하사다바야 마하가로. 하얀 장삼에 붉은 가사 녹색 띠를 두른 비구니 스님 둘이 연등이 즐비하게 도열한 대웅전 앞마당 조화 깔린 돗자리 위에서 두 발로 정T자를 짚어가며 겹바라를 추기 시작했고 겨자색 장삼에 붉은 가사를 입은 다른 스님들은 그 뒤에 줄지어 앉았다. 연등을 매달아둔 철삿줄 모양으로 호적 소리가 너울거리며 대웅전 주변에 흩어져 있던 사람들을 불러모았다. 천수경을 외는 염불소리에 맞춰 두 스님은 앞뒤로 움직이면서 바라를 돌렸다. 때로 두 스님의 바라가 서로 부딪치거나 만날 듯 비켜갔고 그때마다 듣는 사람의 가슴을 뜨겁게 문질러대는 쇳소리가 들렸다. 예정은 저도 몰래 호로호로 마라호로 하례 바나마 나바 사라사라 시리시리 소로소로 못쟈못쟈 모다야 모다야 염불을 따라 외웠다. 연꽃의 한가운데 앉으신 분이 근심과 두려움과 어둠의 바다를 건너 환한 곳으로 너를 데려갈 거야. 온몸이 환한 빛으로 가득한 사람들이 사는 곳으로 너를 데려갈 거야. 무서워하지 말고 따라가. 어서 따라가. 예정이 열심히 따라 욀수록 독경

소리는 점점 늘어졌다. 예정의 눈에 좌요잡 우요잡 춤사위를 밟으며 솟구치는 장삼 자락과 함께 재빠르게 돌아가는 두 스님의 움직임이 점점 느려지더니 흡사 하얗고 붉고 푸른 그 빛만 남아 돌아가는 듯 보였다. 그 울긋불긋 뒤섞이는 빛은 대웅전 앞마당에 걸린 연등의 빛과 뒤엉켜 휘돌기 시작했다. 점점 호적 소리도, 염불소리도, 연신 예정의 가슴을 문지르던 바라 소리도 조금씩 물러서기 시작했다. 그리고 하얗고 붉고 푸른, 그 둥근 빛만 남아 되레 예정더러 아프지 말라고, 너무 아파하지 말라고 말했다. 예정은 이제 그 소리가 무슨 뜻인지, 어디서 흘러나오는 것인지 알 수 있었다. 처음 예정이 삼베를 재단할 때부터 의아한 마음이 들었던 공양주 보살은 지장회 보살들의 쑥덕거림을 들은 뒤에야 그게 수의가 아니라 배냇저고리라는 사실을 깨달았다. 가뜩이나 늙어서 할 일 없이 말 전하기 좋아하는 보살들 보기에 민망하기도 하고 가슴이 벌렁거릴 정도로 놀라기도 해 공양주 보살은 며칠을 두고 혼자서만 끙끙 앓았다. 저승사자도 아니고 배냇저고리 수의를 누구에게 준단 말인가. 누구에게? 혹시? 고민 끝에 만약 그렇다고 하더라도 그 꽃다운 나이를 생각해서라도 혼을 내도 아주 크게 혼내는 수밖에 없다고 공양주 보살은 결심했다. 어느 날 공양주 보살은 저녁 공양 준비를 끝낸 뒤 예정을 향적전 곁방으로 불렀다. 예정이 자리에 앉자마자 공양주 보살은 예정의 거처에서 가져온 배냇저고리를 집어던졌다. 이게 무슨 짓이냐, 이게 도대체 무슨 해괴한 짓이란 말이냐! 이럴 거면 당장 내려가거라! 그런 말이 목구멍까지 치밀어올 랐지만, 공양주 보살은 좀체 입이 떨어지지 않았다. 둘은 잠시 아무런 말 없이 앉아만 있었다. 예정은 약간 무심한 표정으로 자기가 짓다 만 배냇저고리를 내려다보고 있었다. 잠시 후 공양주 보살의 입이 열렸다. 하지만 놀랍게도 공양주 보살의 입에서 나온 말은 아프지 말아라, 였다. 아프지 말아라, 너무 아파하지 말아라. 그 말에 예정의 눈썹으로 눈물이 맺혀들었다. 눈물이 예정의 뺨을 타고 흐르기 시작했다. 눈물이 턱끝에 방울 맺혀 곁방 온돌바닥으로 하나둘 떨어졌다. 나는 살아생전 셀 수도 없이 많은 바다짐승들의 숨통을 끊은 사람이야. 손에서 피비린내가 떠날 날이 없었단다. 그런 나도 이렇게 한평생 잘 살아오지 않았겠냐? 이제 그만 잊거라. 그 말을 듣는지 마는지 예정은 그저 하염없이 배냇저고리만을 바라볼 뿐, 눈물을 닦지도 훌쩍거리지도 않았다. 공양주 보살은 자기가 제멋대로 던져버린 배냇저고리를 차곡차곡 개켰다. 옷도 제대로 입어보지 못한 아이였을 테니 극락 가는 길에라도 잘 해 입혀서 보내거라. 공양주 보살은 그 말을 채 끝맺지도 못하고 훅, 더운 입김과 함께 눈물을 쏟았지만 이내 고목의 껍질처럼 갈라진 손끝으로 눈물을 훔쳤다. 함부로 울어서도 안 되는 법이니까 마음 단단히 먹고 잘 보내도록 해라. 예정은 눈물을 닦을 생각도 하지 않고 공양주 보살의 손을 꼭 잡았다. 눈물은 마음에서 솟구쳐 눈에서 나와 뺨을 타고 흘러내린다. 흘러내리는 동안 눈물은 상처를 달랜다. 그래서 눈물은 그렇게 쉽게 마르는 법이다. 어머니를 구하러 무간지옥까지 내려간 지장보살도 눈물을 흘렸을까? 예정은 지장보살의 서원을 떠올렸다. 원하옵노니, 저의 어머니를 영원히 지옥에서 벗어나게 해주소서. 열세 살을 마치고 다시는 무거운 죄보가 없어 악도에 들어가지 않도록 해주소서. 시방의 모든 부처님이시여! 자비로 저를 불쌍히 여기소서. 오늘부터 이뒤로 백천만억 겁 동안, 세계에 있는 지옥과 삼악도에서 고통받는 모든 중생들을 맹세코 제도하여 지옥, 축생, 아귀에서 영원히 벗어나게 하며 이와 같은 무리들을 모두 다 성불하게 한 뒤에 제가 비로소 올바른 깨달음을 이루겠습니다. 지장보살의 눈물이 노랗고 빨갛고 파란 연등 아래 대웅전 마당으로 하얗고 붉고 푸른 빛과 뒤섞이며 맴돌았다. 그 둥근 빛이 아프지 말아라, 누구도 아프지 말아라 말하며 약지처럼 빙빙 돌면서 사람의 아픈 상처를 달래고 하늘 높이 솟구쳤다.

고갯마루에 올라선 뒤에야 봉우는 자기가 길을 잘못 들었음을 알아챘다. 고갯마루 너머 반대쪽 계곡에는 봉우가 이제까지 걸어온 것과 똑같은 어둠뿐이었고 기대했던 사하촌의 불빛은 보이지 않았다. 봉우는 그저 눈앞으로 보이는 길을 따라 걸어왔을 뿐, 어디서부터 잘못 걸어온 것인지 알 도리가 없었다. 동서남북 어느 쪽에서 걸어온 것인지 알 수 있다면 다시 돌아가기라도 할 텐데, 아직 달도 뜨지 않은 밤이라 도무지 동서남북을 분간할 수 없었다.

고갯마루에 선 뒤에야 봉우는 북극성을 찾았다. 북쪽은 봉우가 서 있는 방향에서 오른쪽이었다. 숙영지에서 절은 남쪽 방향이었다. 그러니까 자기가 지금 서쪽을 향해 서 있다면 그건 잘못된 일이었다. 그렇다면 이곳은 과연 어디란 말인가? 봉우로서는 알 수 없었다. 소나무 옆 작은 바위에 기대앉아 봉우는 담배를 꺼내 물었다. 성냥불빛이 잠시 봉우의 시야를 가렸다. 봉우는 첫 모금을 길게 내뿜고는 살구나무 지팡이로 바위를 몇 번 두들겼다. 툭툭툭 봉우의 뒤쪽 어딘가에서도 나무지팡이로 뭔가를 두들기는 소리가 들렸다. 봉우는 화들짝 놀라 일어섰다. 귓불 뒤로 맥박 뛰는 소리가 심하게 들렸다. 봉우는 담배를 입에 물고 자기가 걸어온 방향으로 조금 내려가 뭐가 있는지 바라봤다. 아무것도 보이지 않았다. 그저 어둠뿐이었다. 봉우는 한참 동안 그 어둠 속을 바라봤다. 바람도 지나가지 않았다. 봉우의 마음이 싸늘하게 가라앉았다. 봉우는 그제야 이 어두운 산길을 따라 무엇이 자신을 따라왔는지 알 수 있었다. 아니야, 나를 따라와서는 안 돼. 니가 올 곳은 여기가 아니야. 다른 곳이야. 턱 쪽으로 소름이 쫙 끼쳐올랐다. 아니야, 여기가 아니야. 나를 따라와서는 안 돼. 한번 더 봉우가 단호하게 말했다. 너는 시답지 않은 주간지에 아무짝에도 소용없는 낙서 따위나 투고하는 인간에 불과하지. 어디선가 그런 앙칼진 목소리가 들렸다. 두려움에 사로잡힌 봉우는 한 걸음도 더 떼어놓을 수 없었다. 이 세상이 얼마나 고통으로 가득차 있는지 하나도 모르는 어릿광대에 불과하지. 그저 삶은 픽션에 불과하다는 말이나 만들어놓고 정말 멋지다고 혼자 생각하는 바보에 불과하지. 뱃속에서 아기가 죽으면 어디로 가는지 단 한 번도 생각해본 적이 없는 멍청이에 불과하지. 아니야, 그렇지 않아. 봉우가 저도 모르게 소리쳤다. 봉우는 자기 목소리에 자기가 놀라서 털썩 주저앉았다. 그건 마지막으로 만났을 때 예정이 했던 소리였다. 초파일에 시내 다방을 빌려서 낙서화전을 할 테니 그날만은 꼭 절에서 내려와달라는 말을 전하러 찾아갔을 때 예정은 그렇게 말했다. 너는 내 삶에 하나도 도움이 되지 않아. 그깟 낙서 따위가 다 무슨 소용이야. 지금 당장 나는 조금도 견딜 수가 없는데. 구름 속에 숨어 있는 B, 5월 5일을 좋아하는 I, 수박에서 귀찮은 것 C, 모기가 먹는 것은 P, 당신의 머리 속엔 E, 닭이 낳는 것은 R, 밤말을 엿듣는 것은 G, 입고 빨기 쉬운 T, 기침이 나올 때는 H, 깊은 밤 골목길 조심해야 할 곳은 D, 내가 가장 사랑하는 사람은 U, 바로 너야. 아이는 어쩔 수 없었던 거야. 하지만 너는 아프지 않았으면, 니가 아파하지 않았으면 좋겠어, 제발. 봉우는 그 말을 예정에게 전하고 싶었다. 절로 들어가 다시는 나오지 않겠다고 말하는 예정에게 너무 오랫동안 아프지 말라고 얘기하고 싶었다. 봉우는 이제야 알 것 같았다. 자기는 아프지 않았을 줄 알았으니까 그런 말을 하겠다고 생각한 것이다. 자기만은 어두운 산길에 혼자 버려지는 일이 없을 것이라고 믿었으니까 예정더러 아프지 말라고 말하고 싶었던 것이다. 봉우는 무섭다는 생각을 했다.

어두운 산길을 혼자 걸어오면서도 한 번도 무섭다는 생각을 하지 않았는데, 처음으로 무섭다는 느낌이 들었다. 밤의 산길에서 길을 잃은 봉우는 혼자였다. 비로소 봉우는 눈으로 바라볼 수 있고 손으로 만져볼 수 있는 몸뚱어리까지만을 자신으로 불러서는 안 된다는 사실을 깨달았다. 밤의 산길에서 봉우는 매화나무이기도 했고 백송 가지이기도 했고 다래 열매이기도 했다. 봉우는 앞서 걸어가는 자신이기도 했고 자신의 뒤를 쫓은 뭔가이기도 했고 모든 살아 있는 존재이기도 했고 모든 죽은 존재이기도 했다. 봉우는 그 사실을 받아들일 수밖에 없었다. 아기가 죽으면서 봉우의 마음속에서도 뭔가가 죽어나갔다. 그 자리가 아프지 않을 수 없었다. 봉우는 무서웠다. 자기도 곧 죽을 것만 같았다. 오늘 같은 날도 과연 달이 뜰까? 봉우는 체념한 듯 산길에 몸을 뉘었다. 봉우와 산길과 어둠이 모두 하나로 뒤섞여들면서 꼭꼭 닫아뒀던 마음자리 한쪽이 어둠 속으로 풀어졌다.

파란색, 초록색, 분홍색, 빨간색, 노란색 연등이 하오의 햇살을 저마다 물들였다. 햇살은 그 빛깔이 좋았는지 대웅전 마당을 빠져나갈 마음이 없는 듯 보였다. 예정은 청년회원들에게 연등을 하나 걸려고 하니 접수처를 알려달라고 말했다. 청년들은 접이식 사다리와 의자를 이용해 철삿줄에 연등을 다느라 정신이 없었다. 의자 밑에서 연등을 다는 모습을 올려다보던 한 청년이 예정을 돌아봤

다. 손가락으로 탑 옆쪽을 가리키려다가 따라오세요, 라고 말하며
예정을 잡아끌었다. 5월의 바람이 청년의 긴 머리칼을 살랑살랑 들
어올렸다. 아까는 밥 잘 먹었습니다. 청년이 힐끗 돌아보면서 예정
에게 말했다. 한복이 신경쓰여 조심스럽게 걸어가던 예정은 갑작
스런 청년의 시선이 부담스러워 예, 예, 라고 말하며 머리를 숙였
다. 청년은 예정의 태도에 아랑곳하지 않고 연등을 다느라 어깨가
뻐근한지 두 팔을 휘휘 돌리면서 아까 그 비빔밥 말이에요, 매년
먹을 때마다 절밥이 좋아진단 말이에요, 이러다간 큰일나겠어요,
라고 말했다. 그럼 자주 오세요, 우린 매일 그런 밥 먹는걸요, 라고
예정이 나지막이 말했다. 그러려면 머리 깎아야 되잖아요, 라고 말
하며 청년은 씩 웃었다. 여기예요. 청년이 가리키는 곳에는 불전함
과 연등접수처가 있었다. 예정은 연꽃등으로 하기로 했다. 지갑을
톡톡 털어야 하긴 했지만, 그 정도는 내걸어야만 할 것 같았다. 접
수처에 앉은 사람은 붉은 연등 하나와 꼬리표를 예정에게 건넸다.
예정은 붉은색이 아니라 노란색으로 달라고 말했다. 예정이 연등
을 받기도 전에 청년이 먼저 연등을 받아들었다. 어서 이름을 쓰세
요, 라고 청년이 말했다. 예정은 접수처에서 빌린 사인펜을 든 채
꼬리표를 바라봤다. 바람에 밀려 건명이니 곤명이니 씌어진 꼬리
표 한쪽이 자꾸만 말려올라가려고 했다. 예정은 오른손바닥으로
꼬리표 아래쪽 모서리를 누르고 봉우의 이름을 썼다. 그리고 망설
이다가 뒤로 돌려 빈자리에 우리 아기라고 썼다. 오랜 세월이 흐르

고 예정과 봉우도 이 세상에서 벗어나 다른 세상으로 가게 되면 그 아이와 만날 것이다. 그때까지 아이는 마음속에 늘 머물 것이다. 예정은 사인펜을 내려놓고 아랫입술을 깨물면서 몸을 폈다. 그럼 이리로 오세요. 청년이 말했다. 어디다 걸어놓을까요? 연등 거는 일은 제 담당이니까 제일 좋은 곳에 걸어드릴게요. 둘은 형형색색의 연등이 내걸린 대웅전 앞마당을 두리번거렸다. 저기 탑 옆에 걸면 어떨까요? 이따가 제등행렬 나갈 때도 볼 수 있으니까 제일 좋은 자리잖아요. 청년은 한쪽 눈을 찡긋거리면서 말했다. 예정은 청년의 호의가 점점 마음에 들었다. 예정이 대답도 하기 전에 청년은 탑 쪽으로 걸어갔다. 이따가 제등행렬에도 나올 건가요? 글쎄요, 향적전에 일이 많아서. 일은 됐다가 하면 되잖아요. 초파일에라야 등 하나 들고 차도로 걸어다니죠, 언제 그러겠어요? 청년은 쉴새 없이 중얼거렸다. 탑 옆에 도착한 청년은 이리저리 재보더니 마땅한 자리를 찾았는지 멀리서 등을 내걸고 있는 다른 청년들에게 소리쳤다. 이봐, 그거 들고 빨리 와봐. 여기 급행으로 달아드려야 할 분이 있으니까. 점심을 맛있게 먹었으면 밥값을 해야 할 것 아냐. 청년의 고함소리에 다른 청년들이 입을 삐쭉거리더니 뭐라고 놀려댔다. 조금 뒤에 직접 의자와 풀을 가져온 청년은 예정에게 꼬리표를 달라고 말했다. 의자 위로 올라가 연등을 내걸려다가 문득 꼬리표를 들여다본 청년은 난감한 표정을 지었다. 어라, 결혼하신 분이었어요? 그것도 모르고 저는, 이라고 하다가 청년은 말을 끊었다.

아직 안 했어요, 라고 예정이 말했다. 그럼 이건 뭐예요? 예정은 그저 청년을 올려다보기만 했다. 혼자서 무안해진 청년은 연등에 꼬리표를 달고 의자에서 내려왔다. 여기가 제일 좋은 자리예요. 이따가 제등행사하러 나갈 때 꼭 올려다보세요. 청년은 의자를 들고 다른 청년들이 있는 곳으로 가려다가 갑자기 예정을 향해 돌아서서 말했다. 일찍 결혼한 게 뭐 죄인가요? 행복하게 사세요. 청년이 떠나가고 예정 혼자 남아 푸른 하늘에 매달린 노란색 연등을 바라봤다. 노란색 연등이 한들한들 흔들렸다. 보름달이라도 떠오른 것일까, 노란빛이 환하게 마음을 밝혔다.

호모 사피엔스 사피엔스

1

그가 처음 우리 동네에 나타났을 때, 사람들은 그 괴상한 광경에 도무지 눈을 뗄 수 없었다. 김구 선생에게나 어울릴 만한 동그랗고 알이 두꺼운 안경에다 모랫빛 사파리 모자를 썼으며 한 손에는 평화철물상 주인의 공구함보다도 더 큰 왕진가방을 들고 있었기 때문이다. 어른들은 식민지 시대 일본인들이 시가지를 조성한 이래 몇십 년간이나 아무런 변화 없이 지속돼온 평화동의 평화를 그 희화적인 인물이 송두리째 바꿔버리지나 않을까 걱정스러웠다.

하지만 우리 아이들은 흐릿한 대한전선표 텔레비전 화면을 뚫고 나온 데즈카 오사무 만화 속의 등장인물이라도 되는 양 그의 뒤를 따라다녔다. 확실히 그는, 다양한 삶의 양태를 동심원 모양으로 두고 보자면, 그 원들 중에서 가장 바깥쪽에 해당하는 풍모였다. 그는 보건소 의자에 앉아 엄마들이 데려온 갓난아이들의 입안을 건듯 들여다보고 BCG 접종의 부작용을 설명하는 것으로 시간을 때우는 다른 의사들과는 달랐다. 동네에 도착한 지 채 한 달이 지나지 않아 그는 도시의 상하수도 시설은 물론 사창가, 나환자 마을, 고아원 등에 대해 웬만한 토박이만큼이나 많이 알게 됐다. 그즈음 시행된 공중보건의 제도의 가장 훌륭한 표본으로 그를 꼽을 수 있으리라.

팥죽이 막 끓어오르듯 자신을 품평하는 소리가 평화동 여기저기에서 흘러나왔음에도 아랑곳하지 않고 그는 국기강하식이 벌어지는 매일 오후 여섯시만 지나면 보건소를 나와 고전음악에 귀를 기울이듯 우아하다고 표현할 수밖에 없는 발걸음으로 평화시장을 걸어다녔다. 그는 오일장을 맞아 나왔다가 하루종일 가격만 잔뜩 깎아내리느라 속이 상한 산골 할머니의 좌판 앞에서 주인만큼이나 축 늘어진 산나물의 이름을 일일이 물어봐 공연히 지친 입만 더 놀리게 하거나 나무판을 펼치면 대한제국 시기부터 지금까지 발행된, 그러나 이제는 번데기조차 사먹을 수 없는 옛날 동전과 지폐가 반짝거리는 장돌뱅이의 금간 간이진열장을 골똘히 바라봤다. 오골계에서 만능드라이버까지 장에서 만날 수 있는 희한한 물건을 볼때면 너무 검어 파리라도 미끄러질 것 같은 그 둥근 눈동자가 물기를 머금고 번쩍거렸다. 그러니까 그의 눈이 번쩍거린다면 그것은 그의 호기심을 자극하는 뭔가를 발견했다는 증거이기도 했다.

어떤 경우에 그의 호기심은 평화동 주민들이 도저히 받아들일 수 없는, 그러니까 상상할 수 있는 가장 큰 동심원 그 너머의 삶으로까지 미끄러지기도 했다. 한번은 쌀집 주인이 약을 먹고 죽은 쥐를 처리하기 위해 부삽에 그 사체를 들고 밖으로 나가는 모습을 우연히 그가 본 적이 있었다. 멍한 눈빛 그대로 굳어버린, 언뜻 보기에 다른 쥐들과 하등의 차이가 없는 그 사체를 향해 눈만 번쩍이고 그냥 지나갔으면 아무런 문제가 없었겠지만, 그러기에는 너무 호기심이 많은 위인인지라 주인에게 다가가 기왕 그 쥐를 버릴 작정이라면 자기가 가져가도 괜찮겠느냐며 짜드락거렸다. 쓰다 남은 나프탈렌이나 살 하나 부러진 것 말곤 멀쩡한 우산이라면 아무런 상관이 없었겠지만, 약을 먹고 죽은 쥐라면 곤란했으므로 쌀집 주인은 완강히 거절했다.

"워쩌? 어데 구데기라도 키우남?"

말은 그렇게 했지만 실은 그 위인이 구더기라도 되는 양 찡그린 얼굴로 쌀집 주인이 말했다. 하지만 남 눈치 알아채는 데는 젬병인 그는 안경을 밀어올리며 자기가 볼 때는 그 쥐가 라투스 노르베기쿠스라기보다는 라투스 라투스로 보이니 사체를 좀 조사해봐야겠다고 설명했다. 쌀집 주인이 눈을 치켜뜨며 "라, 라, 라…… 뭐라꼬?"라고 말하며 거의 노래를 부를 지경이 되자, 그는 라투스 노르베기쿠스란 시궁쥐를, 라투스 라투스는 지붕쥐를 뜻하는 것이라고 덧붙였다. 그의 설명이 끝나자 쌀집 주인은 듣고 보니 더 같잖다는 표정이었다. 쥐새끼야 천장이 자택이라면 시궁창이 직장인 것들이 아닌가? 그런데 대저 시궁쥐는 무엇이며 지붕쥐는 무엇인가. 게다가 사람들의 눈에 띄지 않아야만 겨우 목숨을 부지해나갈 수 있는 그런 하찮은 동물을 가리켜 라투스 뭣이라고 물 건너온 말로 씨부렁거리는 것까지도 마음에 들지 않았다.

그런 사실이 전해지고 나서 얼마간 그가 쥐의 사체를 말려 쥐포를 만들어 먹는다는 소문이 아이들 사이에서 떠돌았다. 원래 나돌던 소문이 약간 변형된 것이었다. 한동안 쥐포를 먹지 못하도록 아이들에게 겁을 주기 위해 부산의 한 쥐포공장이 쥐포의 원료로 쥐를 사용한다는 소문이 널리 퍼진 일이 있었다. 라투스 라투스에 대한 그의 유별난 호기심이 그 오랜 소문과 결합해, 밤이면 보건소 진찰실에서 해부칼로 쥐의 피부를 떠서 햇볕에 말린 뒤 뜯어먹는다는 소문을 낳은 것이었다. 이제 그는 사람들 앞에서 입을 오물거리며 껌조차 씹을 수 없는 처지가 됐다.

또 한번은 그가 아래장터 총포사에 가서 게누스 리노로푸스, 즉 관박쥐를 박제로 만들어줄 것을 부탁한 적이 있었다. 사냥용 공기총 따위를 팔거나 대여하는 동시에 그 총으로 사람들이 잡아온 여러 동물들의 박제를 만들어 수입을 올리는 곳이었지만, 개업 이래 박쥐를 박제로 만든 적은 없었기 때문에 그 주인은 순간 당황해 너구리나 매도 아닌, 하필이면 사람들이 그렇게도 싫어하는 박쥐 따위를 왜 박제로 만들어야 하는지 되물었다. 그는 생뚱맞게 그 게누스 리노로푸스가 역 앞 삼층짜리 건물의 지붕 아래에 서식하는 게 신기하다고 말하며 손가락으로 뭔가를 굴렸다. 그 손가락에서 풍기는 악취를 참지 못한 주인이 콧등을 찡그리며 손에 든 것이 뭐냐고 묻자, 그는 태연한 목소리로 총포사에 화약이 부족하다면 이걸 사용할 수도 있다고 말했다. 화약이 부족해서 총포사를 닫을 일이 생긴다면 기꺼이 문을 닫을 일이지 총포사 주인이 게누스 리노로푸스의 배설물인 구아노를 약실에 들이미는 일은 절대 일어나지 않는다는 사실까지 눈치챌 위인이 아니었으니까 그런 말이 서슴없이 나온 셈이다.

주인으로서는 전혀 내키지 않는 일이었지만, 그가 내미는 박쥐의 사체를 받아들 수밖에 없었다. "그노무 눈동자가 뗑그랑 게 꼭 쥐새끼한테 갖다 박아도 깜쪽같을 끼라"는 게 나중에 주인이 설명한 이유였다. 도저히 그 눈을 마주한 자리에서는 그의 청을 거부할 수 없었다는 얘기였다. 라투스 노르베기쿠스, 라투스 라투스, 게누스 리노로푸스. 평화동에 도착한 지 석 달이 지나지 않아 그는 이런 라틴어 단어들 사이 어딘가에 존재하는 특이한 인간으로 자리잡았다.

그건 의학이라는 잣대로 세상을 바라보는 과정에서 몸에 밴 습성이리라. 이름을 알 수 없는 산나물, 진위가 불분명한 우표, 발행 연도별로 수집한 동전과 지폐, 시궁쥐와 지붕쥐의 미묘한 생물학적 차이, 인간과 공존하는 박쥐의 습성 등에 대한 그의 호기심은 일반에서 벗어난 독특한 사례에 대한 특유의 관심에서 비롯한 것이었다. 의학의 가장 기본적인 방법론에 따라 외면상 무질서하게 보이는 그것들 하나하나에 대증적 처방을 내리고 고유의 질서를 부여하려는 욕망의 결과였다.

하지만 이는 위태로운 호기심이었다. 왜냐하면 평화동 사람들에게 라투스 노르베기쿠스건 라투스 라투스건 세상의 모든 쥐란 박멸해야만 하는 존재지, 자신들과 같은 질서 속으로 편입시킬 존재가 아니었기 때문이었다. 그즈음 언젠가의 일일 것이다. 주한미군 사령관이 한국인들의 정치적 성향을 들쥐에 비유한 일이 있었다. 당시 사람들이 이 발언에 격렬하게 반발한 건 자신들을 쥐에 비유했다는 사실 때문이었다. 마술피리 전설에 익숙한 서구인들에게는 사람의 행태가 쥐에 비유될 수 있는 것인지 몰라도 한국인에게는 불가능했다.

이는 당시 담벼락에 간첩신고 포스터와 쥐잡기 포스터가 함께 붙어 있었다는 측면에서도 알 수 있었다. 평범한 한국인을 쥐에 비유하는 것은 그를 간첩에 비유하는 것이나 마찬가지로 위협적인 발언이었다. 말하자면 그 미국인의 발언은 비유될 수 있는 것과 없는 것의 경계를 넘어섰다는 점에서 상당히 문제였다. 지금 생각하면 수사로 확연해지는 이 경계선이 체제의 틀이 됐다는 점은 놀랍기도 하다. 이런 경계선 바깥, 그러니까 여러 종류의 타자들이 흩뿌려지는 그 영역에는 거지, 부랑자, 장애인, 미친 사람, 간첩, 빨갱이, 전과자 등이 있었는데, 이들끼리는 서로 비유가 가능했다.

낯선 부랑자는 간첩으로 의심받았으며 포스터에서 간첩은 곧잘 쥐 꼬리를 가진 인간으로 그려졌다. 빨갱이 짓은 미친 짓이며 정신병자는 전과자처럼 사회와 격리시켜야만 하는 존재였다.

그럼에도 위태로운 그의 호기심이 그때까지만 해도 사람들을 자극하지 않은 까닭은 그가 쥐나 박쥐를 두고 생물학적 학명이라는 전혀 새로운 수사를 사용했기 때문이다. 그가 박제를 찾으러 갔을 때, 총포사 주인이 보인 행동도 그런 관점에서 이해할 수 있었다.

총포사 주인은 공들인 예술작품을 바라보듯이 멀찌감치 뒤로 물러서 득의만만한 웃음을 띠고 좌대를 가리켰다.

"여기 좀 보라캉께."

"이게 뭡니까? 글씨체가 멋있네요? 뭘 써놓은 겁니까?"

"마, 전문용어로 박쥐가 아이라 이래 부른다 안 캤나. 그래, 내가 인두로 멋지게 지졌어."

당장이라도 날아오를 듯 날개를 펼친 박쥐 박제의 좌대에는 '게 노무 니노지푸스'라고 적혀 있었다.

2

모르겠다. 다른 사람들에게는 1979년 10월 26일부터 1981년 3월 3일까지의 기간이 어떤 기억으로 남아 있는지. 적어도 우리에게 그 기간은 그동안의 아쉬움을 한꺼번에 해소시켜준 시기로 각인돼 있다. 문제의 발단은 한 종의 우표 때문이었다.

1974년 8월 15일 국립극장에서 열린 제29회 광복절 기념식장에서 경축사를 낭독중이던 박정희 대통령을 향해 총알이 발사됐다. 범인은 다름 아닌 재일교포 문세광. 우리 어린 시절의 기억 속에 이완용·김일성과 함께 쳐부숴야만 하는 철천지원수로 남은 인간이었다. 하지만 총구를 떠난 총알은 정작 박대통령이 아니라 애꿎은 사람의 목숨을 앗아갔다. 바로 대통령 부인 육영수였다.

저격수사본부는 8월 20일 이 사건을 북한 김일성의 지령하에 만경봉호의 공작원과 조총련 오사카 지부 정치부장 김호룡의 지시로 문세광이 저지른 일로 결론지었다. 그리고 그해 11월 29일 액면가 십원의 4색 4종 육영수 추모우표가 발행됐다. 1955년과 1956년 두 차례 발행된 이승만 대통령 탄신 기념우표와 더불어 한국 우표 사상 그 유례가 드문 사적인 우표였다.

1970년대 후반에 접어들어서야 우표수집을 시작한 우리는 이 추모우표를 참 갖고 싶었다. 발행량은 결코 적지 않았던 모양으로 한두 장씩은 싸게 구했었지만, 시트와 전지는 좀 비쌌다. 물론 돈만 많다면 대한제국이 발행한 우표라도 구했겠지만, 당시 초등학생 용돈의 수준과 육영수 추모우표 시트나 전지의 가격은 쉽게 일치하지 않았다. 그러니 매일 하굣길, 우표사 진열장에 전시된 시트를 보면서 아쉬움을 달래거나 돼지저금통에 한두 푼의 동전을 넣으며 돈이 모이는 날만 기다리는 수밖에 없었다.

이런 우리들에게 1980년은 경이적인 해였다. 2월 2일 그토록 그리던 육영수 추모우표에 버금가는 박정희 대통령 추모우표가 액면가 삼십원으로 발행됐다. 그리고 제10대 대통령 취임 기념우표가 나온 지 채 일 년도 지나지 않은 9월 1일 제11대 대통령 취임 기념우표가 발행되더니 그 놀라움이 가시기도 전인 1981년 3월 3일 제12대 대통령 취임 기념우표가 발행됐다. 얼마 전까지만 해도 최소한 십 년은 걸려야만 모을 수 있었던 우표를 불과 삼 년 만에 모두 구한 셈이었다.

사실 전두환 대통령만큼 우리의 우표수집에 기여한 사람은 없었다. 그는 수많은 시트와 전지에 등장해 우리의 우표수집책을 양적으로 남부럽지 않게 채워줬다. 하지만 9대에서 11대를 지나면서 대통령 취임 기념우표의 값어치는 떨어지기 시작했다. 대통령의 인기에 반비례한다기보다는 발행량이 워낙 많았던데다가 그때부터 이전보다 많은 아이들이 우표수집에 뛰어들었다는 점에 기인하는 듯하다. 신문과 방송에서 우표수집을 독려하는 통에 우표를 사기 위해 새벽부터 우체국 앞에 줄을 서는 일이 부쩍 늘어나기 시작했다. 그러니까 남은 우표수집책을 근거로 되짚어보면, 보건소의 그 사내에게 우리가 말을 붙인 곳도 1981년 6월 25일 새벽 아래장터에 있는 우체국 앞 계단이었다. 그날은 전두환 대통령 아세안 5개국 순방 기념우표 세트가 나오는 날이었다.

거슴츠레한 눈을 비비며 줄을 선 아이들 사이에 약간 구부정한
자세로 그가 서 있었다. 간혹 게으른 아들의 취미생활을 위해 새벽
에 우체국 숙직실을 두드리는 어른을 본 적은 있었지만, 그에게는
아들도 없었으니 의아했다. 누군가 입김을 불어 안경을 닦는 그에
게 물었다.

"아재도 우표 사러 왔어여?"

그가 눈을 가늘게 뜨며 고개를 끄덕였다.

"아재는 돈도 많을 낀데, 뭐할라꼬 식전부터 나와가 줄서여? 우
표사 가가지고 그냥 돈 주고 사만 되잖아여."

"그럼 너희들은 왜 새벽부터 이렇게 줄서 있니?"

그의 말에 우리는 잠시 머뭇거렸다. 그야 뻔하지 않은가?

"우리야 먹고 죽을라 캐도 돈이 없응께여."

"나도 너희들만큼이나 돈이 없는데다가 기다리면 제값을 주고
살 수 있는데 굳이 비싼 돈을 쓰면서 수집하고 싶지는 않기 때문이
야. 너희들처럼 이렇게 기다려서 사야지, 그 우표가 값지지 않겠
니? 수고스럽지 않다면 수집할 이유가 없잖아?"

"아재는 그라면 우표 모아서 비싸게 팔라 캅니까?"

"너희들은 왜 우표를 수집하니?"

"취미니까요!"

우리는 한목소리로 외쳤다. 취미는 우표수집, 특기는 축구. 역시
뻔한 얘기가 아닌가?

"나도 취미로 우표를 수집해. 내가 모은 우표를 보여줄까? 보고 싶으면 이따가 저녁에 보건소로 찾아와."

그가 거쿨진 목소리로 말했다. 물론 우리는 다른 집에 놀러가는 일을 굉장히 좋아했다. 그게 보건소라면 더욱 좋았다.

이제는 기억 속에만 남게 된 그 보건소 건물을 어떻게 설명하면 좋을까? 덜름한 1960년대식 지방 관공서 건물의 삭막함이 세월의 더께를 뒤집어쓰면서 빚어내는 그 괴괴한 분위기를. 담쟁이넝쿨이 뻗은 벽을 끼고 뒤편 사택 쪽으로 돌아가면 우리 유년의 어느 여름 날을 시린 지하수로 적셔주던 수동 펌프가 있던 곳. 저녁 무렵, 어디선가 졸린 듯 규칙적인 탁구공 소리가 들려오다가 이내 하루가 끝났음을 알리는 성당의 외로운 종소리에 묻혀 사라지던 곳.

그날 저녁, 사택으로 찾아간 우리에게 그는 오란씨 한 잔씩을 내놓았다. 오비맥주 잔에다 오란씨를 따르는 그의 등뒤에서 박쥐, 그러니까 게누스 리노로푸스의 박제가 흉악한 이빨을 드러내고 우리를 내려다보고 있었다. 자꾸만 잡아채는 그 눈길을 애써 외면하는데, 그가 책꽂이에서 고동색 가죽 장정의 수집책을 꺼내 펼치고는 이리저리 뒤지더니 핀셋으로 비닐에 포장된 우표 한 장을 집으며 말했다.

"세균학의 창시자인 코흐의 우표야. 보불전쟁이 끝난 뒤 나처럼 이런 시골에서 의사로 일했는데, 그다지 할 일이 많지 않았지. 그 모습을 보다 못한 아내가 사준 현미경이 바로 현대의 페스트인 결핵균을 퇴치하는 무기가 된 거야. 코흐는 노벨상 수상자 중에서 우표에 제일 많이 등장한 사람이지. 물론 미키마우스가 노벨상을 받았다면 코흐의 자리를 빼앗았겠지만."

그는 코흐의 우표를 조심스럽게 수집책에 밀어넣고 다른 우표를 꺼냈다.

"위생상태가 좋지 못한 곳에서는 전염병 퇴치가 무엇보다도 중요하다. 여길 봐라. 아프리카의 말리라는 곳에서 발행한 우표인데, 이게 결핵 검진차의 모습이고 이건 우리 가슴속에 들어 있는 폐다. 너희들은 이 우표를 보면서 아프리카가 비위생적인 곳이라고 생각할는지 모르지만 여기도 마찬가지란다. 같은 평화동이라도 80번지는 위생상태가 무척이나 좋지 않아서 전염병이 돌 수도 있어. 너처럼 손도 잘 닦지 않으면서 산으로 들로 뛰어다니는 어린이는 렙토스피라 같은 병에 걸리기 쉽다."

"뛰어다니가꼬 병에 걸린다 카만 천천히 걸어다녀야 합니까?"

그에게 지적당한 아이가 두 손을 등뒤로 감추며 물었다.

"그게 아니라, 뛰어다니다보면 발이나 다리에 상처가 나기 쉽고 그러다보면 쥐 오줌에서 나온 병균에 감염될 수 있다는 뜻이지."

"쥐 말이라여? 몰래 포 떠가꼬 잡슀는다는 쥐 말이라여?"

눈치 없이 그 녀석이 그 상황에서 말해봐야 그다지 재미없는 소문을 입 밖으로 꺼냈다. 그 사람도 눈치만큼은 둔탁한 사람이었기에 다행이었다. 그는 그게 자신을 지칭하는 말인 줄은 알지 못하고 대꾸했다.

"쥐포 만드는 쥐치가 아니라 천장으로, 시궁창으로 뛰어다니는 쥐 말이다. 그건 그렇고 이 우표에 등장하는 사람은 파스퇴르라는 화학자야. 뒤로 길게 구부러진 유리관이 바로 플라스크라는 실험기구다. 이 실험기구로 파스퇴르는 생명이 저절로 발생하지 않는다는 사실을 증명했다. 나중에 학교에서 배우게 될 거다. 파스퇴르가 광견병 백신을 만들었지만, 실험 대상을 찾지 못해 고생한 얘기는 너희도 들었을 것이다. 제2차세계대전 당시에 독일 나치 병사들이 이 사람 이름을 따서 만든 파스퇴르 연구소로 쳐들어왔을 때, 문을 열어줄 수 없다며 완강히 버티던 수위가 자살한 일이 있었지. 그 수위가 바로 파스퇴르가 만든 광견병 백신을 처음 맞았던 아이였어. 결국 자신의 목숨을 구해준 사람을 위해 목숨을 바친 셈이지."

명탐정 홈스 시리즈에 등장하는 악역 모리아티 교수처럼 생긴 파스퇴르의 우표를 다시 수집책 속으로 밀어넣으면서 그가 말을 끝맺었다. 우리는 목구멍이 싸해지도록 오란씨를 쭉 들이켰다. 그때 광견병 백신으로 목숨을 구한 그 아이라도 되는 양, 이 황송한 환대와 자상한 설명에 솔깃해진 목소리로 미련한 그 녀석이 생뚱맞은 말을 꺼냈다. 그 말을 듣는 순간, 우리는 입안에 든 오란씨를 뿜을 뻔했다. 녀석은 우리가 말릴 겨를도 없이 해외토픽, 믿거나 말거나, 세상에 이런 일이 등에나 나올 만한 얘기를 서슴없이 해댔다. 다분히 오란씨를 더 얻어먹겠다는 심사였다.

"아재요, 나는 아재가 좋아여. 내 좋은 거 가르쳐드릴까여? 그거 알아여? 80번지 가면 엄청시리 큰 쥐가 있다캉께요. 나도 봤는데, 이 팔뚝만하다캉께요. 그게 80번지 대장쥐라여. 그걸로 포 뜨면은 오징어만할 끼라여."

그러자 그가 예의 그 새카만 눈동자에 물기를 번뜩이며 받아쳤다.

"진짜 그런 쥐가 있어?"

"내가 직접 봤다캉께요. 일주일은 먹을 수 있을 끼라여."

"그래?"

우리는 모두 입을 쩍 벌렸다. 세상에, 일주일은 좀 심했으니까. 우리는 자연스레 그의 눈치를 살폈다.

"그리고 이건 자선우표라는 것이다. 홍수나 가뭄 등 큰 재난이 일어났을 때 발행하는 우표란다."

잠시 소리라도 날 것처럼 눈알을 굴리더니 그가 수집책을 다시 펼치며 말했다. 그가 입맛을 다시지 않은 것만 해도 얼마나 다행인지 몰랐다. 우리는 안도의 한숨을 내쉬었다.

3

오랜 세월이 흐른 지금은 그 아이가 말한 대장쥐의 정체가 대충 짐작이 가지만, 당시에는 그저 시궁에서 풍기는 악취처럼 80번지 주변을 떠도는 소문 속의 동물에 불과했다. 코를 킁킁대다가는 악취로 며칠 밥맛을 잃을 정도였다. 소문은 질서로 포섭될 수 없는 어떤 대상을 설명하기 위해 만들어내는 이야기인지도 모른다. 더 이상 일상 언어의 구조로 설명하기 곤란할 때, 알레고리의 형태를 띤 이야기가 소문의 외피를 쓰고 등장하는 게 아닌가? 일상의 확고한 영역을 고집하는 사람에게 소문은 그저 뿌리가 없는 이야기에 불과했다.

'거대한 쥐' 이야기에 뿌리가 없다는 사실을 그는 견딜 수 없었다. 그에게 뿌리 없는 잎이란 존재하지 않았기 때문이었다. 그에게 세상의 모든 과정은 동일했다. 증상이 있으면 처방이 있고 원인이 있으면 결과가 있다. 그 증상과 처방을 이해하기 위해서는 우선 우리가 들었던 소문의 정확한 내용을 독자들에게 설명하는 게 옳을 듯하다.

몇 해 전, 80번지에 거주하는 한 사내아이가 심하게 짜글거린 적이 있었다. 혀에는 백태가 심하게 끼었고 가슴에는 붉은 반점이 나타났다. 이 아이의 증상은 전염병처럼 80번지의 다른 집으로 퍼져나갔다. 고열이 난 지 한 달이 가까워졌을 때 첫번째 감염자는 폐렴 증상을 보이기 시작했고 그로부터 두 주가 채 지나지 않아 사망했다. 바로 장티푸스였다.

이때의 기록은 보건소에 그대로 남았으니 그는 그 당시 80번지에 퍼졌던 장티푸스의 진행과정을 알아낼 수 있었다. 그런데 문제는 80번지 사람들이 장티푸스의 원인을 비위생적인 80번지의 상하수 시설이 아니라 다른 곳에서 찾았다는 점이다. 바로 이 시점에서 '거대한 쥐', 소문의 용어에 따르면 '대장쥐'가 등장한다.

역전 뒤편으로 자연발생한 마을인 80번지에는 애당초 하수시설이 없었다. 큰길에 닿는 고샅 옆으로 개울이 흘렀는데, 집집마다 배수구에서 그 개울까지 도관을 묻어 오물을 처리하는 것으로 하수시설을 대신했다. 그 도관은 라투스 노르베기쿠스의 주요한 통로였다. 이 개울은 버스터미널이 있는 큰길에 이르러 1960년대에 복개한 개천과 합류하고 이 개천은 최종적으로 낙동강에 유입되는 하천으로 들어갔다. 소문에 따르면 도시의 주요 오물이 흐르는 복개천에 서식하는, 장티푸스균에 오염된 라투스 노르베기쿠스, 즉 시궁쥐의 변종인 대장쥐가 80번지의 골목을 돌아다니며 마을 전체에 장티푸스를 번지게 했다는 것이었다.

그가 나중에 천연덕스럽게 복개천에서 빠져나오며 이 소문의 맹점을 지적한 게 아직도 기억이 난다. 하지만 장티푸스가 번지던 당시만 해도 그런 설명은 사치였다. 최초의 감염자인 아이가 죽은 뒤, 마을 사람들은 공황상태에 빠졌다. 두려움은 즉각적으로 표적을 찾아냈고 그게 바로 거대한 쥐, 그러니까 뒷날 우리에게는 대장쥐로 알려진 생물이었다. 쥐 사냥이 어떻게 이뤄졌는지 알 도리는 없다. 다만 소문의 행간에서 두려움이 점차 광기로 바뀌어가면서 쥐 사냥이 격렬해졌다는 사실만을 짐작할 뿐이었다. 그로부터 며칠 지나지 않아 마을 사람들이 거대한 쥐를 발견해 숨통을 끊어 복개천 안쪽 깊숙한 곳에 던져버렸다.

그뒤로 확산되던 장티푸스가 주춤해지기 시작했다. 그러나 결말은 아직 남아 있었다. 얼마 뒤부터 그 거대한 쥐가 죽은 게 아니라 아직도 복개천 내부에 살고 있다는 음울한 소문이 돌기 시작했다. 소문이 사라지지 않는 한, 여전히 장티푸스는 현재진행형으로 계속되는 셈이었다.

이 소문에서 그는 어떤 특이한 증상을 발견했는가? 바로 사람들이 전염병의 근원으로 거대한 쥐를 지목했다는 점이었다. 그 아이에게서 '80번지 대장쥐'라는 말을 듣자마자 그가 제일 먼저 보인 행동은 책을 뒤져 거대 쥐에 관한 정보를 알아내는 일이었다. 책을 통해 그는 몇 가지 가설을 세웠다. 이제 남은 것은 그 가설의 타당성을 하나하나 검토하는 일이었다. 그는 도시 외곽의 나환자 집단 거주촌인 베드로마을로 정기 진료를 나가는 길에 인근 공단에 입주한 한 제약회사에 들렀다.

나중에 어른들에게 들은 말에 따르면 제약회사의 사무실로 찾아간 그는 이렇게 말을 꺼냈다고 한다.

"이 회사에서 혹시 미오카스트로 코이푸스를 사육하는지요?"

"미오, 미오카스테라, 뭐라꼬요?"

평화동의 다른 사람들과 마찬가지로 제약회사의 간부 역시 말을 더듬으며 되물었다.

"뉴트리아라고도 부르는 남아메리카산 설치류의 일종입니다. 털가죽이 인기가 있어 19세기부터 전 세계로 광범위하게 퍼져나간 종이죠. 하지만 페스트균을 옮기는 것으로 의심받기도 한, 거대한 쥐 모양의 동물입니다."

"페스트균이라꼬요? 우리야 병든 사람 구하는 게 일인데, 뭐한다꼬 페스트균을 사육한단 말이라여?"

"글쎄, 실험용으로라도 혹시 사육하는지 알고 싶어서입니다. 저 산 너머 마을에서 상당히 큰 몸집의 쥐를 봤다는 소문이 돌아서 말입니다. 혹시 그 짐승이 이곳에서 탈출한 동물이 맞는다면 보건소에서 관심을 가지지 않을 수 없지 않겠습니까?"

"몸집이 큰 쥐라 카만 그 대장쥐라 카는 거 아입니까? 본과꺼정 마치신 양반이 그 소문을 믿는단 말이라여? 웃기자고 알라들이 하는 이야기라여. 하도 처먹어서 살이 피둥피둥 찐 쥐새끼보고 하는 소리라캉께요."

간부는 그따위 소문을 믿고 회사까지 찾아온 꼴이나 자기 앞에서 미오카스트로 코이푸스 운운하는 꼴이나 하나같이 마음에 들지 않았다. 설사 실험용으로 기르던 미오카스트로 코이푸스가 탈출했다고 하더라도 제약회사측에서 쉽게 인정할 리가 없었다. 뭔가 다른 방법이 필요했을 것이다. 베드로마을에서 나환자들을 진찰하는 내내 그는 그 생각을 했으리라. 이다음 얘기도 그가 나중에 어른들에게 말한 내용을 전해 들은 것이다.

"보건소 일 보랴, 매주 여기 들르랴 힘드시죠?"

돌아가는 길에 인사차 원장실을 찾았더니 원장 신부가 차를 내놓으면서 말했다.

"자주 오지 못해서 죄송할 따름이죠. 신부님에 비하면 저야 뭐하는 일이 있습니까?"

"아니에요. 처음 와서 진료하시는 것 보니까, 저하고는 비교가안 되겠습디다. 처음 이 마을 원장으로 발령났을 때, 저는 얼마나기도했는지 모릅니다. 부끄러운 일이지만, 용기를 불어넣어주십사고 말이죠. 하지만 거짓말이 아니라 처음에는 원우들이 내놓는 물한 잔도 마시지 못할 형편이었습니다. 그저 임기만 채우려는 생각뿐이었죠. 이 잔에 채워진 물처럼 마음속에 거짓이 가득했습니다."

원장 신부는 차를 한 모금 들이켰다.

"프란체스코 성인께서 어느 겨울 밤늦게 페루자에서 성 마리아성당으로 돌아왔을 때의 일입니다만, 추위와 얼음에 떨던 프란체스코 성인이 세 번에 걸쳐 성당 문을 열어달라고 말했는데 문지기가 그를 내친 적이 있었지요. 그 상황에서도 프란체스코 성인은 마음의 평화를 잃지 않아 참된 기쁨을 얻었습니다. 여기 모인 사람들은 모두 그렇게 우리 사회가 내친 사람들이지만, 참된 기쁨이 무엇인지 아는 사람들입니다. 이제 저도 그 기쁨을 알게 됐지요."

원장 신부는 여러 가지 일들이 떠오르는 듯 말을 이었다. 내쳐진자들의 기쁨을 알게 된 원장 신부에게 찾아온 가장 큰 위기는 육십여 년 만에 삼남지방에 찾아온 극심한 가뭄이었다.

"그럼 1968년의 일이겠군요."

그의 말에 원장 신부는 약간 놀라는 표정을 지었으나 곧 평온해졌다.

"기억하시는군요. 1968년의 일이죠. 그동안 가꿔온 작물이 모두 고사한 것은 논외로 치더라도 당장 마실 물마저 부족하니 안타까운 일이었죠. 하지만 그보다 더 무서운 게 무엇인지 아십니까?"

"글쎄요."

그가 고개를 저었다.

"다른 모든 자연재해는 사람들로 하여금 서로 협력하게 만들죠. 하지만 가뭄은 그렇지 않습니다. 서로 질시하고 증오하게 합니다. 자연히 물을 둘러싸고 반목이 생겨나죠. 반목과 증오가 생길 정도로 물을 철저하게 관리하지 않으면 공동체 전체에 문제가 생기기 때문이죠. 그때 처음으로 이 마을에 위기가 찾아왔습니다."

그 위기라는 것은 그러니까 일부 젊은 나환자들이 마을을 탈출한 사태를 말했다.

"빌립보서에 이르기를 '무슨 일에나 이기적인 야심이나 허영을 버리고 다만 겸손한 마음으로 서로 남을 자기보다 낫게 여기십시오. 저마다 제 실속만 차리지 말고 남의 이익도 돌보십시오'라고 했습니다. 공동체의 관점에서 볼 때는, 자유롭고 싶다는 생각 때문에 그랬다면 몰라도 이기심 때문에 이탈하는 건 곤란합니다. 제가 곧장 그들을 찾아나선 까닭도 그 때문입니다. 다행히도 아직 시내를 벗어나지 않아 버스터미널 근방에서 찾았는데 그들은 참회하는 눈치였습니다. 이미 가뭄으로 이성을 상실해가던 인근 마을 사람들을 만나 큰 곤욕을 치른 뒤였기 때문이기도 했지만 그들을 선동한 악마가 사라진 덕분이기도 했죠."

그는 눈알을 굴리며 원장 신부를 바라봤다.

"왜 자유를 위해서 탈출하는 것은 괜찮고, 이기심 때문에 탈출하는 건 곤란합니까?"

"자유란 상대적인 것이 아니겠습니까? 자신을 내치는 세상 속이 더 자유롭다고 믿는 자가 있고 이곳이 오히려 더 자유롭다고 믿는 사람이 있죠. 하지만 이기심의 경우에는 표출되는 형태가 동일하죠. 즉 공동체를 부정하게 됩니다."

"그렇군요."

"어쨌든 매주 와주셔서 너무 감사합니다."

원장 신부의 말에 그는 자리에서 일어섰다.

"오히려 이 세상에 제가 할 일이 있다는 게 다행이죠."

그는 인사를 나누고 밖으로 나가려다가 문득 돌아서서 물었다.

"그런데 원우들을 탈출하게 만든 그 악마라는 것은 이기심을 비유하신 겁니까, 아니면 실제 어떤 존재를 말씀하신 겁니까?"

"그런 청년이 있었죠."

그는 고개를 끄덕였다.

4

막상 그가 비행기 조종사 복장에다 사타구니까지 올라오는 장화를 신고 복개천 내부로 들어가 거대한 쥐를 잡아오겠다고 나섰을 때, 그의 돌출 행동을 비웃기만 하던 사람들도 적극적으로 만류하기 시작했다. 암모니아가스로 가득한 그곳에 들어갔다가는 십 분도 지나지 않아 질식사할 것이라는 게 그들의 주장이었다. 물론 그가 들어가서 질식사하는 것이야 문제가 되지 않지만, 그의 사체를 찾으러 남은 사람들이 들어가야 하는 게 고역이라는 설명도 덧붙였다.

그러나 그가 낯빛도 바꾸지 않고 그 우스꽝스러운 왕진가방에서 방독면을 꺼내 머리에 뒤집어쓰자, 분위기는 점점 더 희극적으로 바뀌어갔고 사람들의 반응도 격렬해졌다.

"으사 양반, 미친 지랄을 할라 캐도 곱게 하란 말이 있어여. 저 무슨 지랄병이 도졌길래 그 지랄을 한단 말이고?"

"그캉께 들어가서 뒈지든지 말든지 그냥 냅버려두자캉께 뭘 구경 났다고 사람들이 이키 나왔나 안 카나."

"저래 들어가서 뒈지면 그것도 국립묘지에 갖다 묻는가?"

"지랄한다, 국립묘지가 쓰레기 매립장이가. 여 보라카이, 쥐포 선생. 거 들어가봐야 아무것도 없다캉께로."

마을 사람들이 저마다 냉소적인 목소리로 비웃는데도 그는 아랑곳하지 않았다.

"만약 제가 들어가서 대장쥐가 없다는 사실을 확인하면 그 소문이 헛소문에 불과하다는 게 증명되는 셈입니다. 대신에 대장쥐를 발견한다면 장티푸스에 대한 여러분의 두려움을 없애버릴 수 있을 것이고요. 언제 또다시 장티푸스가 유행할지 모르는데, 그런 소문이 나돈다는 것은 위생 관념에 상당히 저해됩니다. 이 세상에 원인이 없는 결과는 없습니다. 이건 진리입니다."

"질리 좋아하네. 가시나 터럭에 붙은 이도 아니고 질리가 다 뭐라."

저마다 담배를 피워 문 사람들의 투덜거림을 뒤로하고 그는 개울로 뛰어내렸다. 우리는 그가 파스퇴르라도 되는 양 가슴을 졸이며 지켜봤다. 그는 여름이면 모기들이 행복하게 원을 그리며 날아다니는 개울 속으로 지뻑대며 걸어갔다. 곧 복개천의 검은 입이 그를 가로막았다. 그는 고개를 돌리고 우리 쪽을 바라봤다. 닐 암스트롱이 지구에 있는 우리에게 손을 흔들듯.

이윽고 그는 80번지 사람들이 결코 질서라고 부르지 않는 세계 속으로 들어갔다.

얼마나 오랜 시간이 흘렀을까? 개울 돌축대와 복개된 아스팔트 위에 서 있던 사람들의 얼굴에 걱정과 조바심이 비쳤다. 와자지껄 욱대기던 사람들도 그가 복개천 안쪽으로 들어간 뒤에는 모두 입을 다물었다. 우리는 그가 죽게 되면 게누스 리노로푸스의 심술 사나운 박제와 그 많은 우표들은 과연 누가 가져갈 것인가 궁금했다. 들어가기 전에 '게누스 리노로푸스는 누구에게, 파스퇴르의 우표는 누구에게'라는 식으로 멋있게 유언이라도 남겼더라면 얼마나 좋았겠는가, 하는 미욱스런 생각들이 머리를 감쌌다.

"저래 들어가게 내버려두만 안 되는 거 아이라?"

지루하다는 느낌이 들 즈음 누군가 소리쳤다. 마을에서 연탄가게를 하는 노인이었다.

"그라만 우짜란 말이라여. 보건소 양반이 곰 대가리보다 크다는 대장쥐 얘기를 진짜로 믿고 잡아온다 카는데 우리가 우짜란 말이라여. 가서 그런 대장쥐는 없다캉께요, 이래 말해야 된다 캅니까?"

국립묘지가 쓰레기 매립장이냐 운운했던 사람이 되쏘았다.

"그라만 니는 저 안에 가만 고양이 잡아먹는다는 쥐새끼가 있다고 생각하는 기가? 참말로 그래 생각하는 기가? 쥐포선생이 저 안에 들어가만 도대체 뭘 찾아낼 거 같나? 잘 생각해봐라?"

"쓰레기밖에 없겠지여. 지까짓 게 쥐새끼 눈알을 달았다고 캐도 깜깜한데 뭘 보겠다고 그캐여."

둘이 서로 부르대는 동안, 사람들의 얼굴로는 불안감이 스몄다.

"그 쥐새끼가 뭔 죄가 있었겠나? 시절이 잘못된 거라. 그때는 다 그랬어여. 삼일열인가 사일열인가 장질부산가, 그 아이는 고열에 시달려도 아무도 돌봐줄 사람이 없었는 거는 다들 아는 거 아이라. 안 그랬다 카만 우리 겉은 사람들은 여 살아남지도 못하는 거라.

이제 와서 저 쥐포선생이 뭘 밝힐라 카는지는 몰라도 저 컴컴한 데는 우리가 백골이 되고 나서도 안 들어가는 게 좋아여. 그때 우쨌는가는 너도 알고 자네도 알고 다 알 끼라. 얼릉 내리가서 쥐포선생 델꼬 나온나. 쥐새끼 튀진 거 찾아내기 전에 얼릉. 이제 와서 부질없는 짓이라캉께."

노인은 들은 둥 만 둥 선 사람들에게 오수가 흐르는 개울로 뛰어들라는 듯 두 팔을 내저었다. 사람들은 의뭉스럽게 서로 살피며 쭈뼛거렸다. 그러다가 누군가 두 손바닥에 침을 뱉고는 뛰어들자 하나둘씩 개울로 따라붙었다. 그들은 저퀴귀신이라도 잡으러 가는 듯 허쩐거리는 발걸음을 내디디며 복개천의 어둠을 향해 다가갔다. 올무처럼 수초가 그들의 발을 감았다. 몇몇은 개자리나 갯돌 물이끼에 발을 헛디뎠다. 몇 해 전 밤에도 복개천의 어둠 속으로 그렇게 들어갔던 것일까?

"들어오지 않아도 됩니다. 제가 나갈 겁니다."

바로 그때, 그의 목소리가 경계선 저편에서 들려왔다. 우리는 일제히 고개를 빼고 복개천 안쪽을 쳐다봤다. 그는 첨벙대며 어둠 속에서 걸어나와 애가 마른 표정으로 선 사람들을 지나 돌방죽 위로 올라왔다. 방수복에 거미줄이 뒤엉켜 있었다. 고양이보다도 더 큰 대장쥐를 들고 있을 것이라는 우리의 기대와 달리 손에는 아무것도 없었다.

"지루하시겠지만, 제 말을 잘 들어주십시오. 그러니까 장티푸스의 균은 살모넬라 티피 무리움입니다. 한때 쥐들을 박멸하기 위해 이 균을 사용한 적이 있었습니다. 하지만 쥐들은 곧 이 균에 적응해서 면역됐죠. 그 과정에서 오히려 장티푸스만 확산되는 결과가 빚어졌습니다. 아이로니컬한, 아아, 그러니까 참 말이 안 되는 일이죠. 노인께서 말한 것처럼 쥐새끼는 아무런 죄도 없습니다. 쥐는 장티푸스를 옮기지 않거든요. 그러니까 오늘날 장티푸스는 호모 사피엔스 사피엔스만을 매개체로 해서 전염되는 것으로 알려져 있습니다."

그는 아직도 개울에 들어가 있는 사내들을 보며 말했다.

"만든 얘기처럼 보이지만, 그 소문은 한 가지 중요한 사실을 알려줍니다. 즉 마을 사람들이 장티푸스를 옮기는 거대한 쥐를 죽였다는 점이죠. 말했다시피 장티푸스를 옮기는 종은 이 세상에 호모 사피엔스 사피엔스밖에 없습니다. 무언가가, 장티푸스가 퍼진다는 두려움 때문에 죽었다면 그것은 호모 사피엔스 사피엔스뿐입니다. 여러분들은 거대한 쥐새끼라거나 문둥이라고 부를지도 모르겠지만 말이죠."

새치름한 표정의 사람들 위로 그의 목소리가 허망하게 울렸다. 그를 만류하라고 떠들어댔던 노인을 비롯한 몇몇은 그의 말이 무슨 뜻인지 이해했을 수도 있었다. 하지만 다들 짐짓 모르는 척 딴청이었다. 그는 처음이겠지만, 다들 한 번쯤은 그가 본 어둠을 대면한 적이 있었으니까 그렇게 모른 척한 셈이다. 어둠 속에 과연 무엇이 있는지 똑똑하게 말할 수 있는 사람은 세상에 드무니까.

하지만 다음과 같은 생청스런 소리에 그가 더이상 대꾸하지 않은 것은 무슨 속셈이었는지 아직까지도 모르겠다.

"어이, 쥐포선생. 다 좋은데 으사 선생이 뒈졌다고 말하는 호모 사피리인가 사카리인가가 대체 또 무슨 짐승이여?"

5

그의 돌출 행동과 놀라운 결론을 이해하기 위해서 다시 보건소 사택으로 우리가 찾아간 그날 저녁의 일로 돌아가야겠다.

그는 우표를 가리키며 말했다.

"자선우표 중에서도 이건 수해구제모금 우표고 이건 재해구제모금 우표다. 이들 우표가 발행된 해에는 홍수나 가뭄이 크게 들었다는 사실을 알 수 있지. 예를 들어 이 2차 재해구호모금 우표가 발매된 1968년에는 그 유례를 찾아볼 수 없을 정도로 극심하게 가뭄이 들었어. 사 년 뒤인 1972년에도 영동지방에 가뭄이 들었지. 그래서 1972년에도 3차 재해구호모금 우표가 발행된 거야. 우표를 수집하면 이런 사실을 알 수 있게 되니까 우표는 살아 있는 역사라고 할 수 있어."

그는 손으로 턱을 받치고 집게손가락과 가운뎃손가락으로 입술을 톡톡 두드리면서 뭔가 생각에 잠긴 듯한 표정을 지었다. 그의 눈이 점점 더 까맣게 되면서 일순 번뜩임을 발하는 순간이었다.

"그렇다면 수해구제모금 우표와 재해구제모금 우표가 발행된 해에 공통적으로 일어난 일이 무엇인지 아는 사람? 그래, 니가 말해봐라."

80번지 대장쥐 얘기를 했던 녀석을 가리키며 그가 말했다.

"그, 그, 그, 그랑께요. 비가 억수로 온 것도 아이고 비가 한 개도 안 온 것도 아이고. 그랑께요, 맞다, 우표가 나왔어여."

"맞아. 자선우표가 발매됐지. 또 한 가지는 전염병이 돌기 시작했다는 거야. 가뭄이 들거나 홍수가 나면 반드시 수인성전염병, 그러니까 콜레라나 장티푸스 등이 유행한다. 이 전염병을 없애기 위해서는 먼저 홍수나 가뭄에 대비하는 일이 가장 중요해. 그리고 홍수와 가뭄이 일어나면 철저하게 방역 작업을 해서 콜레라균이나 장티푸스균을 없애야 해. 병이 걸리는 원인을 제거하면 병을 예방할 수 있어. 이게 바로 전염병과 맞서 우리 인간들이 할 수 있는 최대한의 대비책이야. 알겠니?"

비에도 지지 말고
바람에도 지지 말고

가는바람이 불어왔겠지. 등나무 잎들이 흔들렸다. 한 잎씩 떼어 놓고 보면 모두 같은 색이었지만, 함께 흔들릴 때 그 빛은 제각기 달랐다. 제각기 다른 곳을 향해 제각기 다른 빛으로 흔들렸다. 여러 빛으로 너울대는 그 그늘 아래 앉으면 '등나무—쌍떡잎식물 이판화군 장미목 콩과의 낙엽 덩굴식물. 꽃말은 환영'이라는 명판이 보였다. 보랏빛 꽃이 채 피어나지 않았던 일 년 전 봄, 도교육청에 서 종합장학지도를 나온다고 해서 식물도감을 뒤져 부리나케 만든 것이었다. 교감이 제안하고 당시 새마을주임이던 조규민 선생이 자청해 일을 도맡았다. 다음해 원재의 담임이 된 조선생은 학교 창 고에서 널조각을 찾아내 교정의 나무들마다 달아놓을 명판을 만들 었다. 느티나무에 '느티나무'란 이름을, 백일홍에 '백일홍'이란 이 름을 붙였다. '불두화'니 '명자나무' 같은 이름이야 아이들에게도 낯설었지만, 그런 경우는 많지 않았다. 아이들이 이름을 모르는 나무라면 조선생도 그 이름을 알아낼 방법이 없었다. 식물도감의 흐릿한 사진도 소용에 닿지 않았다. 고작 누구나 아는 나무에 이름을 붙이라니! 그렇게 치자면 반 아이들 이마에도 저마다 이름을 붙여야 하는 게 아닌가. 명판을 달면서 모두들 그렇게 비아냥거렸는데, 장학관 일행이 찾아오기 며칠 전 아침조회 시간에 교장은 자율적으로 좌측 흉부 상단에 명찰을 부착하기 바란다고 훈화말씀을 했다. 1984년, 당시의 용어로 말하자면 그런 것도 자율화라고 할 수 있겠다.

원재는 창 너머 너울대는 등나무 잎들을 내려보고 있었다. 하얀색에서 짙은 초록색까지 등나무 잎들이 뿜어내는 다채로운 빛만큼이나 복잡한 생각들이 원재의 머리를 스쳤다. 일이 야릇하게 진행된다는 조바심에 마음이 어수선했다. 교실이 조금이라도 시끄러웠다면 견딜 만했을 것이다. 하지만 경호가 눈을 부릅뜬 한에는 떠들 수도 없었다. 경호는 힘이 막강한 반장이었다. 덩치가 크고 눈두덩이 툭 튀어나온 경호는 떠드는 학생이 있으면 선생이 하듯이 엎드려뻗쳐를 시킨 뒤에 몽둥이로 엉덩이를 때렸다. 사춘기 아이들인 만큼 발끈할 수도 있으련만 대거리하는 아이는 없었다. 한 명만 제외하면 말이다. 그렇긴 해도 그날의 침묵은 이전과는 느낌이 달랐다. 원재의 마음이 어수선한 까닭만은 아니었다. 침묵이 흐르는 교실도 어수선하긴 마찬가지였다. 원재는 그 침묵을 견딜 수 없었다.

침묵은 한결같았다. 그 안에 갖가지 마음이 들끓는데도. 그제야 원재는 상황이 완전히 잘못 돌아가고 있다는 사실을 깨달았다. 그걸 이제야 깨닫다니 어리보기도 그런 어리보기가 없었다. 원재는 절망스러웠다.

점심시간이 끝날 무렵, 교무실에 다녀온 경호는 시실거리는 아이들 쪽으로는 눈길 한 번 주지 않고 칠판으로 가서 분필을 잡았다가 다시 내려놓았다. 경호는 아무런 말도 없이 흰 가루가 잔뜩 묻은 칠판지우개를 들고 아이들이 휘갈긴 낙서를 지웠다. 허겁지겁 주번이 달려나왔지만, 경호는 무시했다. 그런 모습에 아이들은 서서히 입을 다물었다. 경호는 엉거주춤 오른팔을 치켜들고는 '5교시 자습'이라고 칠판에 크게 적어나갔다. 'ㅈ'이라고 적을 때부터 아이들은 다시 술렁대기 시작하더니 '자'까지 쓰자, 일제히 함성을 내질렀다. 5교시는 담임 조선생이 가르치는 영어시간이었다. 경호는 모두 쓰고 난 뒤 함성이 그칠 때까지 기다렸다.

"그래 좋아할 일만은 아이다. 다 조용히 해봐라."

여느 때처럼 오른손에 쥔 초록색 출석부로 교탁 한쪽을 툭툭 쳐 주의를 환기시키면서 말했건만 목소리는 한껏 잠겨 있었다. 전에 없이 심각한, 자세히 살펴보면 주눅이 든 표정이었으므로 수런거리던 소리는 이내 잦아들었다.

"이건 그냥 자습이 아이고…… 그랑께, 우째 설명해야 될지 모르겠네. 아까 점심시간에 혹시 본 사람이 있을랑가 모르겠지만 경찰서에서 형사들이 찾아왔어여. 우리 반 문제 때문이라. 왜 찾아왔는가, 그건 아는 사람은 알 끼고 모르는 사람은 모를 끼라."

경호는 잠시 반 전체를 둘러보다가 원재에게 이르러 시선을 멈췄다. 원재도 지지 않고 되받았다. 경호가 먼저 시선을 거뒀다.

"어쨌든 그래갖꼬 좀 있으만 한 사람 한 사람 교감실로 부를 낑께 자습하고 있다가 이름 부르만 교감실로 들어가만 된다. 그란데 가기 전에 너들이 하나 명심해둬야 하는 기 있다."

경호는 턱으로 앞문을 닫으라는 시능을 해 보였다. 앞줄 맨 오른쪽에 앉은 아이가 얼른 나가 문을 닫았다.

"교감실에 들어가서 형사들한테 거짓말할 생각 하지 마라. 파출소 순사 같은 사람들이 아이고 경찰서에서 나온 진짜 형사들잉께 네 잘못 대답하다가는 그것도 죄가 된다 카는 거를 알아라. 학교에서 잘린 아이들이 돈 뺏고 다닌다 카는 거는 형사들도 다 알고 있는 사실이고 또 그래서 나온 기라. 그랑께 너들이 보고 겪은 대로 솔직하게 얘기하만 돼여."

"뜸만 들인다고 밥 잘 짓는다 카겠나? 퍼뜩 말해봐라, 우리가 형사 앞에서 솔직하게 말할 거는 또 뭐가 있나?"

경호의 말에 화들짝 놀란 원재가 뭐라고 말하기 전에 뒷줄에 앉은 영규가 먼저 말을 잘랐다. 바로 옆 상고생처럼 행세하면서 중학교 선생들에게 인사하지 않는 학생이 있었다면 그건 바로 영규였을 것이다. 누가 봐도 영규는 중학생으로 보이지 않았다. 그 정도 였으니 반장만 아니었어도 경호에게 힘으로 밀릴 만한 애가 아니 었는데, 반장 위세가 하도 대단하다보니 한동안 경호의 똘마니 행 세를 했다. 그러다가 따로 마음먹은 바가 있었는지 태식이가 학교 에 나오지 않은 뒤부터 영규는 경호가 틈을 보이는 족족 비집고 들 어가는 중이었다.

"학교에서 잘린 아아라 카만 생각나는 기 하나밖에 없네."

똘마니 짓이라면 둘째갈까봐 걱정인 명식이가 소리쳤다. 원재는 점점 이야기가 야릇하게 꼬인다고 생각했다.

"세상에 그 많은 도둑 강도 다 우짜고 그거 하나 잡으러 온 모양 이네. 이 먼 데까지 차비도 안 나오겠다."

"너는 말을 참 이상스레 한다. 형사들이 왔다 카만 도둑 강도 잡 으러 온 거 아이겠어여."

명식이의 능청스런 대꾸를 영규가 따져 물었다.

"입에 걸레 문 것처럼 더럽게 얘기하는 거는 너다. 그라만 태식 이가 도둑 강도라도 된단 말이라?"

"내가 어데 태식이라고 못박았더나. 그라고 안 그라만 깜빵에는 허수아비 채워넣나?"

둘이 목소리를 높이자 경호가 출석부로 교탁을 세게 두들겼다. 즉시 둘은 입을 다물었다.

"니들 생각이 맞다. 태식이 땜에 형사들 찾아왔다. 알겠나? 그랑께 너들은 있었던 일 그대로 얘기하만 된다. 곰곰이 생각하다보만 뭔 얘기를 해야 되는지 잘 알 끼다."

"형사들이 왜 태식이 땜에 찾아오나?"

마침내 원재가 내쏘았다. 경호는 말끄러미 원재를 쳐다봤다.

"그라만 누구 땜에 찾아와야겠나?"

경호가 달구쳤다. 원재는 말을 더덜거렸다.

"그, 그게 아이라……"

"너는 형사가 왜 왔는가 아는 모양이네?"

그 말에 원재는 고개를 수그렸다.

"오늘 우짜만 수업 끝나고 체력단련을 할지도 모릉께 그래 알아라. 너들 하는 거 보고 결정할 모양인데, 하게 되만 오늘은 담임이 직접 시킬 끼다."

경호가 느릿느릿 말했다. 아이들의 얼굴에 그늘이 드리워졌다. 원재는 머리카락을 쥐어뜯었다.

그간 새마을주임으로 있다가 오랜만에 3학년 담임을 맡은 조선생은 제일 먼저 체력단련 시간을 만들었다. 입시생들이니까 정신교육도 시키고 입시에 비중이 높은 체력장에도 대비하되 선생의 주도가 아니라 학생들이 자율적으로 실시한다는 게 조선생의 생각이었다. 성적은 떨어지지만 학급 전체를 통솔할 만한 완력을 갖춘 경호를 선거 없이 반장으로 지명할 때도 자율적으로 학급을 운영하기 위해서라고 말했다. 대개 도내 일제고사나 모의고사가 실시되기 일주일 전이면 체력단련 시간이 찾아왔다. 때로는 시험을 앞둔 것도 아닌데 체력단련을 하는 경우도 있었다. 종례를 마친 담임이 채 나가기도 전에 느닷없이 경호가 벌떡 일어나 "오늘은 대청소다"라고 소리치면 그건 체력단련을 할 테니 모두 남으라는 뜻이었다. 누가 시킨 게 아니라 자율적으로 행하는 것이니 거부할 명분도 없었다. 아이들은 허정허정 책걸상을 뒤로 밀어놓은 뒤 바닥을 쓸고 닦았다. 시간이 더이상 흐르지 않기를 바라며.

청소가 끝나면 아이들은 운동장으로 몰려나갔다. 나가기 전에 겉옷을 잘 개켜두는 애도 있었다. 운동장에서 하는 일은 늘 똑같았다. 3월에만 조선생이 시범을 보였고 그다음 달부터는 경호가 그 순서대로 체력단련을 시켰다. 팔렬종대로 줄을 맞추면 맨 오른쪽 앞줄에 선 아이가 오른손을 치켜들어 기준을 잡았다. 경호는 기준학생을 중심으로 양팔간격 좌우로나란히와 좁은간격 좌우로나란히를 수없이 되풀이시켰다. 그래서 아이들은 운동장에 모였을 때부터 오른쪽 앞줄을 차지하려고 난리들이었다. 왼쪽에 선 아이들은 자춤거릴 때까지 달리기를 반복해야 했다. 그다음에는 원산폭격이 기다렸다. 처음 땅에 머리를 박을 때만 해도 원재는 그게 치욕스럽다거나 불합리하다고 생각하지 않았다. 조선생이 말한 대로 그건 극기, 그러니까 스스로를 이기기 위한 자신과의 싸움이었다. 거기서 진다면 좋은 성적을 얻을 수도, 좋은 고등학교에 진학할 수도 없다고 생각했다. 지지 않겠노라며 원재는 버텼다. 한참 버티다 보면 머리의 아픔도 무감각해졌다. 그 지경에 이르면 이제는 목에서 척추까지가 열이 나듯 후끈거리기 시작했다. 이번에는 그리로 온 정신이 쏟아질 수밖에 없었다.

고행을 자처하는 선승처럼 온 존재로 밀어닥치는 아픔을 견디다 보면 '내가 왜 버텨야만 하는가', 그런 의문이 들었다. 체력단련 없이 그냥 시험을 치르는 옆 반 아이들이 부러웠다. 그러나 아무리 생각해봐도 거기서 빠져나갈 방법은 없었다. 지지 않는 수밖에 없었다. 비에도 지지 말고 바람에도 지지 말고. 눈에도, 여름 더위에도.* 땀을 흘리는 몸으로 원재는 버텼다. 지지 않으려고. 원산폭격 다음은 운동장을 한없이 도는 선착순 달리기였다. 선착순으로 열명을 자르고 나머지는 다시 운동장을 돌게 했다. 운동장으로는 하오의 햇살이 비스듬하게 늘어졌다. 아무리 힘껏 달려도 원재는 앞에 가는 동급생들을 따라잡을 수 없었다. 원재는 점점 뒤로 밀려났다. 원재의 얼굴이 일그러졌다. 체력단련을 지켜보던 담임이 뒷짐을 지고 교무실로 들어가고 나면 경호는 성적순으로 아이들을 골라냈다. 이제 체력단련이 막바지로 향한다는 신호였다. 성적이 좋은 아이들은 목을 빼고 경호만 쳐다봤다. 그건 원재도 마찬가지였다. 한번은 원재보다 성적이 좋지 않은 애가 먼저 달리기 행렬에서 빠져나간 적이 있었다. 경호가 잘못 알았겠지. 처음에는 그런 생각이 들었는데, 한 바퀴를 돌고 와도 경호는 원재를 부르지 않았다.

두 바퀴나 더 도는데 원재의 눈에 그렁그렁 눈물이 맺혔다. 혼자 버티는 것이라면 지지 않는데, 누구에게도 지지 않는데. 억지로 눈물을 삼키는데 그제야 경호가 "원재! 일루 나와"라고 소리쳤다. 원재는 그만 눈물을 줄줄 흘리고 말았다. 버텨내지 못한 자신의 모습이 부끄러워 견딜 수 없었다. 등나무꽃들도 가뭇없이 자취를 감추는 6월이 될 때까지 원재는 스스로에게 부끄럽지 않기 위해서는 이를 악물고 버텨야만 한다고 믿었다. 조선생의 말대로 자신에게 지지 않는 용기를 길러야만 한다고 생각했다. 아무리 힘들어도 눈물을 보여서는 안 된다고 다짐했다. 그러니까 체력단련 시간에 고아원생 태식이가 경호 앞에서 벌떡 일어서기 전까지만 해도 말이다.

예방주사를 맞을 때처럼 번호 순서대로 몇몇씩 무리지어 교감실로 내려갔다. 교감실 앞에서 기다리다가 차례대로 들어가라고 경호가 말했다. 아이들이 부산스럽게 자리에서 일어나는 바람에 적막하던 교실이 북적거렸다.

"어데 돈이라도 떨어졌나? 뭘 그렇게 유심히 보나?"

육상부라 늘 파란색 트레이닝복을 입고 다니던 짝 상우가 원재를 툭 치면서 물었다. 다채로운 빛으로 반짝이는 등나무 잎들을 바라보던 시선을 거둬 원재도 상우를 마주봤다.

"너, 어데 몸이 안 좋나? 얼굴에 핏기가 하나도 안 돌구로."

"아이라."

상우는 갸웃거리며 원재의 얼굴을 잠시 들여다보는가 싶더니 이내 두 팔을 길게 뻗쳐 기지개를 켰다. 육상부에서 워낙 맞는 데 이력이 난데다가 선착순 달리기만 했다 하면 늘 일등인 상우는 은근히 체력단련 시간을 즐기는, 반에서 몇 안 되는 애들 중 하나였다. 혼자서 받는 벌이라면 모르지만 여럿이 함께 받는 벌이라면 하나도 힘들지 않다고 상우가 말한 적이 있었다. 원재는 체력단련은 벌이 아니라고 바로잡았다. 상우는 원재를 빤히 쳐다보더니 벙싯거렸다.

"너도 태식이한테 돈 뺏긴 거 있나?"

원재는 입가를 어루만질 뿐 대꾸하지 않았다. 상우가 혼자서 말을 이었다.

"나야 뭐 뺏긴 거는 없고 빌려준 거는 많다마는 바쁜 형사까지 동원해서 그 돈을 찾고 싶은 생각은 없어여. 그라고 태식이 가아는 벌써 병호하고 대구로 튔다 카더라. 백지 한번 해보는 걸 끼다. 형사라 캐도 아무 소용 없어여."

"니가 잘못 알고 있는 거라. 형사들은 태식이 땜에 온 게 아이라 학원폭력 땜에 온 거다."

원재가 수군거렸다.

"내가 뭘 잘못 안단 말이가? 그래, 학원폭력 땜에 형사들이 들이닥쳤다 카만 그게 고아원 아아들 땜에 온 거 아니겠나? 가아들이 돈 뺏고 다닌다 카는 거는 모르는 아아들이 없응께."

"그거만 학원폭력이가?"

상우의 말을 원재가 되받았다. 상우는 어리벙벙한 얼굴이었다.

"학교 안에서 폭력이 일어나만 그게 학원폭력 아이가? 고아원 아아들이 돈 뺏는 거만 학원폭력이겠나?"

원재의 목소리가 커졌다.

"니가 지금 뭔 소리를 하는가 모르겠다. 그라만 또 무슨 폭력이 일어난단 말이라?"

뭐라고 말하려다가 원재는 입을 다물었다.

태식이는 학교에 남은 마지막 고아원생이었다. 고아원이 학교와 가까워 원생들은 추첨 없이 이 학교로 모두 배정됐다. 그리고 이 학교 중퇴가 대부분 원생들의 마지막 학력이었다. 3학년 중퇴니 태식이는 오래 버틴 셈이었다. 다른 고아원생들이 학생들의 돈을 뺏는다고 해도 태식이는 그럴 만한 애가 아니었다. 하지만 학교에서 잘리면 갈 곳이 없었기 때문에 자연스레 태식이는 먼저 학교를 나간 고아원생들과 어울려 다녔다. 돈을 뺏는 고아원생이라면 병호가 유명했다. 태식이도 병호 패거리에 들어갔다.

원재는 태식이가 학교에서 도망치고 얼마 지나지 않아 한 번 마주친 적이 있었다. 점심을 먹은 뒤에 혼자 하모니카를 들고 학교 뒷산에 올라갔을 때였다. 왼손으로 장단을 맞춰가며 〈캔디〉 주제곡을 연습하는데 뒤에서 인기척이 느껴졌다. 병호를 비롯한 고아원 애들이었다. 뜻밖에도 태식이가 있었기 때문에 원재는 철렁 내려앉은 가슴 한쪽이 시려왔다. 원재는 태식이를 그렇게 다시 마주칠 줄은 몰랐다. 아이들 틈에는 낯선 여자애까지 있었다. 원재가 다그치듯 태식이를 바라봤다. 병호가 그런 원재를 향해 검지를 곤두세우고 흔들었다.

"새끼, 가시나처럼 뭐 그런 노래를 불러쌓나? 태식이 니가 함 불러봐라. 곡명은 '무너진 사랑탑'."

쭈뼛거리며 원재에게서 하모니카를 건네받은 태식이가 고개를 수그리고 잠시 머뭇거리다가 입을 댔다. 하모니카 소리는 구슬프면서도 흥겨웠다. 그 소리에 맞춰 덩실거리는 병호를 향해 여자애가 깔깔거렸다. 고개를 숙이고 있던 원재는 살짝 눈을 치켜뜨고 그 여자애를 바라봤다. 덧니가 툭 튀어나온 애였다. 그때 갑자기 병호가 원재의 뺨을 후려쳤다. 하모니카 소리는 그쳤다. 아이들이 와자지껄 떠드는 소리가 아득하게 들렸다.

"뭘 보나, 이 개새끼야! 하모니카를 불라 카만 이래 흥겨운 노래를 불어라, 이 씨발 놈아! 너 태식이하고 같은 반이었지? 지금 가갖꼬 경호 새끼 일루 오라 그래. 일루 안 오고 뙸다 카만 경호 새끼하고 너하고는 꼬챙이에 꿰가지고 푸라이드치킨 만들어버릴 텡께."

병호가 포달스럽게 내뱉었다. 원재는 뺨을 어루만지며 산을 내려갔다. 내려가는 원재의 귀로 〈잡초〉〈럭키 서울〉〈군세어라 금순아〉 같은 유행가 곡조가 들렸다. 점점 멀어지던 하모니카 음률은 원재의 가슴을 파고들었다. 그처럼 태식이는 원재에게서 영영 멀어지고 있는 셈이었다.

병호가 뒷산에서 찾는다는 말을 전할 때만 해도 당당하던 경호는 막상 병호 앞에 서서는 주춤거렸다. 그렇긴 해도 경호가 잠시 버팅기는 눈치를 보이자, 병호가 태식이에게서 하모니카를 빼앗아 머리통을 내리쳤다. 그저 뺨을 때리거나 가슴을 차는 정도만 예상했던 경호는 뜻밖의 호된 공격에 바로 질려버렸다. 병호는 하모니카를 집어던진 뒤, 경호의 배를 마구 걷어찼다.

"이 씹새끼, 너 반장 됐다고 우리 무시하만 쥑이뿌린다. 이 개새끼!"

병호의 발길질은 계속됐다. 원재는 부들거리며 눈을 돌렸다. 비탈길의 사철나무, 하얀 등걸의 자작나무, 울퉁불퉁 억센 피나무 따위가 두서없이 눈에 들어왔다. 악다구니와 비명이 적요한 숲속 풍경을 뒤흔들었다. 가만히 그 소리들을 견디고 섰는데 누군가 시부저기 원재의 어깨를 건드렸다. 태식이였다. 태식이는 하모니카를 원재에게 건네며 내려가라고 시늉했다. 어찌할 바를 몰라 엉거주춤 원재가 서 있으려니까 태식이가 '빨리 가라, 빨리'라며 속닥거렸다. 그때 갑자기 병호가 원재 쪽을 쳐다봤다.

"빨리 꺼져, 이 개새끼야!"

태식이가 느닷없이 원재의 뺨을 후려갈기면서 소리쳤다. 원재는 왼손으로 뺨을 감싸고 뒷걸음질쳤다. 그런 원재를 향해 태식이가 불뚱거렸다.

"이 씨발 놈아, 하모니카는 안 들고 갈 기가!"

겁결에 하모니카를 쥔 원재는 나무 사이를 지나 학생들이 몰래 드나드는 수로까지 달음박질쳤다. 거기까지 가서야 그냥 내버려두면 원재가 알던 태식이는 죽어버릴지도 모른다는 생각이 들었다. 원재는 태식이를 도와주고 싶었다. 절대로 지면 안 된다고, 비가 뿌려도, 바람이 불어도 이겨내지 않으면 안 된다고 태식이에게 말하고 싶었다. 나도 지지 않을 테니, 너도 지면 안 된다고 다지르고 싶었다. 그냥 그렇게 있다가는 니 삶을 망쳐버리고 마는 거야. 니 삶을 지키려면 용기를 내야 해. 참고 견디는 것만이 전부가 아니야.

"31번부터 40번까지." 원재가 자리에서 일어서는데, 경호가 불렀다.

"너는 교감실로 가지 말고 교무실 담임한테 가봐라."

경호가 비아냥거리는 목소리로 말했다. 원재가 뭐라고 항변하려고 아물거리는데, 경호는 손사래를 쳤다.

"나한테 얘기하지 말고 담임한테 말해라."

하지만 조선생은 교무실에 찾아온 원재를 세워둔 채 아무런 말 없이 서류만 정리했다. 조선생의 왼손에 들린 담배 끝이 타들어갔다. 얼마간 시간이 흘렀다. 서류 정리가 끝났는지, 그만하면 충분히 무시했다고 생각했는지 조선생은 입 한 번 갖다대지 않은 담배를 재떨이에 비벼 끄고는 의자를 돌려 원재를 마주봤다.

"니가 경찰서에 신고했나?"

조선생의 말에 원재는 고개를 푹 숙였다.

"정말 니가 신고한 거 맞나?"

원재는 묵묵부답이었다. 조선생은 다시 담배를 꺼내 불을 붙였다. 매운 냄새가 불쾌하게 원재를 감쌌다.

"형사들이 너라고 말했응께 니가 신고했다 카는 거는 이미 다 알고 있는 거고. 니 입으로 한번 들어보자고 이래 물어보는 것뿐이라."

"예."

원재가 기어들어가는 목소리로 대답했다. 조선생은 피우다 만 담배를 내려놓고 자리에서 벌떡 일어나 시계를 끄르고 반지를 뺐다. 학생들을 구타하기 직전이면 조선생은 그렇게 시계와 반지를 교탁 위에 올려놓았다. 자칫하면 얼굴에 상처가 날 수 있기 때문이었다. 일어선 조선생의 뜨거운 입김이 원재의 머리칼로 쏟아졌다. 원재는 눈을 감았다. 때린다면 맞는 수밖에 없다고 생각했다. 하지만 조선생은 원재를 때리지 않았다.

조선생은 다시 자리에 앉아 담배를 집었다.

"니, 폭력이 뭔가 아나? 죽도록 맞아본 적 있나? 내 말 잘 들어라. 고아원 아아들이 때리고 돈 뺏는 거는 폭력이가, 아이가?"

"포, 폭력입니다."

원재가 더덜거렸다.

"그라만 내가 너희들보고 지지 말라고, 자기 자신도 이기지 못하는 인간은 아무 일도 할 수 없다고 말하면서 한 대 쥐어박는 거는 폭력이가, 아이가?"

이번에는 대답이 없었다. 조선생이 원재의 얼굴로 담배연기를 내뿜었다.

"폭력이가, 아이가? 말해라, 이 새끼야!"

그때 수학 선생이 다가왔다.

"얘가 신고했대요?"

조선생은 슬리퍼를 벗어 들고 원재의 머리통을 내리치면서 쏘아붙였다.

"불만이 있다 카만 선생한테 직접 얘기하만 되는 거 아니냐? 너 땜에 지금 다 잡히들어가게 생깄다. 니는 무슨 속셈으로 그랬는가는 모르지만, 덕분에 고아원 아이들도 다 잡히가고 몽둥이 들었던 선생들도 다 잡히가게 생깄단 말이다. 이 개새끼야, 그래 저기 들어가서 뭐라고 그럴 낀데?"

원재는 고개를 숙인 채 아무런 대꾸도 하지 않았다. 조선생은 허리를 굽혀 슬리퍼를 다시 신었다. 보고만 있던 수학 선생이 원재의 뒤통수를 갈겼다.

"이 자슥아, 빨갱이도 아이고 우째 같은 친구를 고발하나? 이 비겁한 자슥아. 어라, 우나? 잘못한 거는 알아가지고 우나?"

"저는 친구를 고발하지 않았습니다."

원재가 울먹이며 말했다.

"그라만 교감실에 가서도 형사들한테 나는 고발한 적이 없습니다, 그래 얘기해라. 뭔 말인지 알겠나? 지금 니 입으로 한 말 그대로 전해라. 알겠나?"

그때 교무실 문이 열리면서 경호가 들어왔다.

"형사들이 원재도 오라 카는데요."

"똑바로 행동해라. 그라고 갔다가 교감실에서 나오는 즉시 일루 와라. 경호야, 야 얼굴 씻기고 들여보내라."

조선생이 말했다. 경호가 원재를 끌어당겼다.

원재는 그날 일을 또렷하게 기억하고 있었다. 태식이가 벌떡 일어섰을 때, 원재는 운동장 한쪽 끝 오리나무 그늘에 앉아 쉬고 있었다. 바람이 불 때면 땀에 젖은 옷이 마르느라 몸이 서늘했다. 초록색 나뭇잎 아래에서 바라보는 운동장은 온통 누런빛이었다. 그 빛 사이로 아이들이 가쁜 숨을 몰아쉬며 자춤거렸다. 그때 누군가 '자아들 왜 카나?'라고 말했다. 누런빛 저멀리, 경호와 태식이가 마주선 모습이 아른거렸다. 그제야 원재는 등나무 아래에서 태식이가 말했던 선물의 의미를 알 수 있었다. 자신에게 대드는 태식이에게 경호가 몽둥이를 휘두르며 다가갔다. 몇 대 맞는가 싶더니 태식이는 경호의 몽둥이를 맞잡았다. 둘은 한동안 그렇게 맞서는 듯했다. 그러다가 태식이가 경호를 넘어뜨렸다. 경호가 넘어지던 그 순간부터 원재가 바라보던 세계가 완전히 바뀌어버렸다. 태식이가 경호를 넘어뜨릴 수 있다는 사실만으로도 원재는 놀라웠다.

충격은 다음날 아침으로 이어졌다. 아침 자습시간, 몽둥이를 들고 온 조선생은 경호와 태식이를 앞으로 불러냈다. 나머지 아이들은 책상 위로 올라가 무릎을 꿇고 앉았다. 급우끼리 싸운 일은 도저히 용납할 수 없다고 조선생은 꾸짖었다. 둘은 마룻바닥에 엎드렸다. 조선생은 먼저 경호의 엉덩이를 몽둥이로 내리쳤다. 어찌나 세게 내리쳤던지 경호는 바로 눈물을 쏟으면서 무너졌다.

"잘못했습니다. 선생님, 잘못했습니다."

"엎드려! 너들은 인간쓰레기다. 하고 싶은 대로 하고 사는 것들은 다 인간쓰레기다. 참아라. 이거 하나 못 참는 것들은 오늘부터 내 제자가 아이다."

조선생은 두 손을 모아 비비는 경호의 배를 치면서 다시 엎드리라고 시늉했다. 두번째는 처음보다는 심하지 않았다. 경호는 모두 다섯 대를 맞았다. 그리고 조선생은 태식이 쪽으로 다가섰다. 조선생은 손바닥에 침을 뱉고 몽둥이를 잡았다.

"너는 갈 길이 뻔하다. 너 고아원 선배들도 다 그랬다. 인내하지 못해서, 참을성이 없어서 다 폭력이나 휘두르다가 깜빵 갔다. 자고로 비에도 지지 말고 바람에도 지지 말라 캤다. 가뜩이나 곤란한 처지에 있는 니가 그래 대들었다 카는 거는 용서 못한다. 이게 다니가 사는 길이라고 생각하고 참아라."

조선생은 태식이의 엉덩이를 몽둥이로 내리쳤다. 등이 활처럼 굽혀지고 낮은 신음소리가 흘러났지만, 태식이는 경호처럼 단번에 무너지지 않았다. 조선생은 '이 새끼'라고 되뇌며 다시 몽둥이를 휘둘렀다. 둔탁한 소리가 교실 바닥으로 가라앉았다. 조선생은 한 번 더 태식이를 갈겼다. 마침내 태식이가 바닥에 엎어졌다. 조선생의 입가에 웃음기가 서리는가 싶더니 이내 사라졌다. 태식이가 벌떡 일어섰기 때문이었다.

"저는 맞을 만큼 맞았응께 더는 못 맞겠습니다."

"이 새끼가! 엎드리지 못해!"

"이래 참고 맞는다고 선생님이 저를 위해 뭘 해줄 수 있습니까? 계속 견디라고밖에 더 말합니까? 견디고 견디고 견디고. 맨날 이래 견디는 것뿐입니까? 선생님 몽둥이 참고 맞으만 뭐가 달라집니까?"

"이 새끼야, 이게 지금 선생한테 도와달라고 애원하는 태도라고 보나? 니가 지금 뭘 믿고 이래 까부나? 하늘은 스스로 돕는 자를 돕는다 캤다, 이 새끼야. 엎드렷!"

"못 엎드리겠습니다. 못 견디겠습니다. 아무도 못 믿겠습니다."

뜻밖의 반항에 분을 참지 못한 조선생이 악다구니를 쓰며 몽둥이를 휘둘렀다. 왼팔에 몽둥이질을 당한 태식이가 왼팔을 감싸쥐고 뒷걸음질을 치다가 느닷없이 머리로 조선생을 받아버렸다. 엉겁결에 공격당한 조선생은 교단에 다리가 걸려 뒤로 넘어졌다. 태식이는 조선생이 놓친 몽둥이를 빼앗아 유리창을 향해 집어던졌다. 유리창이 산산이 깨어져버렸다. 태식이는 아이들을 향해 뭐라고 아물거리다가 교실 밖으로 뛰어나갔다. 어안이 벙벙해진 조선생이 태식이를 쫓아갔다. 둘의 발소리가 멀어지면서 교실 안으로는 적막이 밀려왔다. 여전히 경호는 매를 맞던 자세 그대로 엎드려 있었고 반 아이들은 고개를 수그리고 책상 위에 무릎을 꿇고 있었다. 누구도 입을 열지 않았다. 산새들이 지저귀는 소리, 창밖에서 고함치는 소리, 복도 마루를 밟는 소리 등이 드문드문 들렸다. 갑자기 앞문으로 수학 선생이 얼굴을 쑥 내밀더니 소리쳤다.

"아까 와장창, 그거 뭔 소리고? 난리났나? 너 담임 어데 저래 급히 뛰어가나?"

수돗가에서 얼굴을 씻은 원재는 교감실로 가다가 걸음을 멈추고 등나무 아래에 섰다. 등잎이 햇살을 받아 연초록 불빛을 밝혔다. 그 시원한 빛이 원재의 얼굴로 쏟아졌다. 원재는 두 손으로 아직 물기가 남은 얼굴을 어루만졌다. 얼굴에 와 부딪히는 등잎 그늘이 저마다 얼마나 다른 느낌인지 원재도 알 것 같았다. 언제였을까? 연보랏빛 등나무 꽃들이 주렁주렁 매달렸다가 온기 머금은 바람에 눈 내리듯 떨어지던 무렵이었다. 체력단련이 끝난 뒤, 원재는 지친 몸으로 등나무 그늘 돌의자에 앉아 있었다. 어서 빨리 어른이 되고 싶었다. 어른이 되면 더이상 자신과도, 동급생과도 싸우지 않아도 될 것 같았다. 누구에게도 지지 않겠노라고 이를 악물 필요가 없을 것 같았다. 바람에 등잎이 흔들리면서 점점이 드리운 그늘이 어린 얼굴 위로 하늘거리는데도 원재는 자기가 사는 세상에는 아름다운 게 하나도 없다고 생각하고 있었다. 어른이 되기만을 간절히 바라고 있었다.

그때 갑자기 등뒤에서 하모니카 소리가 들렸다. 하모니카는 신나게 〈캔디〉의 주제곡 선율을 좇아가고 있었다. 원재는 돌아봤다. 태식이였다. 원재가 빤히 쳐다보자, 태식이는 하모니카를 입에서 떼고는 원재 옆에 와서 앉았다.

"집에 안 가나?"

태식이가 떨어지는 등꽃을 오른손으로 받으며 물었다.

"가야지."

원재는 괜히 가방을 움켜쥐면서 대꾸했다. 원재는 고아원 애들과 얘기해본 적이 많지 않았다. 태식이가 고아원 애들 중에서 별나게 유순하다는 사실은 알았지만, 그렇다고 먼저 다가가 말을 걸고 싶은 생각은 없었다.

"너는 집에 안 가고 뭐하나?"

그렇게 말해놓고 원재는 아차 싶었다. 태식이는 원재를 물끄러미 쳐다봤다. 원재는 괴란쩍은 표정이었다.

"너 아까 체력단련 끝나고 이 노래 불렀잖아. 〈캔디〉."

원재가 고개를 끄덕였다. 체력단련이 끝난 뒤, 조선생은 아이들을 플라타너스 그늘에 모아놓고 오락시간을 가졌다. 누구도 나서지 않는데, 화가 뭉클 맺힌 원재가 자청해 앞으로 나갔다. 악에 받쳐서 원재는 꽥꽥거리며 노래를 불렀다. 힘들어도 슬퍼도 나는 안 울어. 참고 참고 또 참지 울긴 왜 울어. 가사까지 바꿔가면서 목청 높여 노래를 불렀다. 이 지옥 같은 곳에서 벗어날 때까지 몇 개월만 참고 참고 또 참겠노라고 맘껏 소리를 질렀다.

"너한테만 하는 얘긴데, 쪽팔리게 나 니 노래 듣는데 눈물이 나올라 카더라. 그래갖꼬 누가 볼까봐, 하늘만 쳐다봤다. 너 누워갖꼬 하늘 보며 운 적 있나? 하늘 보고 울만 눈물이 귀로 들어간다. 귀에 물이 차오른다."

태식이는 하모니카를 입에 대고 한번 바람을 내뿜었다.

"어제 원장이 부르더라. 노력해보기는 할 테지만 아무래도 인문계 진학까지는 밀어주기 곤란하다 카더라. 내 동기들은 다 고아원에서 나갔다. 말은 안 해도 나도 그래 나갔으만 하는 눈치더라. 그란데 나는 이래 끝내고 싶지는 않어. 그래갖꼬 오늘 담임한테 가서 한 번만 도와달라 캤다."

"뭐라 카더나?"

"수산고등학교 가라 카더라. 학비가 공짜인 대신에 군대에서 하사로 오래 근무해야 된다 카데."

"그라만 되겠네."

태식이가 원재를 골똘하게 쳐다봤다. 그 눈길에 원재의 가슴이 철렁 내려앉았다.

　"나는 싫다 그랬다. 아직까지 내 꿈은 선원이 되는 게 아이라. 나도 너처럼 대학교 전산학과 가고 싶어여. 다른 형들처럼 깜빵이나 들락거리는 그런 인생을 살고 싶지는 않아여. 그래갖꼬 나는 일단 돈 벌어서 검정고시 치기로 했다. 너하고는 대학에서 다시 만날 수 있을 끼라. 아마 내가 먼저 가 있을 끼다. 너 선배가 될 끼다."

　이를 악물면서 태식이는 하모니카를 내밀었다.

　"이거는 너 가져라."

　"이걸 왜 날 주나?"

　"내가 제일 소중하게 여기는 물건이다."

　"니가 제일 소중하게 여기는 물건을 왜 나를 주나?"

　"내가 지금 한 말을 먼 훗날까지 잘 지켜나갈라고 그런다. 내가 우째 될란지 지켜볼 사람은 이 세상 천지에 하나도 없응께 니가 이거 갖꼬 있다가 내가 진짜 어떤 사람이 되는가 잘 지켜보란 말이라. 나중에 대학교 전산학과에서 다시 만나만 나한테 돌려주라. 그때 다시 만나서 오늘 일 얘기하만 얼마나 좋겠나."

　보랏빛 꽃잎 몇 점이 태식이의 짧은 머리칼 위에 내려앉았다. 태식이는 돌의자에서 벌떡 일어섰다. 꽃잎들이 흩어졌다.

　"나가기 전에 내가 너들한테 선물 하나 하고 나갈 끼라. 너도 다시는 체력단련 끝나고 〈캔디〉 같은 노래 부르지 마라. 애꿎은 사람 눈물 흘리게 하지 말란 말이라. 매맞는 거 참는 거는 노예들이나 하는 짓이다. 참고 참고 또 참지 말고 니가 원하는 사람이 돼라. 니가 원하는 대로 꼭 과학자 돼라. 나도 내가 원하는 대로 꼭 과학자 될 끼다. 그래갖꼬 담임한테 매 안 맞고도 훌륭한 사람 될 수 있다카는 거를 보여줘야 한다. 담임은 우리 때 얼마나 견뎠는가 모르겠지만, 저래 선생질밖에 더 하나? 안 그렇나?"

태식이가 씽긋거리며 말했다. 원재도 마주보며 어색하게 웃었다. 둘은 그저 미소만 짓다가 누가 먼저랄 것도 없이 껄껄거렸다. 둘의 웃음소리에 젖은 보랏빛 등잎이 눈처럼 쏟아져내렸다. 그 순간 원재는 제 안에 들어 있던 뭔가가 영영 사라졌음을 알게 됐다.

가는바람이 불어왔겠지. 등나무 잎들이 흔들렸다. 원재는 등꽃이 주렁주렁 매달렸던 자리를 올려봤다. 지난봄, 그 많았던 보랏빛들은 모두 어디로 갔을까? 얼마나 많은 보랏빛들이 저물고 나면 여름이 찾아오는 것일까? 얼마나 많은 눈물을 흘리고 나면 소년들은 어른이 될까? 제 몸이 아름다운 줄도 모르고 등꽃 그 빛들은 스러진다. 제 몸이 아름다운 줄도 모르고 소년들은 슬퍼한다. 비에도 지지 말고 바람에도 지지 말고. 눈에도, 여름 더위에도 지지 않는 튼튼한 몸으로 원재는 등나무 그늘 아래에 섰다. 그 얼굴이 일그러지다가 그대로 멈췄다. 원재는 멍하니, 마비된 듯한 표정으로, 이제는 사라진, 그 봄날의 정경을, 바라봤다. 등나무의 색은 초록빛이고 보랏빛이고 노란빛이고 붉은빛이다. 꽃향기 머금은 가는바람이 원재와 태식이의 머리 위로 보랏빛 꽃등을 떨어뜨리며 지나간다.

* 미야자와 겐지, 「雨にも負けず」 중에서.

빵집 불빛에 기대
연필로 그린 기억의 풍경화

정선태(문학평론가)

세상을 살아가는 데 그렇게 많은 불빛이 필요한 것은 아니다.
그저 조금만 있으면 된다.
어차피 인생이란 그런 게 아니겠는가.
—「뉴욕제과점」 중에서

· 1

뭔가에 홀린 듯 숨가쁘게 달려온 사람, 그를 멀찌감치서 지켜보
노라면 저도 모르게 조금 쉬었다 가라는 말을 건네고 싶어질 때가
있다. 김연수의 경우가 그러하다. 『가면을 가리키며 걷기』(1994)
에서 『7번국도』(1997), 『스무 살』(2000), 그리고 『꾿빠이, 이상』
(2001)에 이르기까지 작가 김연수는 그야말로 무엇엔가 홀린 듯
내달려왔다. 이런 '스피드와 텐션'으로 내닫다가는 파열하고 말 것
이라는 불안감이 엄습했던 탓이리라, 그가 자신을 소설쓰기로 내
몬 '현실의 두려움'으로부터 거리를 두고 싶어진 것은. 숨고르기가
필요한 시점에서 그는 깊은 우물에서 길어올린 추억이라는 이름의
물을 들이켜면서 컴퓨터가 아닌 연필로 소설을 쓰고 있는 중이다.

그리고 이 소설집은 연필로 쓴 그의 회상의 기록이다.

김연수는 자전소설 「뉴욕제과점」에서 이렇게 적고 있다; "나는 이 소설만은 연필로 쓰기로 결심했다. 왜 그런 결심을 하게 됐는지 모르겠다. 그냥 그래야만 할 것 같았다. 그러고 보니 연필로 소설을 쓴 것도 꽤 오래전의 일이다."(79쪽) 연필로 소설쓰기, 그것이 의미하는 바는 무엇일까. 기억을 온전히 되살린다는 것은 애당초 불가능하다. 파편으로만 남아 있을 뿐이어서 그 깨어진 기억의 유릿조각들을 아무리 살뜰하게 모은다손 치더라도 원래의 모습을 복원하기란 난망하기 짝이 없는 일이다. 기억이나 추억이란 어차피 그런 것이 아니던가. 지우고 다시 쓰기를 몇 번이고 되풀이하고 나서야 비로소 희미한 윤곽 정도를 얻을 수 있는 그런 것 말이다. 기억을 재구성하는 소설을 쓰는 데 굳이 연필이 필요했던 것도 이 때문이리라.

작가가 된 빵집 막내아들 김연수는 연필로 쓴 아홉 편의 소설을 통해 "지금 죽어가는 것들, 아니 이미 죽은 것들, 예컨대 가까운 이웃끼리 추렴한 돈으로 시장에서 수박을 사와 화채로 만들어 먹던 여름밤 정경, 길모퉁이 이름 없는 식당의 알 빠진 플라스틱 주렴 너머로 잊을라치면 벌어지던 동네 어른들끼리의 주먹다짐, 장이 서는 오 일마다 평화시장이나 아래장터 등 재래시장으로 구름처럼 몰려들던 시골 사람들 등" "우리가 어렸을 때만 해도 생생하게 살아 있던 것들"(137~138쪽)을 그려내고자 한다. '이십 년 전만 해도' 이야기와 소문을 통해 이웃과 강한 유대를 형성하고 있었던 곳, 자신의 추억이 깃들인 공간을 그는 이렇게 되살린다; "담쟁이넝쿨이 뻗은 벽을 끼고 뒤편 사택 쪽으로 돌아가면 우리 유년의 어느 여름날을 시린 지하수로 적셔주던 수동 펌프가 있던 곳. 저녁 무렵, 어디선가 졸린 듯 규칙적인 탁구공 소리가 들려오다가 이내 하루가 끝났음을 알리는 성당의 외로운 종소리에 묻혀 사라지던 곳."(239쪽)

그가 어디선가 말했듯이 뉴욕제과점과 그 주변 공간, 즉 리기다소나무 숲과 평화동 80번지 그리고 그가 다니던 학교 등을 포함하는 김천이라는 소도시의 풍경은, '내 몸을 지나쳐온 흐린 그림자'와도 같은 현재와는 비교할 수도 없는 '완벽한 과거'를 구성하는 배경이다. 이러한 배경을 거느린 아홉 편의 소설들은 '곤충의 껍질처럼' 낯설지만 '그때만이 가장 완벽했던 시간들'이었다는 자각에서 출발한 회상의 기록들이어서, 이전의 소설들이 보여주듯, 이른바 신세대 감각으로 무장하고 모든 것은 가짜이자 허구라고 주장하던 절망적인 포즈와는 사뭇 다르다. 「뉴욕제과점」에서 그는 이렇게 말한 바 있다; "그사이에 아무리 단단한 것이라도, 제아무리 견고한 것이거나 무거운 것이라도 모두 부서지거나 녹아내리거나 혹은 산산이 흩어진다. 그럴 때마다 내 안에서는 부식된 철판에서 녹이 떨어져나가듯이 검고 붉은 부스러기 같은 것들이 죽어서 떨어져나갔다."(86쪽) 그런 줄도 모르고 자신의 소설을 두고 '모더니즘이 아니라 포스트모더니즘' 운운했던 것을 그는 후회한다. 아마도 그의 데

뷔작 『가면을 가리키며 걷기』를 비롯한 일련의 실험적 작품을 두고 말하는 것이리라. 그런 까닭에 이제 우리는 '김연수가 왜 이런 소설을 썼을까'라는 경계심을 늦추고, 그의 '추억의 보고서' 또는 '반성의 기록'을 조금은 여유롭게 들여다볼 수 있어야 한다.

2

그는 예의 빵집에서 있었던 사건을 꺼내는 것으로 '추억의 앨범'을 펼친다. 어느 해인가, 빵집에서 일하던 게이코가 크리스마스 전날 돈을 훔쳐 달아난다. 자정미사를 알리는 성당의 종소리가 채 사라지기도 전에, '술 마시기 전에도 성호를 긋는' 빵집 주인 김씨와 그 빵집에서 일하던 제빵 기술자 태식이 게이코를 찾아나선다. 게이코가 유리창에 남긴 "희끄무레한 손바닥 길" "게이코가 가고 싶은 길이라기보다는 갈 수밖에 없는 길"(14쪽)을 더듬어 둘은 스산하기 이를 데 없는 기차를 몇 번 갈아타고서 게이코의 흔적을 쫓는다. 은성탄좌에서 일한다는 게이코의 할아버지를 찾아가는 것이다. 이제는 일자리에서도 쫓겨난 늙은 광부가 사는 사택촌의 허름한 방에는, 전혀 어울리지 않게도 컬러텔레비전이 놓여 있다. 끝내 게이코를 찾지 못한 두 추적자는 컬러텔레비전을 떠메고 하염없이 눈이 내리는 길을 걷는다.

여기에 게이코 또는 경자의 과거가 포개진다. 어머니가 죽어 까마귀가 되었을 거라고 믿는 '천애고아天涯孤兒' 게이코는 돌아오지 못할 길을 떠나는 엄마에게 안녕이라는 말도 못했다. 그녀의 정신적 상처는 "하루에 열 마디 이상을 하지 않는", "말한다고 해도 더듬기 일쑤"(32쪽)인 모습으로 남아 있다. 게이코는 유진이라는 가짜 이름으로 '실용 펜팔 편지 예문'을 베껴가며 미국 소녀와 편지를 주고받으면서 미국행 꿈을 키우던 참이었다. 그런 천애고아를 찾아나선 그들이 이른 곳은 '천애지각天涯地角', 즉 '하늘의 끝, 땅의 귀퉁이'였다. 어디에도 게이코의 흔적은 보이지 않는다.

「하늘의 끝, 땅의 귀퉁이」가 그리고 있는 풍경은 스산하다. 깊게 팬 상처를 안고, 아득한 '꿈'을 찾아 어디론가 휑하니 떠난 게이코의 자취는 어디에도 보이지 않는다. 게이코가 훔쳐간 돈의 대가라도 되는 듯이 컬러텔레비전을 들고 눈길을 걸으며 김씨는 '베들레헴을 찾아가는 동방박사'라도 되는 양 모든 것을 용서하겠다고 말한다; "우리 주 예수 그리스도가 오셨다고 이래 많은 눈을 내리주시는구만. 그라고 봉께 우리는 꼭 베들레헴 찾아가는 동방박사 같네. 칼라텔레비 들고 말이다. 핫핫핫! 우리를 구원하사 우리 주 예수 그리스도가 태어난 날잉께네 내 게이코 년을 오늘만은 용서해줄란다. 이 지독한 눈보라도 용서해줄란다. 빌어먹을 놈의 가은선도 용서해줄란다."(42쪽) 무엇을 용서하겠다는 말인가. 깊은 상처를 안고 떠난 자의 심정을 조금도 헤아리지 못하면서, 자신이 하늘의 끝이자 땅의 끝에 서 있는 줄도 모르면서.

'천애고아' 게이코가 '희끄무레한 손바닥 길'을 찾아 떠났듯이 우리는, 태식의 말마따나, '천애지각'을 걸어가고 있는 것이 아닐까. 하늘에도 눈, 땅에도 눈, 눈송이가 하늘과 땅의 경계를 지워버린 공간. 게이코와 마찬가지로 두 사람은 그리고 우리는 어디로 가는지도 모르는 채 그저 '가는 수밖에 없어' 그곳을 걸어가고 있지 않은가. 그렇다면 바로 우리가 천애고아가 아니고 무엇이겠는가. 그런데 '칼라텔레비'가 무슨 소용이란 말인가. 연필로 그린 희미한 풍경화 저편에서 이런 물음들이 웅웅거린다.

우리가 잃어가고 있는 것은 다른 사람의 상처에 대한 깊은 관심이나 이해만이 아니다. 생명의 소중함이랄까 존엄성마저도 상실한 지 오래다. 군 입대를 앞둔 '나'가 눈 쌓인 리기다소나무 숲에 멧돼지 사냥을 하러 갔다가 발견한 것은 인간의 내면에 깃들여 있는 생명에 대한 경외감이다.

1987년 동지를 지날 무렵, '나'는 삼촌과 더불어 덕유산 일대로 멧돼지 사냥을 떠난다. 치과를 운영하는 삼촌은 '무자비한 판정'으로 시골 사람들을 반쯤 속여가며 무서운 기세로 돈을 벌어들인다. 그러던 그가 카페 '물망초'를 운영하는 여자와 '자살을 기도할' 정도로 '찐한' 사랑에 빠진다. 실패로 돌아갈 수밖에 없었던 한순간의 사랑이 남긴 그림자를 지우기 위해 이번에는 사냥에 빠진다. '물망초 여자를 진짜 사랑했을까'라는 의문을 풀지 못한 채, 대학 영문과 신입생이자 군 입대를 앞두고 있는 '나'는 그런 삼촌을 따라 멧돼지 사냥에 나섰던 것이다. 그렇다면 그가 사냥을 따라나선 이유는 무엇인가. "이 연구의 내력을 말하자면 대학 영문과 신입생이 된 그해 5월, 학교에서 열린 집회 도중 한 학생이 분신자살한 사건까지 거슬러올라가야 한다. 그 집회에서 불붙은 채로 떨어지는 몸뚱어리를 본 사람이라면 누구나 자기 마음속에 영원히 사라지지 않을 그늘이 드리워졌다는 사실을 인정할 것이다. 그중에서도 신입생이던 내 충격은 이루 말할 수가 없었다. 더구나 나도, 그 사람도 독실한 가톨릭 신자였다."(169쪽) 왜 어떤 인간은 그게 죽는 길인 줄 알면서도 철부지처럼 터무니없는 오기를 부려야만 하는가? 이 질문에 대답을 하지 못한 채 '나'는 자원입대를 신청했던 것이며, 그 질문에 대한 대답의 실마리를 찾기 위해, '나'의 표현을 빌리자면, 인간을 연구하기 위해 멧돼지 사냥을 자처했던 것이다. 그리고 이 사냥에는 한때 덕유산 인근에서 몰이꾼으로 이름을 날렸던 '도라꾸 아저씨'가 동반한다. "총을 꺾었다면서 사냥터를 기웃거리는 그 마음"(176쪽)은 무엇일까라는 의구심이 찾아드는 것도 당연하다.

사냥의 표적인 멧돼지를 앞에 두고도 '나'는 총을 쏘지 못한다. "나는 방아쇠를 당기고 싶은 욕망을 억누르면서 그저 총으로 겨냥하기만 했다. 쏠 수도 있었지만, 나는 쏘지 않았다. 지금 생각해도 내가 어떻게 감히 멧돼지와 마주하고도 총을 쏘지 않을 용기를 낼 수 있었는지 신기하기만 하다."(184쪽) 삼촌도 멧돼지를 보고는 '놀라 자빠져' 총을 쏘지 못한다. 삼촌이 총을 쏘지 못한 것은, 그의 변명에 따르자면, 용기가 부족해서가 아니라 멧돼지의 눈에서 '물망초 여자'의 눈망울을 보았기 때문이며, '나'가 멧돼지를 쏘지 못한 이유는 '신기함'으로 처리된다. 쏠 수도 있었는데 쏘지 않았다는 진술에 주목해야 한다. 아마, 대학 신입생인 그를 강렬한 충격으로 몰아넣었던 분신 현장이 어른거려서였을 것이다, 그가 멧돼지를 향해 발사하지 못한 이유는.

  그렇다면 도라꾸 아저씨는 왜 멧돼지를 쏘지 못했는가. 오래전 사냥꾼으로 명성을 날리던 그에게는 새끼들을 죽여 어미를 사냥했던 잔인한 기억이 남아 있다. 죽을 줄 알면서도 새끼들 때문에 총구를 향해 다가오는 멧돼지를, 쏘면 안 되는 줄 알면서도 '공명심' 때문에 쏴버렸던 것이다. 사람이든 짐승이든 목숨이란 결코 가벼운 게 아니라는 자각에 이르지 못했던 탓이다. "마을에서 영웅 대접 받고 집에 돌아와 며칠을 끙끙 앓"(197쪽)고 나서야 도라꾸 아저씨는 다음과 같은 깨달음에 도달한다; "잘못했다, 잘못했다, 아무래도 총을 쏘만 안 되는 거였다. 이런 생각이 머릿속에서 떠나지 않더라. 그라고 보만 그날 내가 잡은 거는 정녕 멧돼지가 아니었던 거지. 이래 산에 오만 쓸모 적은 나무나마 리기다소나무도 살아가고 청설모도 살아가고 바람도 쉼없이 움직이지만, 정작 그 멧돼지는 이미 죽은 거였응께 말이라. (……) 저 봐라, 리기

294

다소나무도 있고 직박구리도 있다. 저래 다 살아가고 있는 거라. 산 것들 저래 살아가게 하는 일이 을매나 용기 있는 일인가 나는 그때 다 깨달았던 기라. 내가 해수구제한다꼬 싸돌아다니민서 짐승들 쏴 죽인 것도 용기 있어서가 아이라 나하고 마누라하고 애새끼들하고 먹고살아갈라고 그런 거라는 걸 그때야 알게 된 거다." (197~198쪽)

별 쓸모없는 리기다소나무와 청설모와 직박구리가 살아가고 바람이 그것들을 쉼없이 어루만지는 숲에서 '나'는 '인간 연구'의 일단을 매듭짓는다. 살아 있는 생명을 있는 그대로 살아가게 한다는 것이야말로 용기 있는 일이라는 자각이 하나의 결론이다. 1980년대 말 시대 상황이 그랬듯이 학생들을 분신자살로 몰아넣는 일은 자신과 사랑하는 사람을 사랑이라는 이름 아래 죽음으로 내몰고, 공명심과 내 배를 불리기 위해 새끼를 거느린 멧돼지를 쏴 죽이는 일과 정확히 등가인 셈이다. 살아 있는 모든 생명은 소중하며, 그 생명들을 그대로 살아가게 하는 것은 어렵지만 참으로 용기 있는 일이다. 결국 눈 쌓인 리기다소나무 숲에 갔다가 멧돼지 대신 삶과 생명의 의미를 안고서, 그 생명을 소중한 생명으로 살아가게 하는 게 얼마나 용기 있는 일인가를 되새기며 돌아오는 '나'를 어떻게 맞이할 것인지는 순전히 우리의 몫이다.

3

유년의 기억은 '소문'처럼 남아 있게 마련이다. 다른 기억도 마찬가지겠지만 유년의 기억만큼 온전한 실체를 파악하기 어려운 게 있을까. 이제 우리 앞에 놓여 있는 풍경화첩 가운데 유년의 기억을 그리고 있는 그림을 펼쳐보기로 하자. 「호모 사피엔스 사피엔스」와 「똥개는 안 올지도 모른다」가 그것이다.

대한전선표 텔레비전 화면을 뚫고 그대로 나온 데즈카 오사무 만화 속의 등장인물과도 같은 보건소 의사가 평화동 80번지에 사는 소문에 예민한 아이들을 사로잡는다. 평화동의 분위기를 송두리째 바꿔버릴 것만 같은 희화적인 인물인 그는 호기심의 화신이다. 그는 아이들에게 '쥐의 사체를 말려 쥐포를 만들어 먹는 사람'으로 각인되어 있다. 그의 호기심이란 "의학이라는 잣대로 세상을 바라보는 과정에서 몸에 밴 습성"이라고 말할 수 있으며, "이름을 알 수 없는 산나물, 진위가 불분명한 우표, 발행 연도별로 수집한 동전과 지폐, 시궁쥐와 지붕쥐의 미묘한 생물학적 차이, 인간과 공존하는 박쥐의 습성 등에 대한 그의 호기심은 일반에서 벗어난 독특한 사례에 대한 특유의 관심에서 비롯한 것이었다. 의학의 가장 기본적인 방법론에 따라 외면상 무질서하게 보이는 그것들 하나하나에 대중적 처방을 내리고 고유의 질서를 부여하려는 욕망의 결과였다"(233~234쪽). 모든 무질서해 보이는 것에 고유의 질서를 부여하려는 욕망이 다름 아닌 호기심으로 표현되고 있는 것이다.

그러한 의사의 논리에 따르자면, 경계선 바깥, 그러니까 여러 종류의 타자들이 흩어지는 그 영역에는 거지, 부랑자, 장애인, 미친사람, 간첩, 빨갱이, 전과자 등 그가 설정해놓은 경계선의 외부에 존재하는 것이 모두 유비관계에 놓인다. 예컨대 낯선 부랑자는 간첩으로 의심받을 수 있으며 포스터에서 간첩은 곧잘 쥐꼬리를 가진 인간으로 그려진다. 빨갱이 짓은 미친 짓이며 정신병자는 전과자처럼 사회와 격리시켜야만 하는 존재일 수밖에 없다. 간첩신고포스터와 쥐잡기 포스터가 외부자에 대한 내부자의 인식을 표상한다. 근대성을 형성하는 데 주요한 한 축을 담당했던 위생담론이 위생/비위생=문명/야만이라는 이분법적 도식으로 폭력을 행사해왔다는 사실을 떠올려보라. 시궁쥐와 지붕쥐 그리고 관박쥐를 각각 그들의 전문적인 술어, 라투스 노르베기쿠스, 라투스 라투스, 게누스 리노로푸스 따위로 부르며 모든 '소문'들을 분류하고 분석하며 증명하려 한다.

보건소 의사에게 위생이야말로 인간을 인간답게 하는 전제조건이다. 그가 아이들에게 말하듯이 평화동 80번지는 아프리카의 말리라는 나라만큼이나 비위생적인 곳이다. 비위생적인 곳엔 전염병이 돌 수밖에 없다. 전염병의 모든 원인은 비위생적인 환경과 그 속에서 살아가는 사람들에게 있는 것이지, "그저 시궁에서 풍기는 악취처럼 80번지 주변을 떠도는 소문 속의 동물"(242~243쪽), 곧

'대장쥐'에게 있는 게 아니다. 그는 그 과학적이고 합리적인 진실을 증명하기 위해 '대장쥐 포획'에 나선다. "질서로 포섭될 수 없는 어떤 대상을 설명하기 위해" 또는 "더이상 일상 언어의 구조로 설명하기 곤란할 때, 알레고리의 형태를 띤 이야기가 소문의 외피를 쓰고 등장"하게 마련이다.(243쪽) 따라서 일상의 확고한 영역을 인정하는 사람에게 소문이란 그저 뿌리가 없는 이야기에 불과하다. 이 호기심 많은 의사는 뿌리 없는 소문에 지대한 관심을 보이면서 소문으로 떠도는 '대장쥐'를 주목한다. 그에게는 "뿌리 없는 잎이란 존재하지 않"으며 "증상이 있으면 처방이 있고 원인이 있으면 결과가 있다"는 인식이 확고하게 자리잡고 있다.(같은 쪽)

전염병(장티푸스)의 근원으로 지목된 '거대한 쥐', 그 존재를 확인하기 위해 그 의사는 복개천으로 직접 들어간다. 냉담한 반응을 보이는 마을 사람들에게 그는 이렇게 말한다; "만약 제가 들어가서 대장쥐가 없다는 사실을 확인하면 그 소문이 헛소문에 불과하다는 게 증명되는 셈입니다. 대신에 대장쥐를 발견한다면 장티푸스에 대한 여러분의 두려움을 없애버릴 수 있을 것이고요. 언제 또다시 장티푸스가 유행할지 모르는데, 그런 소문이 나돈다는 것은 위생 관념에 상당히 저해됩니다. 이 세상에 원인이 없는 결과는 없습니다. 이건 진리입니다."(251쪽) 이 말을 남기고 그는 '질서라고 부르지 않는 세계'로 들어간다. 대장쥐의 부재를 확인함으로써 소문이 얼마나 근거가 없는가를 밝히고자 하는 것이다. 그리하여 "심지어 이젠 더이상 그 마을에 살지 않는 사람들마저도 우리의 생활 공간 속으로 끌어들일 만큼 강한 유대의 끈"(138~139쪽)이었던 소문을 박멸하고자 했던 셈이다.

모든 질병의 원인을 '거대한 쥐'에게 전가했던 사람들에게 '쥐포 선생'은 복개천을 탐사하고 난 뒤 장티푸스의 균을 옮기는 것은 쥐가 아니라 '호모 사피엔스 사피엔스'라는 사실을 확인시켜준다. 물론 그는 자신의 지식을 바탕으로 장티푸스균을 전파하는 게 사람이라는 것을 이미 알고 있었다(자크 르 고프와 장 샤를 수르니아가 편한 『고통받는 몸의 역사』를 보라). 그런 그의 등장으로 평화동 80번지는 위생적인 공간으로 거듭났을지 모른다. 그러나 철저하게 살균된 공간에서는 "어디선가 태어나 사람들의 입을 거치며 살이 붙고 성장하다가 시간이 지나면서 서서히 죽어"(138쪽)가는 모든 소문마저 흔적도 없이 사라지고 만다. 마을 사람들을 묶는 끈이었던 소문을 박멸해버림으로써 탄생한 위생적인 공간에는 이제 문명의 휘황한 불빛이 주인 노릇을 하고 있을 따름이다. '바이러스'(?)를 안고 살아갈 수밖에 없는 인간의 체취는 유년의 기억과 더불어 가뭇없이 사라지고 만 것이다.

「똥개는 안 올지도 모른다」를 이끌어가는 힘 또한 '소문'이다. 그리고 아이들은 이 소문을 전파하는 전령사 노릇을 충실히 이행한다. 역시 평화동 80번지를 배경으로 하여 '이수여인숙 똥개' 재만이의 귀향을 둘러싼 소문이 아이들의 호기심을 점령해버린다.

'한평생 원수처럼 여긴 이수여인숙 윤희 엄마를 죽이기 위해 똥개가 그때 휘두르던 잭나이프와 똑같은 칼을 구해서 막 돌아왔다'는 소문, 부산으로 내려갔던 똥개가 우리 모두를 죽이러 다시 왔다는 소문, 무성한 소문들.

소문의 주인공인 똥개는 '폭행, 강간, 절도 등 온갖 더러운 혐의를 다 뒤집어쓰고 소년원을 들락거린' 동네의 '개망나니'이다. 그가 무슨 생각을 하고 있는지는 아무도 모른다. 그저 소문만이 떠돌 따름이다. 개망나니와 다름없는 그에게 친어머니에 대한 기억은 아킬레스건이다. 그는 자신과 띠동갑인 계모 윤희 엄마와 아버지에게 숨김없이 적의를 내보인다. 윤희 엄마를 패고 제 아버지의 뒤통수를 각목으로 후려치기도 했다고 한다. 그러던 어느 날 그가 세 살쯤 돼 보이는 여자아이를 데리고 갑자기 나타난다. 칼부림이 이어지고 똥개 역시 피를 흘리며 쓰러졌다가 다시 교도소로 향한다. 사람들은 "그만 죽어버렸으면. 똥개가 죽어 다시는 이 동네에 나타나지 않았으면"(161쪽) 하는 바람을 감추지 않는다.

그렇다면 똥개는 다시 올까? 아니, 똥개는 다시는 돌아오지 않을 것이다. 그는 소문 속의 인물이며 '미끄럼틀에서 내려오듯이 그렇게 쏜살같이 지나버린' 시간의 흐름에 지워져버린 인물이기 때문이다. 그러나 누가 알겠는가, 그 똥개의 이미지가 우리의 기억을 쉽게 떠나지 않듯이 우리의 무의식 어디쯤에 움츠리고 있는지를. 무지개 빛깔의 쫀드기와 오란씨를 먹고 마시던 유년의 기억처럼 우리의 똥개는 어느 날 불쑥 나타나 우리를 공포에 질리게 할는지도 모른다.

4

이제 중학교 시절의 풍경을 떠올릴 차례다. 「비에도 지지 말고 바람에도 지지 말고」에서 김연수는 폭력을 생산하는 공간 학교를 '고전적인' 방법으로 그려 보인다. 학교를 빼고 어찌 과거를 떠올릴 수 있겠는가.

1984년, 이른바 자율화의 시대에 학교는 권력이 행사하는 폭력을 그대로 모방, 재생산하는 '감옥' 또는 '군대'이자 균질적인 인간을 양산하기 위한 '공장'으로 기능한다. 학교는 '원산폭격'과 '선착순'으로 학생들을 길들이는 병영의 축소판인 동시에 국가권력의 이데올로기를 끝없이 강요함으로써 훈육의 목표를 달성하는 공간이다. "고행을 자처하는 선승처럼 온 존재로 밀어닥치는 아픔을 견디다보면 '내가 왜 버텨야만 하는가', 그런 의문이 들었다. 체력단련 없이 그냥 시험을 치르는 옆 반 아이들이 부러웠다. 그러나 아무리 생각해봐도 거기서 빠져나갈 방법은 없었다. 지지 않는 수밖에 없었다. 비에도 지지 말고 바람에도 지지 말고. 눈에도, 여름 더위에도. 땀을 흘리는 몸으로 원재는 버텼다."(266쪽) 이렇듯 원재는 아니 우리는 폭력에 길들여졌고, 무기력하게 견디도록 훈육되었던 것이다. 그리고 선생들로부터 '좋은 학교에 가는 게' 최선의 복수라는 것을 배워오지 않았던가. 폭력에 길들여져 강력한 내성耐性을 지니게 된 무기력을 떨쳐버리기란 또 얼마나 어려운가.

여기 담임인 조선생만큼이나 힘이 막강한 반장 경호가 있다. 그는 담임의 위임을 받아 가차없는 폭력을 행사한다. 당연하게도 그에게 대항하는 인물이 있다. 고아원 출신의, 원생들 가운데 '유별나게 유순한' 태식이다. 그리고 태식을 동정하는 원재가 있다. 체력단련을 받던 중 고아원생 태식이 반장 경호에게 이의를 제기하고 일어서면서 사태는 급박해진다. 둘의 대결에서 태식이 승리한다. 담임의 응징이 따르는 게 다음 수순이다. 그런데 태식은 이제 담임 선생을 '머리로 받아버린다'. 학교에는 더이상 폭력을 거부한 그가 설 자리라곤 없다. 학교를 떠난 태식이 갈 곳은 그 어디에도 없다. 마찬가지로 고아원 출신인 병호와 같은 '불량' 퇴학생들과 어울릴 수밖에. 권력에 의해 축출당한 타자들은 생존을 위해 다시금 폭력에 기댈 수밖에 없다. 병호가 경호를 불러 폭력을 가하는 것이 단적인 예이다.

국가권력을 위임받은 선생을 '받아버린' 행위는 곧 국가권력에 도전한 것이나 진배없다. 따라서 권력이 가만있을 리 없다. '경찰서마다 학원폭력 특별대책반'을 만들어놓고 신고를 받던 국가권력이 '불량'학생 태식을 좌시할 리 만무하다. 더군다나 고아임에랴!

'고아라 하면 아무런 죄가 없어도 소년원에 보내버리는 형사들'이지 않은가. 태식을 불량학생으로 몰아 경찰에 신고한 자로 원재를 지목하지만 원재로서는 억울한 일이 아닐 수 없다. 그러나 담임과 수학 선생은 각각 이렇게 몰아세운다: "불만이 있다 카만 선생한테 직접 얘기하만 되는 거 아니냐? 너 땜에 지금 다 잡히들어가게 생깄다. 니는 무슨 속셈으로 그랬는가는 모르지만, 덕분에 고아원 아이들도 다 잡히가고 몽둥이 들었던 선생들도 다 잡히가게 생깄단 말이다. 이 개새끼야, 그래 저기 들어가서 뭐라고 그럴 낀데?" "이 자슥아, 빨갱이도 아이고 우째 같은 친구를 고발하나? 이 비겁한 자슥아. 어라, 우나? 잘못한 거는 알아가지고 우나?"(274쪽) 가면을 쓴 폭력의 모습. 핑크 플로이드의 노래를 영화화한 〈더 월The Wall〉을 상기해보라. 권력이 쌓아놓은 견고한 벽에 흠집을 내는 자들은 '살아남을 수 없다'. 그게 두려워 우리는 그 벽을 지탱하는 또하나의 벽돌이 되기를 소망하지 않았던가. 탈주의 꿈은 참으로 위험하다! 견고한 벽의 내부를 위협하는 '불순한' 외부자를 동정하는 자들에게도 가차없는 폭력이 가해진다. 폭력의 비호 아래 균질적 인간으로 길들여지지 않는 인간은 동질성을 위협하는 타자로서 철저하게 배제하고 또 응징해야 한다는 권력의 논리는 한 치의 오차도 없는 것처럼 보인다.

「비에도 지지 말고 바람에도 지지 말고」가 권력에 의한 물리적 폭력이 작동하는 방식을 상징적으로 보여주고 있다면, 「그 상처가 칼날의 생김새를 닮듯」은 부정한 권력의 조종에 무의식적으로 길들여진 사람들이 타자들에게 가하는 상징적 폭력의 양상을 결코 가볍지 않은 소재를 바탕으로 하여 담담하게 그려낸다. 가볍지 않은 소재라고 했거니와 그것은 광주항쟁이라는 현대사의 깊은 상처를 배음으로 깔고 있기 때문이다.

항쟁의 과정에서 아무것도 하지 못했다는 자괴감에 시달리는 아버지는 하루종일 옛날 신문만 읽는다. 빛바랜 신문을 스크랩하거나 빗물에 져버린 협죽도를 바라보며 술을 마시는 게 아버지의 일상이다. "술을 마실 때면 아버지는 아무런 소리도 못 듣는 사람 같았다. 시간이 지나자 엄마와 언니는 아버지가 집에 있는데도 언성을 높였다. 아버지는 어디에도 없는 사람처럼 보였다."(53쪽) '5월 신문'만을 들여다보는 아버지 옆에서 어린 은재는 어린이세계문학을 읽는다. '어디에도 없는 사람' 같은 아버지와 언니 사이에는 검은 강처럼 광주의 기억이 가로지르고 있다. 피가 부족하다고 해서 헌혈하러 간 여학생을 아무런 이유 없이 죽이는 폭력 앞에서 아버지는 고작 '애나 만들고' 있었다는 오해 아닌 오해가 그 강물의 실체다; "언니는 아버지가 결정적인 순간에 비겁하게 행동했다고 생각했기 때문에 실망한 것이었다. 어찌됐건 언니는 폭음과 총성이 시끄럽게 들려오던 그날 밤, 엄마가 윤호를 가진 것이라고 믿었던 것이다. 그날 저녁, 아버지는 무기력했다. 누구에게라도 위로받고 싶어하는 얼굴이었다."(74쪽)

그리고 그해 겨울이 지나기 전에 은재네 가족은 8톤 트럭에 짐을 싣고 고향을 떠난다. 경상도 땅으로. 경상도의 이 작은 도시에, 아버지는 'New Heaven'이라는 뜻의 신천상회를 차린다. 아버지가 가고자 했던 아르헨티나처럼 '삶의 대척지'와 같은 곳에서 그들은 '망명자들'이나 다름없다. 이곳에서 생존하기 위해 그들은 그들의 언어까지 스스로 파기해야 했다. 화자인 은재는 이렇게 말한다; "이사한 뒤로 우리는 어느 때든 표준어로 얘기했다. 아버지의 명령이었다. 허벌나게 먹어쌓네, 라고도 그게 마이 묵나, 라고도 말하지 않았다. 그저, 많이도 먹네, 라고 또박또박 끊어서 말했다. 가끔 저도 모르게 아까맨치로, 라든가 긍가 안 긍가, 따위의 말을 내뱉을 때도 있었다. 그럴 때면 우리 자매는 저희끼리 입을 툭 쳤다. 손바닥으로 언니 입을 치거나 언니가 내 입을 치고 나면 배시시 웃음이 나오고 그 끝에 아련한 슬픔이 맴돌았다. 왜 그런 생각이 들었는지 모르겠다. 우리는 꼭 뿌리 뽑힌 강아지풀 같았다."(58쪽) 표준어가 근대적 국민을 양성하기 위해 국가장치가 만들어낸 인공의 언어라는 것은 잘 알고 있는 바다. 이 언어에서는 어떠한 삶의 깊이도 찾아볼 수 없다. 살균된 언어이기 때문이다. 내부의 망명지에서 생존을 위해 그들이 표준어만을 사용했다는 것은 결국 자신을 키워온 삶의 방식을 포기하고 인공적인 삶을 선택했다는 것을 의미한다. 보이지 않는 무시무시한 폭력이 삶의 뿌리를 어떻게 해체하는가를 보여주는 대목이어서 주목하지 않을 수 없다.

그러나 새로운 망명지의 다수는 소수자의 존재를 인정하지 않는다. 전라도에서 온 그들이 아무리 또박또박 표준어를 사용해도 "동네 사람들은 우리가 뭐라고 얘기만 꺼내면 단번에 우리가 온 곳"을 알아맞힌다. "우리는 등뒤에서는 물론 면전에서도 깽깽이라고 불렀다. 그 동네에서 깽깽이라고 불리는 사람은 가끔씩 나타났다가 사라지곤 하던 미친 여자뿐이었다. 아이들이 깽깽이라고 부를 때면 나는 분을 참을 수 없었다. 두 눈에 눈물이 그렁그렁 맺히기 일쑤였다. 언니는…… 울지 않았다. 절대로 울지 않았다. 대신에 문둥이 자식들이라며 얼음집의 얼음덩어리처럼 각이 지고 싸늘한 표준말로 대꾸했다."(59쪽) 전라도에서 온 그들은 이물질이자 불순물이며 동시에 '빨갱이병'을 옮기는 시궁쥐와 조금도 다르지 않다.

'그 상처가 칼날의 생김새를 닮듯' 은재 자매는 제법 경상도 가시나로 자란다. 그리고 지방 신문사 문화부장 출신인 아버지의 눈물겨운 생존법에 힘입어 신천상회도 번성 일로를 걷는다. 하지만 흉터를 다시 할퀴는 자들이 곳곳에서 그들을 감시하고 있다. 디제이를 보면 알 수 있듯이 '전라도 사람들은 독하다'. 따라서 전라도 출신인 유은재도 참으로 독하다. 은재가 다니던 학교 윤리 선생의 논리다. "정여립이 때부터 원체 반란의 땅"이었는데 그 피가 어디 가겠는가. "평민당인지 인민당인지" 디제이가 만든 당에 기부금을 낸 신천상회 주인에게도 반란의 피가 흐르고 있다는 것이다.(64쪽) 윤리 선생과 음악 선생의 이와 같은 대화 내용을 엿들은 은재는 친구에게 "가을이 깊어져서 그런가 나도 모르게 누, 눈물이 다 나오네" (67쪽)라며 또박또박 끊어서 표준말로 말한다.

그런데 왜 아버지는 하필 충청도도 강원도도 서울도 아닌 '대척지'인 경상도로 왔던 것일까. "너희들한테는 미안한 말이지만, 그때 윤호 태어나지 않았더라면 아빠는 벌써 죽었을지 모른다. 윤호 보고, 저렇게 병을 몸에 달고 태어난 것 보고 다시 살아야겠다고 생각한 거야. 용기를 내야겠다고. 다시 살아야겠다고."(72~73쪽) 다시 살아야겠어서, 1980년 5월에 만들었던 아이, 병을 달고 태어난 윤호를 보고 다시 살아야겠어서 경상도로 왔다는 아버지의 대답은 의미심장하다. 물론 5월의 상처에 대한 책임을 전적으로 '경상도'에 떠맡길 수는 없는 노릇이다. 그러나 폭압적 권력의 조종에 무비판적으로 순응하여 광주를 반역의 땅으로 몰고 그 땅의 사람들을 '상종하지 못할 사람'으로 배제함으로써 그들에게 깊은 상처를 남긴 책임에 면죄부를 주기란 쉽지 않다. 부당한 권력은 경상도 사람들과 전라도 사람들이 늘 서로에 대해 갖고 있는 근거 없는 적대감정에서 보듯 비판에 무능한 '우매한 백성'들을 거느리는 법이다.

은재의 가출은 어쩌면 당연한 귀결이다. 자꾸만 덧나는 상처를 견디지 못해 집을 뛰쳐나온 그에게 용서와 화해를 말하는 건 부질없는 짓이다; "나는 찬바람이 부는 바닷가 벤치에 앉아 검은 밤바다를 바라봤다. 부드러운 음률을 듣듯이 어둠을 하나하나 지켜봤다. 아픔과 슬픔도 지나치면 그렇게 세세한 결로 보인다. 내게 상처 입힌 윤리 선생에게 그와 똑같은 무늬와 결을 되돌려주고 싶었다. 하지만 나는 되돌려줄 수 없었다. 신문을 들여다보는 것만으로 사람을 용서했다는 아버지가 있으니 말이다. 나는 고개를 절레절레 흔들었다. (……) 아버지는 그 여름 내내 도서관 한쪽에 앉아서 도대체 무엇을 읽었던 것일까? 누구를 용서했던 것일까? 파도와 파도 사이, 바람과 바람 사이, 달빛과 달빛 사이 이런저런 생각이 오갔다."(74~75쪽) 우리 현대사의 질곡에 대한 치열한 인식을 전제하지 않는 용서나 화해는 아무런 의미가 없다. 그렇다고 가해자에게 피해자가 똑같은 상처를 되돌려줄 수도 없는 노릇 아닌가. 소설이 그리고 문학이 할 수 있는 일이란 "그 칼날의 생김새를 닮은 그 무늬와 결을 하나하나 되짚"(75쪽)는 것밖에 없다. 칼날의 생김새를 닮은 상처를 되짚음으로써 처음 상처를 가한 칼날이 무엇이었는가를 묻는 것은 전적으로 우리의 몫이다.

5

첫사랑을 담고 있지 않은 과거의 기억은 마른 가지를 스치는 늦가을 바람만큼이나 스산할 터, 이제 우리는 사랑의 기록을 더듬어보아야 한다. 흔히 '아, 첫사랑!'이라고 말하지만 상처를 떠올리지 않고서 첫사랑을 기억하기는 어려울 것이다. 김연수는 「첫사랑」에서 첫사랑의 의미를 극적인 반전을 통해 되묻는다.

이 소설은 '좋은 세상'을 꿈꾸며 학생운동을 하다 수배중이던 '나'가 자수를 결심하고서 첫사랑이라 생각했던 사람에게 쓰는 편지 형식을 취하고 있다. 그는 일곱 살 되던 해 여름의 기억으로 되돌아간다. '무찌르자' '때려잡자' '우리들도 총칼 들고 일어서자'라는 구호가 난무하던 반공궐기대회장에서 '나'는 "순간적인 아름다움" "양날개 끝에 초승달처럼 노란 줄이 그어지고 검은색 반점이 군데군데 박힌 아주 작은 나비"(113쪽)를 만난다. '나'는 자신이 들고 있던 반공 구호가 적힌 피켓을 휘둘러 그 나비를 잡는다. 그리고 찾아온 두려움; "나비의 잔해라고 말할 수도 없는, 구겨진 더러운 휴짓조각 같은 게 벽에 붙어 있다가 툭 떨어졌어. 나도 모르게 눈을 감았더니 갑자기 귀가 트인 듯 역전에 모인 사람들이 저마다 말하는 소리가 또렷하게 들려오는 게 아니겠어. 나는 눈을 뜨고 그 휴짓조각보다도 못한, 노란 덩어리를 운동화로 마구 짓이겼지. 나도 모르게 입을 앙다물었더니 이가 갈리는 게 느껴지더군."(114~115쪽) 전염되는 광기 또는 광기의 전염이라 할 수 있을 터인데, 어린 '나'는 휴짓조각보다 못한 노란 나비를 짓이겨버린다. 그게 사랑인 줄도 모르고……

고등학교 2학년, 그러니까 "열여덟이 지나면서 서서히 빈터가 생기던 내 마음 한쪽을 김지하의 글들이 채워줄 수 있으리라고 생각"(116쪽)하던 무렵 '나'에게 "가슴 뛰는 그 느낌 사이로 내가 첫사랑이라고 믿었던 뭔가"가 찾아온다.(117쪽) '나'는 여학생 정인

과의 만남을 이렇게 표현한다; "모두 깊이 잠든 밤에 몰래 들어온 도둑처럼 눈치채지도 못할 만큼 빠르게 그 사랑이 내 마음 가장 깊은 곳 빈터에 자리잡았지. 레몬즙으로 쓴 글자처럼 뜨거움에 노출되기 전까지는 어떤 글씨가 씌어져 있는지 알 수 없는 그런 사랑이 내게 찾아온 거지."(같은 쪽) 그랬을 것이다. 그것은 자신을 향해 환하게 쏟아지던 빛이자 두려움이었을 것이다. 소중하게 다루지 않으면 안 되는 아름다운 사랑이라고 믿었을 것이다. 하지만 첫사랑이라 믿어 의심하지 않았던 것은 정작 무주 남대천에서 잡은 반딧불이와 같은 모습이 아닐까; "온 저녁 하늘로 그 은은한 따뜻함을 뿌리는 반딧불이들이 어찌나 예쁘던지! 아버지와 나는 날아다니는 반딧불이를 잡아 준비해간 빈병에다 넣었지. 한 마리씩 넣을 때마다 병 안의 공기는 신비스럽게 바뀌어갔어. 그 아름다운 빛을 머리맡에 두고 바라보다가 잠들었는데, 다음날 깨어보니 모두 빳빳하게 죽어 있었어. 그 아름다웠던 빛은 끔찍하게 생긴 곤충이었던 거야."(121~122쪽) 이처럼 사랑이란 환각이거나 헛것, 혹은 다음날이면 끔찍한 모양으로 죽어 있는 곤충 같은 것이라 할 수 있지 않을까. 그러할진대 어찌 사랑이 두렵지 않겠는가. 첫사랑이란 대개 그렇듯이 짝사랑이기 쉽고, 짝사랑은 비대칭적인 감정의 당연한 결과로 한순간에 무너지고 만다. 그리고 거부당한 사랑은 폭력을 동반하게 마련이다. '나'가 자신의 마음을 수락하지 않은 정인을 때리듯이. 그것은 자신을 향한 폭력의 다른 표현일 경우가 많다. 시간이 흐르고 나서야 우리는 오래된 기억의 사진첩 속에서 그 흔적을 발견하고서는 푸른빛이었다고, 소중한 사랑이었다고, 한때의 꿈이었다고 위로하곤 한다.

도둑처럼 찾아온 정인에 대한 관심이 과연 유일한 첫사랑이었는지를 확인하기 위해서는 혜지 누나라는, '나'보다 대여섯 살 많은 술집여자를 눈여겨보아야 한다. 양품점을 하는 엄마의 말동무인 그녀는 '내 마음을 읽어버린 여자'다. '나'는 숭고한 자신의 첫사랑을 망친 사람이 혜지 누나라고 생각하고 그녀와 함께 술을 마신다. 그러면서도 그는 스무 살이 되면 자신이 옳다고 생각하는 일, 즉 "세상을 좀더 살 만한 곳으로 만드는 일. 불화와 다툼이 없는 정의로운 세상을 만드는 일"(125~126쪽)을 할 거라 큰소리친다. 혜지 누나의 상처에 조금도 동의를 표하지 않는다. 천문학자를 꿈꾸는 '나'만한 남동생을 두고, 그 남동생의 꿈을 이루어주기 위해 술을 파는 그녀에게 잔뜩 심사가 뒤틀려 있던 '나'는 모욕적인 말을 퍼붓고 만다. "더러운 주제에 천문학자 동생 둬서 좋겠네. 잘해봐라, 잘해봐. 주제를 알아야지, 그을린 유리가 다 뭐고 일식이 다 뭐야!"(129쪽)라며. 그날의 기억에 '나'는 이렇게 주석을 붙인다; "세상에 어떤 동물도 아름답다고 느끼는 것을 일부러 부수지는 않지. 아름다운 것을 보고 망쳐버리는 동물은 사람뿐이야."(같은 쪽) "영양을 덮치는 들개들처럼 사람들은 아름답고 소중하고 정의로운 것이라면 달려들어 추하고 더러운 것으로 만들어버려. 짓밟고 때리고 뭉개고 나면 아름다움이란 그저 찰나에만 존재해. 영원한 것은 더럽고 야비한 것들뿐이야."(130쪽) 이는 혜지 누나에 대한 깊은 죄의식을 좀처럼 지울 수 없었다는 고백이자 그의 폭언이 뒤틀린 사랑의 표현이었다는 것을 증명하는 진술이다. 증오와 사랑의 공존, 그 틈바구니에서 우리의 젊은 날은 제대로 숨조차 쉴 수 없었을 것이다.

수배자 생활을 청산하고 자수하기로 결심한 날, '나'는 육 년 만에 돌아오는 일식을 보기 위해 산으로 올라가 혜지 누나가 그랬던 것처럼 그을린 유리판을 통해 태양을 바라본다. 검은 그을림에 세기가 약해진 노란빛이 눈으로 밀려든다. "까닭 없는 슬픔과 한없는 기쁨과 막연한 불안감이 하늘을 떠도는 먼지 알갱이처럼 내 안에서 서로 뒤섞여 하나의 거대한 원으로 바뀌는 동안, 조금씩 둥근 원이 태양 속으로 밀려들기 시작했지. 눈물방울처럼 검은 유리판에 새겨진 그 아름다운 노란빛. 언젠가 보았던 너의, 또 혜지 누나의 눈물 맺힌 눈동자처럼 한쪽 부분부터 흔들리는 그 둥근 빛. 그러나 결코 부서지거나 망가지지 않을 그 소중한 동그라미. 무한히 수축됐다가 다시 온 우주로 퍼져나가는 그 노란 물결. 그제야 알 것 같았어. 혜지 누나가 동생과 나란히 서서 그을린 유리로 바라보려던 게 일식이 아니었음을. 그 순간부터 나는 새였고 물이었고 혹시는 바람이었어. 푸른빛이었고 바다였고 바다의 한때나마 꿈이었어. 내 안을 충만하게 메운 그 따뜻한 느낌. 나는 그게 사랑이란 걸

그제야 깨달았어. 나는 비로소 사랑에 빠진 거야. 알겠니? 그 누구
도 망가뜨릴 수 없는, 첫사랑에 빠진 거야."(133~134쪽) 첫사랑은
이렇듯 온 우주로 퍼져나가는 태양의 노란 물결로 남아 있다. 기억
의 저 깊은 구석에. 그리고 그 첫사랑이라는 눈부신 태양은 그을린
유리판이라는 시간의 퇴적을 통하지 않고서는 보이지 않는 그런
무엇이다. 기억이 소중한 건 이 때문이 아니겠는가.

　여기 또하나의 사랑이 있다. 「노란 연등 드높이 내걸고」는 교차
서술을 통해 사랑의 상처를 치유하는 과정을 정갈한 문체로 그려
낸다. 예정은 사랑의 아픔을 간직한 채 사찰에서 생활하고 있다.
수의壽衣를 만드는 보살들의 모임에서 예정은 배냇저고리를 만든
다. 그녀의 행동을 지켜본 공양주 보살의 입에서 나온 말은 놀랍게
도 "아프지 말아라, 였다. 아프지 말아라, 너무 아파하지 말아라.
그 말에 예정의 눈썹으로 눈물이 맺혀들었다"(219쪽). 사랑이 남
긴 상처가 어찌 아프지 않겠는가마는, 그녀는 눈물로 그 아픔을 조
금씩 지워나간다.

　예정을 사랑한 방위병 봉우는 부대를 이탈하여 산길로 그녀를
찾아가려 한다. "바라보는 사람만 뚝 떼어놓고 저희들끼리만 서로
경계 없이 녹아"(207쪽)드는 밤길을 달려가면서 그는 다음과 같은
생각에 도달한다: "사람의 감각은 여전히 시간과 공간의 흐름에
따라 직선적으로 흐르지만, 어둠의 공간은 하나로 펼쳐진 직선적
인 공간이 아니라 주름이 잡혀 서로 말려들어간 굴곡의 공간이다.

그 공간에서 사물은 하나로 존재하기도 하고 둘로 존재하기도 하지만, 외로 비켜선 사람만 오로지 하나일 뿐이다. 그날 봉우가 걸어가던 산길 역시 모든 게 하나이면서 둘인 비현실의 공간이었다." (같은 쪽) 감각과는 달리 우리의 내면은 '주름이 잡혀 서로 말려들어간 굴곡의 공간'이다. 사람끼리의 만남이, 특히 사랑이라는 열정에 사로잡힌 사람끼리의 만남이 각자의 내면을 그리라면 그런 공간을 묘사할 수밖에 없을 것이다. 어둠 속 산길처럼 하나이면서 둘인 공간.

전국낙서문학회 지역지부에서 "만반의 준비는? 5천. 평생동지는? 12월 22일"(215~216쪽) 따위의 말장난으로 소일하는 그에게, 방위병 생활을 그만둔 뒤에 어떻게 먹고살 것인지 밤낮으로 걱정이 끊이지 않는 그에게 죽음 따위가 얼마나 깊은 고통인지 느껴질 리가 없다. 하지만 인생은 낙서도 픽션도 아니다. 달도 뜨지 않은 산길을 헤매며 봉우는 두려움에 사로잡힌다. 그 두려움 속에서 예정의 말을 떠올린다; "이 세상이 얼마나 고통으로 가득차 있는지 하나도 모르는 어릿광대에 불과하지. 그저 삶은 픽션에 불과하다는 말이나 만들어놓고 정말 멋지다고 혼자 생각하는 바보에 불과하지. 뱃속에서 아기가 죽으면 어디로 가는지 단 한 번도 생각해본 적이 없는 멍청이에 불과하지. 아니야, 그렇지 않아. 봉우가 저도 모르게 소리쳤다. 봉우는 자기 목소리에 자기가 놀라서 털썩 주저앉았다. 그건 마지막으로 만났을 때 예정이 했던 소리였다."(221~222쪽)

칠흑 같은 산길을 헤매고 나서야, 그러니까 어두운 산길로 상징되는 예정의 내면을 응시하고 난 다음에야 비로소 사랑이란 이름으로 자신이 가한 상처가 얼마나 깊은 것이었는지를 깨닫는다; "절로 들어가 다시는 나오지 않겠다고 말하는 예정에게 너무 오랫동안 아프지 말라고 얘기하고 싶었다. 봉우는 이제야 알 것 같았다. 자기는 아프지 않았을 줄 알았으니까 그런 말을 하겠다고 생각한 것이다. 자기만은 어두운 산길에 혼자 버려지는 일이 없을 것이라고 믿었으니까 예정더러 아프지 말라고 말하고 싶었던 것이다. (……) 밤의 산길에서 길을 잃은 봉우는 혼자였다. 비로소 봉우는 눈으로 바라볼 수 있고 손으로 만져볼 수 있는 몸뚱어리까지만을 자신으로 불러서는 안 된다는 사실을 깨달았다. 밤의 산길에서 봉우는 매화나무이기도 했고 백송 가지이기도 했고 다래 열매이기도 했다. 봉우는 앞서 걸어가는 자신이기도 했고 자신의 뒤를 쫓은 뭔가이기도 했고 모든 살아 있는 존재이기도 했고 모든 죽은 존재이기도 했다. 봉우는 그 사실을 받아들일 수밖에 없었다. 아기가 죽으면서 봉우의 마음속에서도 뭔가가 죽어나갔다. 그 자리가 아프지 않을 수 없었다. 봉우는 무서웠다. 자기도 곧 죽을 것만 같았다."(222~223쪽) 인생은 낙서라 여기고 자신만을 생각했던 봉우가 자신이 매화나무이자 백송 가지이며 다래 열매가 되는 순간, 채 아물지 않은 예정의 상처가 자신의 아픔으로 다가오는 순간, 그는 뒤얽힌 삶의 그물망으로부터 빠져나올 수 있었던 것이다. 그의 깨달음에 화답하듯 예정은 초파일을 맞아 봉우와 아기를 위해 '한들한들 흔들리는 노란색 연등'을 단다. 밤길을 헤매는 봉우의 길을 비추는 보름달과도 같은 환한 노란빛 연등을 드높이 내건다. 상처를 받고 또 상처를 준 연인들의 화해가 이루어진다. 노란빛 환한 연등을 빌려.

6

우리는 지금까지 「뉴욕제과점」을 제외한 여덟 편의 소설을, 작가 김연수가 연필로 그린 기억의 풍경화를, 차근차근 넘기며 보아왔다. 이 소설집에 실린 기억(추억)의 기록은 지극히 개인적인 성격을 띠고 있다. 그런 까닭에 작가 자신에게는 지극히 소중한 한 잔의 샘물이자 자양분일 수 있을 터이지만, 소설 속에서 '문제적 인물'을 발견하는 독법에 익숙한 독자에게는 참으로 낯설게 다가올 수도 있다. 더구나 지금까지 김연수의 소설들을 읽어온 사람들에게는 더욱 그러할 것이다. 문화적 댄디즘과 인문학적 상상력을 파격적인 형식과 문체로 표현해 독자들의 '지적 허영'을 만족시켜주었던 이전의 작품들과는 확연히 구별되기 때문이다. 말하자면 가면극에 환호했던 관객들이 막상 가면을 벗은 배우의 맨얼굴을 보았을 때에나 느낄 법한 당혹스러움에 가까운 낯섦이라 할 수 있을 것이다. 자칫 추억의 품에 안겨 그가 지금까지 감행해온 소설적 모험의 긴장도가 떨어질지도 모른다는 불안이 얼굴을 내미는 것도 이러한 낯섦 때문이리라.

이른바 '자의식으로서의 신세대 감각'을 대표하는 그가 연필로 그려 보인 풍경화는 60년대 초반에 태어난 독자들에게도 친숙하게 다가올 것이다. 소설의 존재 이유가 낯선 세계를 펼쳐 보임으로써 타성에 젖은 우리의 의식에 충격을 가하는 데 있다고 생각하는 많은 사람들은 이 책에 실린 소설들 대부분이 어디서 많이 보고 읽은 듯한 얘기들이어서 전혀 김연수답지 않다고 생각할 수도 있을 것이다. 특히 그의 낯선 세계를 '사랑한' 독자에게는 참으로 어색해 보일지도 모른다. 여기에 우리는 세대감각이랄까 자의식이 극단에 이르러 그 파열구에 이르렀을 때나 소설쓰기에서 오는 극도의 피로를 견디지 못했을 때 유년이나 고향의 기억은 일종의 도피처일 수도 있다는 비판을 가할 수도 있다.

그러나 삼십대의 일상을 두려워하며 벌써 지쳐버린 것은 아닐까 라는 의구심을 접고, "서른이 넘어가면 누구나 그때까지도 자기 안에 남은 불빛이란 도대체 어떤 것인지 들여다보게 마련이고 어디서 그런 불빛이 자기 안으로 들어오게 됐는지 궁금해질 수밖에 없다. 자신이 어떤 사람인지 알고 싶다면 한때나마 자신을 밝혀줬던 그 불빛이 과연 무엇으로 이뤄졌는지 알아야만 한다"(91쪽)는 그의 말에 귀를 기울일 필요가 있다. 우리가 그의 작품들을 읽으며 보아왔듯이 그가 간직하고 있는 기억의 불빛은 그의 창작 에너지를 고갈시켜버리기보다는 또다시 넘쳐흐르게 하는 쪽에서 자리잡고 있다는 확신을 버릴 수 없다. 따라서 이 두번째 작품집은 그의 창작 행로에서 거칠 수밖에 없는 통과의례이자 하나의 전환점을 이룰 것임에 틀림없다. 우리는 다음과 같은 진술을 그의 진실로 받아들여야 한다; "이 세상에 존재하지 않는 뭔가가 나를 살아가게 한다니 놀라운 일이었다. 그다음에 나는 깨달았다. 이제 내가 살아갈 세상에 괴로운 일만 남은 것은 아니라는 사실을. 나도 누군가에게 내가 없어진 뒤에도 오랫동안 위안이 되는 사람으로 남을 수 있게 되리라는 것을 알게 됐다. 삶에서 시간이 아무런 의미가 없다는 사실을, 그저 보이는 것만이 전부는 아니라는 사실을, 이 세상에서 사라졌다고 믿었던 것들이 실은 내 안에 고스란히 존재한다는 사실을 나는 깨닫게 됐다."(104쪽) 이제 그의 맨얼굴을 본 우리에게는 다른 가면을 쓰고 중력을 거부하며 춤추는 또다른 김연수를 지켜보는 일이 남아 있을 따름이다.

'내 가슴에 귀를 기울였다. 그랬더니 이 이야기들이 서서히 흘러나오기 시작했다'라고 시작하는 작가의 말을 쓰고 싶었지만 그러기에 소설가란 직업은 너무나 전근대적이다. 영화로 치자면 시나리오 작업, 촬영, 연기, 감독, 편집 등으로 분화된 일들을 저 혼자서 다 해야만 한다. 중국인들이 종이만 발명하지 않았어도 일찌감치 없어졌을, 비생산적인 직업이다.

이 소설집에 실린 소설을 쓰면서도 그런 생각을 많이 했다. 지금은 폐선이 된 가은선에 기차가 몇 시간마다 다녔는지 알아내는 일도, 공중보건의 제도가 어떻게 운영됐는지 따져보는 일도, 하현달이 뜨기 전 산길이 과연 사람의 눈에 보이는지 확인하는 일도 모두 내가 해야 할 일들이었다. 1980년대 부분일식이 언제 일어났는지, 멧돼지를 잡는 사냥개들은 어떻게 행동하는지, 내가 확인해야만 하는 일은 한두 가지가 아니었다. 이야기를 소설로 만드는 일은 그 다음의 문제였다.

그 일들을 모두 마치고 나니 이번에는 교정 작업이 기다리고 있었다. 밤길이나 눈길처럼 험한 길을 힘들게 걸어갈 때는 지뻑거린다고, 팔다리를 모으고 옆으로 누워 잔다면 개잠잔다고 고쳐야만했다. 한마디로 표현할 수 있는 단어를 길게 풀어 쓰는 일은 까치를 두고 '어깨와 배를 제외하고 온몸이 까만 산새'라고 말하는 것이나 마찬가지니까. 여기까지 하고 나니까 그만 정이 다 떨어지고말았다. 그러면 나는 '이제 책으로 나가도 혼자 살아남겠구나' 하는 생각을 한다. 꼭 자식 독립시키는 느낌일 텐데, 그래도 그런 기분이 이제 두번째라서 좀 익숙하다. 그런데 이 전근대적인 일을 나는 왜 하는 것일까? 그건 소진되고 싶어서다. 나 혼자서, 온몸으로, 소진되고 싶어서다. 나는 이게 어떤 느낌인지 어렴풋이 알 것 같다. 현실에서야 만리장성을 온몸으로 밀어붙인다고 데이비드 카퍼필드의 마술처럼 그 벽을 뚫을 리 만무하지만, 인간의 내면에서는벽을 만나 온몸으로 끝까지 밀어붙이다보면 정신적으로 어딘가 뚫리는 경험을 하게 된다. 제 몸으로, 완전히 소진되고 나서도 조금더 밀어붙이다보면 심장이나 폐가 글을 쓴다는 느낌마저 들 때가있다. 몇 번 느껴보지 못했던 경험이지만, 나는 그게 마음에 든다. 그럴 때, 이 촌스런 직업이 생각보다 오래 살아남을 것 같다는 느낌이 든다.

언젠가 박완서 선생이 "다른 직업 같으면 한 삼십 년 했으면 충분했겠죠. 눈감고도 잘하는 경지에 올랐겠죠. 그런데 소설 쓰는 일은 아직도 서투르니……"라고 말씀하시는 얘기를 들은 적이 있다. 아직 십 년도 글을 쓰지 못한 내게 그다지 희망적인 얘기가 아니다. 하지만 그럴수록 두 주먹 움켜쥐고 '그래, 끝까지 한번 해보는 거야', 이런 생각을 하게 된다. 뇌가 나가떨어지면, 심장도 있고 위도 있고 허벅지도 있으니까. 역시 촌스런 직업에 어울리는 유치한 각오지만, 한결 마음이 나아진다.

이 책에 실린 소설은 연작이다. 첫 소설집을 펴내기 전부터 쓰기 시작한 연작이다. 처음 이 연작을 쓰기 시작할 때만 해도 한참 달려간 도로를 유턴하는 느낌이었다. 내 본질에 다시 한번 다가서기 위해서, 라고 말한다면 우아하겠지만 그건 아니고 내가 잘못된 길을 간다는 사실을 깨달았기 때문이었다. 내게는 처음부터 다시 출발해야만 할 필연적인 이유가 있었다. 구구하게 설명해봐야 그다지 재미있는 얘기가 아니니까 이 정도에서 그쳐야겠다. 다만 이 소설집 덕분에 나는 이다음 작품을 쓸 수 있게 됐다는 정도로만 끝내야겠다. 어쩐지 이로써 내 습작기가 막을 내리는 느낌이다.

지난 8월, 나는 영국 서리에 있었다. 그곳에서 바라보던 뭉게구름을 잊을 수 없다. 그건 내가 아직 아이였을 때, 바라보던 뭉게구름이었다. 환경이 오염된 탓인지, 요즘 한국에서는 그런 뭉게구름을 볼 수 없다. 템스 강변에서 그 뭉게구름을 바라보면서 나는 잠시나마 어린 시절로 돌아갈 수 있었다. 덕분에 몇 가지 기억이 떠오르면서 슬프기도 하고 행복하기도 했다. 하지만 행복한 경우가 더 많았다. 그 행복한 기억을 일깨워준 이국의 뭉게구름이 얼마나 고마운지 몰랐다. 당신에게도 내 책이 오랫동안 잊고 살았던 뭉게구름 같은 것이라면 좋겠다. 그건 이 전근대적인 직업으로 얻을 수 있는, 몇 안 되는 보람 중에 하나다.

2002년 늦가을
김연수

문학동네 소설
내가 아직 아이였을 때
ⓒ 김연수 2016

1판 1쇄 2002년 11월 12일
1판 15쇄 2012년 1월 19일
2판 1쇄 2016년 4월 17일
2판 3쇄 2024년 5월 31일

지은이 김연수
책임편집 김내리 | 편집 정은진 이성근 황예인
디자인 윤종윤 유현아 | 저작권 박지영 형소진 최은진 서연주 오서영
마케팅 정민호 서지화 한민아 이민경 안남영 왕지경 정경주 김수인 김혜원 김하연 김예진
브랜딩 함유지 함근아 고보미 박민재 김희숙 박다솔 조다현 정승민 배진성
제작 강신은 김동욱 이순호 | 제작처 영신사

펴낸곳 (주)문학동네 | 펴낸이 김소영
출판등록 1993년 10월 22일 제2003-000045호
주소 10881 경기도 파주시 회동길 210
전자우편 editor@munhak.com | 대표전화 031) 955-8888 | 팩스 031) 955-8855
문의전화 031) 955-2696(마케팅) 031) 955-8864(편집)
문학동네카페 http://cafe.naver.com/mhdn
인스타그램 @munhakdongne | 트위터 @munhakdongne
북클럽문학동네 http://bookclubmunhak.com

ISBN 978-89-546-4014-5 03810

잘못된 책은 구입하신 서점에서 교환해드립니다.
기타 교환 문의 031) 955-2661, 3580

www.munhak.com